# Ein Mann geht in die Luft

Er starrte während der ganzen Fahrt an der rechten Schulter des Taxifahrers vorbei in den Rückspiegel.

Es war Sonntag und es war um die Mittagszeit. Da hatte es auf dem Ku'damm nur wenig Verkehr gegeben. Deshalb fuhren sie auch schon eine ganze Weile über den Stadtring, auf die Gegend um den Spandauer Damm zu. Zum Flugplatz Tegel waren es nur noch wenige Kilometer.

Er hatte es also beinahe geschafft.

Aber eben nur beinahe.

Noch konnte im allerletzten Moment ein Streifenwagen hinter ihnen aufkreuzen, mit einer Sirene die anderen Autos abdrängen, sich mit quietschenden Reifen quer stellen und das Taxi zum Halten zwingen.

Unwillkürlich drehte er schnell den Kopf und blickte durch die Heckscheibe.

Aber nichts.

Weit und breit kein Blaulicht.

Er guckte wieder geradeaus und angelte eine Zigarettenpackung aus der Brusttasche seines Jacketts. Er war doch tatsächlich drauf und dran, sich verrückt zu machen.

Seitdem er zusammen mit seinem Kumpel aus dem Warenhaus getürmt war und sich dann von ihm getrennt hatte, konnten allerhöchstens fünfzehn oder zwanzig

Minuten vergangen sein. Dass jeder von ihnen in eine andere Richtung abhauen würde, das war von Anfang an so ausgemacht gewesen.

Nein, es war ganz ausgeschlossen, dass man schon hinter ihm her war.

Es müsste ein lausiger Zufall sein, wenn irgendjemand den ausgeraubten Tresor im Keller schon entdeckt und die Bullen alarmiert hätte.

Er schob den Ärmel über seiner Armbanduhr zurück.

Wenn alles planmäßig lief, startete seine Maschine in einer knappen halben Stunde.

»Was macht's?«, fragte er, als sie vom Ring auf die Flughafenzufahrt einbogen.

»Bis wir ganz da sind, so um die fünfunddreißig.«

»Stimmt so«, sagte er und gab dem Taxifahrer einen Fünfzigmarkschein.

»Man dankt«, erwiderte der. »Ich bin volle Pulle gefahren, wie Sie's wollten, aber schneller ging's nicht.«

Unser Mann drückte die Tür schon auf, bevor der Wagen richtig zum Stehen gekommen war. Er sprang heraus und bückte sich nach seinem nagelneuen Lederkoffer. Als er sich wieder aufrichtete, zeigte er seine stolze Länge von einem Meter neunzig und seine breiten Schultern.

Er war schlank, hatte semmelblonde Haare und man hätte ihn für einen Schweden oder Norweger halten können. Er war aber ein waschechter Berliner und er hieß Ekke Krumpeter.

Da stand er mit seinen sündhaft teuren Schuhen und in einem fast weißen Leinenanzug, an dem man noch die Verpackungsfalten sehen konnte.

Alles an diesem Mann war brandneu und teuer.

Während das Taxi wegfuhr, blickte er sich vorsichtig um und ging dann mit schnellen Schritten in die Abflughalle.

Auf seinem Weg zu den Schaltern der Pan Am kam er an einem Strahlenbündel von englischen Fahnen vorbei und an einem überlebensgroßen Bild der Queen in einem Goldrahmen.

Die britische Königin war seit gestern in der Stadt.

Ein junger Gepäckträger in einem blauen Overall kurvte wie beim Slalom mit seiner Karre durch die Menschen.

»Hallo, Sie –«, stoppte ihn unser Mann namens Ekke Krumpeter. »Sie können sich in null Komma nichts eine goldene Nase verdienen.«

Der Gepäckträger legte eine elegante Vollbremsung hin und schob in seinem Mund einen Kaugummi von links nach rechts. »Wie viel ist bei Ihnen eine goldene Nase, bitte schön?«, wollte er wissen.

»Ein Hunderter, wenn Sie's schaffen. Aber Sie müssen verdammt schnell sein.« Ekke Krumpeter fischte einen Zettel aus seiner Brieftasche.

»Zwei ziemlich schwere Koffer von der Gepäckaufbewahrung im Affentempo zum Check-in drüben bei der Pan Am. Da treffen wir uns wieder. Machen Sie sich auf die Socken, Mann, es geht um Minuten –«

»Welcher Flug?«

»Zuerst mal nach Frankfurt –«

»Die 545?«

»Genau die –«

»Au Backe«, murmelte der Bursche im blauen Overall, warf seine Karre herum und galoppierte los.

Am Kassenschalter der Pan Am saß eine hellblonde Stewardess hinter der Trennscheibe. Ihre Fingernägel waren ein wenig zu rot lackiert und ihre Lippen waren ein wenig zu rot geschminkt.

»Sie müssten einen telefonisch bestellten Flugschein auf den Namen Andreas Kolbe in Ihrer Sammlung haben«, sagte der Mann namens Ekke Krumpeter. »Mit der 545 über Frankfurt nach Papeete.«

»Der Flug nach Frankfurt ist gerade aufgerufen worden«, bemerkte Fräulein Pan Am vorwurfsvoll. Währenddessen angelte sie den Flugschein aus einem Fach. »Macht zweitausendsiebenhundertdreißig«, sagte sie und fragte, ob er Gepäck habe.

Er holte eine Hand voll Geldscheine heraus und bezahlte.

Genau in diesem Augenblick tauchte der blaue Overall wieder zwischen den Passagieren auf. Der junge Gepäckträger hatte zwei große Koffer auf seiner Karre. Sie waren nicht mehr ganz neu und bis zum Platzen voll gestopft.

Krumpeter lief auf ihn zu.

»Los, da rüber«, rief er. »Kommen Sie –«

»Frankfurt«, sagte Krumpeter nur, als sie fast gleichzeitig vor einem der Abfertigungsschalter ankamen.

Da saß eine Frau so um die vierzig. Weiße Bluse, Hornbrille und den Schal ihrer Fluggesellschaft um den Hals.

»Auf den letzten Drücker«, meinte sie und nahm sich den Flugschein vor. Ihre Stimme war tief und passte nicht so recht zu ihr.

»Über Frankfurt nach Papeete«, murmelte sie vor sich hin und blickte auf.

»Das ist die Hauptstadt von Tahiti«, bemerkte Ekke Krumpeter.

»Eine interessante Neuigkeit«, erwiderte die Stewardess trocken. »Könnte es sein, dass Sie meine geografischen Kenntnisse unterschätzen?«

»Entschuldigung, das keinesfalls, aber ich –«

»Haben Sie Gepäck?«, unterbrach ihn die Frau hinter dem Schalter mit einem Lächeln, das sie vermutlich ihren chinesischen Fluggästen abgeguckt hatte.

Mittlerweile wuchtete der junge Gepäckträger die beiden prall gefüllten Koffer von seiner Karre auf die Waage. Danach nahm er seine Mütze vom Kopf und wischte sich mit dem Handrücken den Schweiß von der Stirn. »Jetzt sind Sie dran«, sagte er höflich zu Ekke Krumpeter.

Die Anzeige auf der Waage war inzwischen auf mehr als siebzig Kilo gesprungen.

Ekke Krumpeter hatte bereits vor einer guten Woche in seiner Wohnung mit dem Packen angefangen und das war eine verteufelt schwierige Sache gewesen, die viel Nachdenken erfordert hatte. Er wusste ja nicht, wie lange er fortblieb oder ob er überhaupt jemals zurückkommen würde.

Jedenfalls hatte er die Koffer noch am Samstag hierher zur Aufbewahrung gebracht.

»Zweiundvierzig Kilo zu viel«, stellte die Frau mit der großen Hornbrille fest.

»Dabei ist es noch nicht alles«, sagte Ekke Krumpeter und stellte seinen nagelneuen Handkoffer neben die beiden anderen.

»Womit es einundfünfzig wären«, verkündete die tiefe

Stimme und fügte hinzu: »Hier ist der Einzahlungsschein. Leider müssen Sie noch mal drüben zur Kasse.«

Krumpeter warf ihr einen Blick zu, der einen Tintenfisch hätte erbleichen lassen, und spurtete los.

»Sie sollten doch schon ewig weg sein«, staunte die Kassendame mit den zu roten Lippen und den zu roten Fingernägeln.

»Ich kann mich halt nicht von Ihnen trennen«, erwiderte Krumpeter und legte einmal mehr ein paar Geldscheine auf den Teller unter der Sicherheitsscheibe.

Als er zum Abfertigungsschalter zurückkam, stand der junge Gepäckträger immer noch da. Er hatte sich an seine Karre gelehnt und räusperte sich jetzt so deutlich, dass es nicht zu überhören war.

»Ach ja«, japste Ekke Krumpeter, der vom Laufen außer Atem war, und schüttelte dem jungen Mann die Hand mit dem versprochenen Hunderter darin. »Ich bin Ihnen ganz schrecklich dankbar.«

Im selben Augenblick knackte und summte es in den Hallenlautsprechern. Dann war eine Frauenstimme zu hören: »Durchsage für Herrn Kolbe, gebucht auf der Pan Am 545 nach Frankfurt«, sagte sie. »Ihre Maschine ist startbereit. Kommen Sie sofort zum Ausgang neunundzwanzig –«

Jetzt kam urplötzlich Bewegung in die Dame mit der großen Hornbrille. Sie stand auf, schlüpfte in ihre blaue Uniformjacke, kam über die Waage geklettert, drückte Ekke Krumpeter seine Bordkarte in die Hand und befahl ihm mitzukommen. »Vielleicht lässt der Zoll Sie an den anderen vorbei, wenn ich Sie hinbringe.« Sie nahm ihn beim

Ellenbogen und schob ihn vor sich her durch die Menschen.

»Glauben Sie, dass mein Gepäck noch verladen wird?«, wollte Krumpeter wissen.

»Ich hab's bis Papeete durchgecheckt«, entgegnete die Stewardess. »Wenn Sie dort gelandet sind, werden Sie ja feststellen, ob es da ist oder nicht.«

»Prost Mahlzeit«, murmelte Ekke Krumpeter.

Vor den Schaltern der Passkontrolle stauten sich lange Schlangen von Passagieren. Darunter regelrechte Pulks von japanischen und amerikanischen Reisegruppen. Sie schnatterten durcheinander, fotografierten sich gegenseitig und ihre Kinder hatten zur Erinnerung an Berlin weiße oder braune Teddybären in den Händen.

In ihrer Uniform drängelte sich die Stewardess zusammen mit Ekke Krumpeter bis zu dem Zollbeamten, der etwas erhöht in einem Schalter saß. Sie sprach eine ganze Weile auf ihn ein und schließlich drehte sie sich zu Krumpeter herum. »Ihre Bordkarte und Ihren Pass«, sagte sie. »Er lässt Sie vor –«

Haargenau vor diesem Moment hatte Ekke Krumpeter, seitdem sie das Ding geplant hatten, die größten Manschetten gehabt.

Er spürte plötzlich seinen Herzschlag bis in die Augen, seine Eingeweide zogen sich zu einem harten Knoten zusammen und auf seinem Rücken brach der Schweiß aus.

Der Zollbeamte war nicht viel älter als zweiundzwanzig, hatte um die Nase herum Sommersprossen und einen Glitzerstein im linken Ohrläppchen.

»Dann lassen Sie mal sehen«, sagte er und blätterte dabei weiter im Pass einer ziemlich dicken Dame, die in der langen Reihe der Wartenden gerade vor ihm stand und wohl in Tokio oder Osaka zu Hause war.

»Besten Dank dafür, dass Sie mich bevorzugen«, wagte Ekke Krumpeter zu bemerken. »Aber mein Flugzeug ist schon so gut wie in der Luft.« Sein Mund war total ausgetrocknet und seine Stimme hörte sich an, als hätte er eine schwere Erkältung. Er legte seine Papiere vor den Uniformierten. Die Bordkarte, die echt war, und den Pass, der gefälscht war.

»Sie haben wirklich keine Zeit zu verlieren«, stellte der Zollbeamte fest, guckte auf das Foto in dem Pass und dann zu dem Einmeterneunzigmann im weißen Leinenanzug. »Beim nächsten Mal sollten Sie früher aufstehen.« Er grinste, gab den Pass zurück und winkte Krumpeter mit einem Kopfnicken zur Sperre für die Personenkontrolle.

Jetzt hatte Ekke Schweißperlen auf der Stirn.

Er passierte den Sicherheitsrahmen, ohne dass es piepste.

»Irgendwas nicht in Ordnung?«, fragte ein weiterer Grenzpolizist, während er Krumpeter mit einem elektronischen Tastgerät nach Waffen absuchte.

»Die Hitze, und bis man sich durch die vielen Menschen gedrängelt hat«, wich Krumpeter aus.

Anschließend wurde das Handgepäck der Fluggäste durchleuchtet. Auf dem Monitor zeigten sich Zahnbürsten, Schuhe, Rasierpinsel, Parfümflaschen oder Bücher, eben alles, was die Fluggäste für ihre Reise so eingepackt hatten.

Aber da Ekke Krumpeter ja nichts als Bordkarte und

Pass bei sich trug, durfte er an der Röntgenschleuse vorbei, ohne dass er aufgehalten wurde.

Grundgütiger Himmel, es war goldrichtig gewesen, dass er seinen Handkoffer beim übrigen Gepäck gelassen hatte, das vom Abfertigungsschalter direkt an Bord des Flugzeugs transportiert wurde.

»Happy landing«, rief die Stewardess in der blauen Uniform mit ihrer tiefen Stimme über die Köpfe der japanischen Touristen hinweg. »Grüßen Sie Tahiti von mir –«

Ekke Krumpeter hob beide Arme in die Luft und drückte seine Hände zusammen. »Mach ich, und besten Dank.« Dabei schwenkte sein Blick noch einmal kurz an der Zollsperre vorbei durch die Halle. Aber nirgendwo die weißen Helme einer Funkstreife und auch kein Gesicht, das zu einem Kripobeamten in Zivil passen würde.

Krumpeter atmete ganz tief durch und dann verschwand er im Tunnel des Fingerdocks, das zu seinem Flugzeug führte.

Kaum dass er an Bord war, ließ der Flugkapitän die Bordtür hinter ihm schließen.

Die übrigen Passagiere saßen bereits angeschnallt in ihren Sitzen und guckten Krumpeter vorwurfsvoll entgegen. Aber dann rollte die Maschine auch schon zur Startbahn.

Im Cockpit schob der Pilot die Gashebel für die vier Triebwerke ganz nach vorn und mit einem Ruck rollte das Flugzeug an, hob sich schließlich in die Luft und dann rastete mit einem dumpfen Stoß das Fahrwerk ein.

Krumpeter hatte einen Fensterplatz und sah hinaus. Die Außenbezirke von Berlin hingen schräg unter ihm. Es ging über die Mauer mit ihren Minenfeldern, über die Havelseen, und dann kurvte die Maschine um einen schneeweißen Wolkenturm herum in den Luftkorridor hinein. Es schien, als seien die zweihundertsiebenunddreißig Passagiere ganz allein hier oben.

Ekke Krumpeter starrte auf das glänzende Metall der Tragfläche.

Das also war heute der Tag, der sein Leben total verändern sollte. Er war nicht mehr derselbe Mensch, der er noch am vergangenen Mittwoch oder Freitag gewesen war. Aber was auch immer passieren würde, es gab jetzt kein Zurück mehr.

Sie flogen in eine Wolkenwand hinein.

Wo war wohl in diesem Augenblick sein Kumpel Manni Zasche, mit dem er sich noch vor kaum mehr als zwei Stunden im Kassenraum des Warenhauses die Beute gleich an Ort und Stelle geteilt hatte? Für jeden eine runde Million vermutlich und die in gebrauchten Scheinen. Das war eine ganze Menge Moos.

Keiner hatte dem anderen gesagt, wohin er fliehen oder wo er sich verstecken würde. So konnten sie sich gegenseitig nicht verpfeifen, falls bei einem von ihnen etwas schief ging und er von der Polizei in die Mangel genommen wurde.

Ekke Krumpeter wünschte in diesem Moment ganz aufrichtig, dass auch Manni Glück gehabt hatte und in Sicherheit war.

Aber er selbst war ja auch noch nicht in Sicherheit.

Da gab es noch die Sache mit seinem Gepäck.

Hoffentlich waren seine drei Koffer in Berlin noch

rechtzeitig an Bord gekommen und lagen jetzt irgendwo unter seinen Füßen im Laderaum der Maschine.

Da er zollamtlich bereits in Tegel abgefertigt worden war, ging es in Frankfurt gleich in den Transitraum und von dort schon zwanzig Minuten später in einem Bus zur Maschine der Lufthansa. Sie parkte auf dem Flugfeld zwischen Jumbos aus Thailand, den USA und Saudi-Arabien.

Als sie in der Luft waren und ein rothaariger Steward gerade den Gebrauch der Sauerstoffmasken erklärte, meldete sich der Flugkapitän über die Bordlautsprecher. Der direkte Flug nach Tokio werde so etwa elf Stunden dauern, der Zeitunterschied betrage neun Stunden. Man werde also die Nacht durchfliegen und morgen ziemlich genau um zwölf Uhr Ortszeit in Narita, auf dem dortigen Flugplatz, landen. Es sei eine größere Reisegesellschaft an Bord, die dann mit der Air France nach Tahiti weiterfliegen würde. Man müsse nicht befürchten, diesen Flug zu verpassen. Wetterprobleme werde es vorerst nicht geben.

»Übrigens«, fügte er hinzu und machte eine kleine Pause, bevor er weitersprach, »wir begrüßen an Bord die Fußballnationalmannschaft von Tahiti, die gestern in ihrem Qualifikationsspiel für die Weltmeisterschaft –«

Mehr war von der Durchsage nicht mehr zu hören.

Die Passagiere hatten sich nämlich umgedreht und applaudierten höflich.

Die Fußballer saßen ganz hinten in der Maschine, alle in eigelben Hemden und weißen Hosen. Sie riefen ein paar Mal hintereinander »Wow«, deuteten mit ihren geballten Fäusten an, dass sie ganz fraglos die Größten seien, und ließen beim Lachen ihre Zähne aus den dunklen Gesichtern blitzen. Schließlich sprang einer der jungen Männer aus seinem Sitz hoch, breitete die Arme auseinander und verbeugte sich nach allen Seiten. »Merci, mesdames et messieurs, merci beaucoup!«

Die Passagiere klatschten in die Hände, als säßen sie in einem Zirkus.

Als der Jet an Baku vorbei und wenig später über das Kaspische Meer flog, kam zuerst die Nacht und dann kam der Regen.

Die Passagiere hingen in ihren Sesseln und schliefen. Nur im hinteren Rumpfteil der Maschine brannte noch Licht. Dort hatten sich ein paar von den tahitischen Fußballspielern zum Kartenspielen zusammengesetzt.

Ekke Krumpeter hatte bereits bei Einbruch der Dämmerung seine neuen Schuhe ausgezogen. Sie drückten ihn um die großen Zehen herum schon seit Berlin. Er hatte sie unter den Sessel des Passagiers gestellt, der vor ihm saß. Damit war er das Risiko eingegangen, dass sie vielleicht durch die ganze Kabine rutschten, falls das Flugzeug schräg ansteigen oder in eine Kurve gehen sollte. Er hatte sich von einer der Stewardessen eine Decke geben lassen, sich in sie eingewickelt und dann hatte er sich der Länge nach hingelegt. In seiner Dreierreihe waren die zwei Sitze neben ihm leer geblieben.

Er versuchte zu schlafen. Aber das funktionierte nicht. Es gab zu viele Gedanken, die wie Schmetterlinge durch sein Gehirn flatterten. Er lag mit geschlossenen Augen, die Hände hinter dem Kopf. Mit seinen Armen bildete er zwei Dreiecke.

Schließlich waren die letzten Tage und Wochen ganz

schön aufregend gewesen. Der Tresor im Kassenraum des Berliner »Kaufhaus des Westens« hatte schon seit geraumer Zeit in ihren Träumen herumgespukt. In den Träumen von Ekke und den Träumen von Manni Zasche.

Aber erst als die Zeitungen eines Tages schrieben, dass die englische Königin schon in allernächster Zeit Berlin besuchen würde, und als dieselben Zeitungen später einen Stadtplan abdruckten, auf dem eingezeichnet war, auf welchen Straßen und Plätzen man die Queen bei ihrer Rundfahrt bejubeln könnte, erst da zündete die Idee. Und das bei Krumpeter und Manni so ziemlich im gleichen Moment.

Die Wagenkolonne Ihrer Majestät sollte nämlich direkt am »Kaufhaus des Westens« vorbeifahren.

Die gemeinsame Idee mauserte sich in null Komma nichts zu einem Plan, an dem die beiden dann so lange herumfeilten, bis seine Durchführung hundertprozentig wasserdicht war und nichts, aber auch gar nichts schief gehen konnte. Es sei denn, ein Erdbeben käme dazwischen.

Für Ekke Krumpeter war es schon von Anfang an klar, wohin er hinterher mit seinem Anteil aus der Beute flüchten würde.

Nach Fakarava.

Das war eine der mehr als zweihundertfünfzig Inseln, die zu Französisch-Polynesien gehörten und über Tahiti zu erreichen waren.

Ekke hatte von Fakarava immer wieder mal Filme im Fernsehen gesehen und dann in den »Südseegeschichten« von Jack London über die Insel gelesen oder auch bei einem anderen amerikanischen Schriftsteller namens Dean Frisbie

19

oder so ähnlich, der angeblich jahrelang in der Südsee ge-lebt hatte. Dieses Fakarava musste ein Traum sein und für Krumpeter hatte es nie den geringsten Zweifel gegeben, dass er dort eines Tages landen würde. In Wirklichkeit hatte er bei dem Ding im KaDeWe schließlich nur mitgemacht, um sich seinen sehnlichsten Wunsch erfüllen zu können.

Er hatte schon rechtzeitig damit angefangen, Franzö-sisch zu büffeln, und er hatte alles, was er an Büchern oder auch an Prospekten über Tahiti auftreiben konnte, regel-recht verschlungen. Den Stadtplan von Papeete und alle Adressen, die irgendwann einmal wichtig für ihn werden konnten, hatte er sich immer und immer wieder einge-trichtert. Das alles war in seinem Kopf gespeichert und je-derzeit abrufbereit wie das Abc oder das Einmaleins.

Und jetzt war es so weit.

Was würde ihn auf Fakarava erwarten?

Draußen pflügte sich das Flugzeug weiter durch die Nacht und durch den Regen, der auf das Metall der Trag-flächen trommelte. Und als es dann in etwa elftausend Meter Höhe die westliche Grenze von Kaschmir erreicht hatte, war auch Ekke Krumpeter eingeschlafen. Er lag mit angezogenen Knien unter seiner Decke, aus der oben nur seine hellblonden Haare herausguckten und unten seine Füße in weißen Socken.

Am nächsten Morgen weckte ihn der rothaarige Ste-ward zum Frühstück. Es regnete immer noch und die Ma-schine flog gerade durch eine dunkle Wolkenwand. Als Ekke sich aufrichtete, konnte er kaum die Positionslichter auf den Tragflächen sehen.

Leicht benommen angelte er nach seinen Schuhen, die

immer noch da standen, wo er sie abends hingestellt hatte. Er hielt in der Bordtoilette seinen Kopf unter das Wasser und dann machten ihn zwei Tassen Kaffee endgültig wach.

Schon etwa zwei Stunden später setzte die Maschine zur Landung an, schwenkte nach rechts und stieß dann nach unten. Sie kam aus den Wolken heraus und flog auf die zementgrauen Start- und Landebahnen zu. Auch hier in Tokio regnete es. Als die Räder den Beton berührten, gab es einen Stoß, der hart genug war, um die Passagiere, die wieder eingenickt waren, endgültig aufzuwecken.

Ein starker Wind trieb die Nässe vom Flugfeld her.

Beim Aussteigen beeilten sich die Fluggäste und versuchten sich zu schützen, so gut es ging. Die Fußballer der tahitischen Nationalmannschaft hatten sich ihre eiergelben Trainingsjacken über die Köpfe gezogen.

Unten an der Gangway verteilten ein paar überfreundliche Japaner in dunkelblauen Uniformen die angekommenen Passagiere auf zwei riesige Flughafenbusse. Der eine von ihnen rollte mit den Fluggästen, deren Reise hier in Tokio zu Ende war, zur Ankunftshalle und zum Zoll. Der andere brachte Ekke Krumpeter zusammen mit den über hundertfünfzig Tahiti-Touristen der Reisegesellschaft und den jungen Fußballspielern zur Transithalle. Wer nicht in Japan blieb, musste weder sein Handgepäck noch seinen Pass kontrollieren lassen.

Das hatte Ekke Krumpeter gewusst.

Erst in Papeete würde er wieder seinen falschen Pass zeigen müssen.

Aber daran wollte er jetzt noch gar nicht denken.

Und er konnte in diesem Augenblick nicht ahnen, dass

die tahitische Nationalmannschaft, zwischen deren dunkelhäutigen Jungens er jetzt im Bus stand, dabei sehr bald eine wichtige Rolle für ihn spielen würde.

Von Tokio sah Ekke Krumpeter null Komma nichts. Durch die hohen und gelblich getönten Fenster blickte man nur auf das Flugfeld. Vor den regennassen Startbahnen stauten sich Maschinen aus allen möglichen Ländern. Sie warteten mit laufenden Triebwerken, bis sie endlich mit dem Starten an der Reihe waren.

In der großen Halle gab es eine Kaffeebar mit flinken japanischen Angestellten in schneeweißen Jacken, rechts eine riesige Reklamefront von Mitsubishi und links von Toyota. In der Mitte der Längswand hing eine Fahne mit der roten Sonne im weißen Feld. Die Sessel für die Passagiere waren breit und braun gepolstert. Aber die meisten von ihnen setzten sich nicht. Nach dem langen Flug vertraten sie sich lieber die Beine.

Die jungen Burschen der Fußballmannschaft standen in einer Gruppe zusammen. Der Längste von ihnen versetzte gerade einem Kleineren einen Schubs und der versetzte wieder dem andern einen Schubs. Jetzt geriet das gesamte Team ins Kichern und dann wieherte es schallend los.

Ein paar japanische Geschäftsleute saßen auf den Barhockern und guckten in ihre Zeitungen, die sie von rechts nach links lasen und von oben nach unten. Wenn sie eine Seite umblätterten, taten sie das von hinten nach vorn.

Die Air-France-Maschine war auf die Minute pünktlich.

Man hatte sehen können, wie sie durch den Regen angekommen war und wie ihre Triebwerke das Wasser über den Beton gefegt hatten.

Die leise Musik, die bisher aus dem Lautsprecher gekommen war, wurde ausgeblendet und eine weibliche
Stimme sagte es zuerst auf Japanisch und dann noch in ein
paar anderen Sprachen: »Ihr Flugzeug nach Tahiti ist zum
Einsteigen bereit.«

## Unerwartete Hilfe

Diesmal war das Flugzeug so voll wie eine Ölsardinen-
büchse.

Ekke hatte einen Platz so etwa in der Mitte erwischt,
und wenn er aus dem Fenster blickte, war eine der Trag-
flächen direkt vor ihm. In den zwei Sitzen nebenan saßen
eine Frau und ein Mann, die beide zu der Reisegruppe
gehörten, die ja schon seit Frankfurt mit dabei war.

Die Frau hatte ein damenhaftes Gesicht, einen ziemlich
komplizierten Haaraufbau und einen Mund, der immer so
aussah, als pfeife sie gerade irgendeine lustige Melodie vor
sich hin. Der Mann dagegen hatte ein absolut humorloses
und viereckiges Gesicht mit einer goldgefassten Brille.

Die Maschine flog über einer flachen Wolkendecke, die
bis zum Horizont ging. Die Sonne war schon bis zur
Hälfte in sie eingetaucht, man hatte die Bordbeleuchtung
eingeschaltet und servierte das Abendessen.

»Oh, schönen Dank, meine Liebe«, sagte die Dame
neben Ekke Krumpeter, als die Stewardess das kleine
Tischchen vor ihr umklappte und ein Tablett mit Hummersalat, einem Kalbssteak und Gemüse draufstellte. Alles
sehr hygienisch in durchsichtiges Zellophan eingepackt.

»Und was trinken Sie?«, fragte die junge Stewardess von der Air France. »Wein, Champagner oder einen Obstsaft?«

»Wenn Sie mich so fragen, dann schädige ich die Fluggesellschaft und nehme Champagner«, kicherte die Dame. Der Mann neben ihr begnügte sich mit Mineralwasser.

»Vielen Dank, aber ich hab' beim besten Willen keinen Appetit.« Krumpeter schüttelte den Kopf, als die Stewardess auch ihm ein Tablett herüberreichen wollte. »Vielleicht später einen Kaffee.« Er blieb sitzen, wie er saß, die langen Beine ausgestreckt und die Füße übereinander gelegt.

Schon seit dem Start in Tokio konnte er an nichts anderes denken als an die Passkontrolle und den Zoll, die ihn in Papeete erwarteten. Seine Phantasie hüpfte hin und her wie ein aufgeregter Wellensittich in seinem Käfig. Einmal stellte er sich vor, wie alles gut ging, aber fast im gleichen Moment legte ihm ein dunkelhäutiger Polizist, an dessen Koppel Handschellen baumelten, seine Hand auf die Schulter. Und gleich hinterher malte er sich aus, wie ihm genau derselbe Polizist freundlich lächelnd seinen Pass zurückgab. Er hatte ein quälendes Gefühl im Magen und er hätte jetzt keinen und auch nicht den kleinsten Bissen schlucken können. Es war ein Märchen, dass man seine Angst beherrschen konnte. Angst war Angst und sie bewirkte einen trockenen Mund und das wilde Verlangen davonzulaufen. Aber das konnte er jetzt nicht mehr.

»Wir starten mittags in Tokio und sind morgens am gleichen Tag in Tahiti«, sagte zwischendurch die Dame von der Reisegesellschaft zu ihrem Nachbarn. »Das geht um alles in der Welt nicht in meinen Kopf.« Sie nippte an ihrem Champagnerglas. »Man kann doch nicht einen Tag früher ankommen, als man abgeflogen ist.« Wenn sie sich bewegte, gab es jedes Mal ein sanftes Geklingel von einem halben Dutzend Emailreifen, die sie an den Handgelenken trug.

»Die Zeitverschiebung, meine Gnädigste, und die Datumsgrenze«, erwiderte der Mann mit dem viereckigen Gesicht, während er in seinem Hummersalat herumstocherte. »Wir überfliegen die Datumsgrenze«, wiederholte er nachdrücklich.

»Das ist mir ein paar Stockwerke zu hoch«, seufzte die Dame. »Aber wenn ich durch dieses Tohuwabohu einen Tag für mein Leben gewinne, soll's mir recht sein.«

»Auf der Rückreise müssen Sie ihn wieder hergeben«, bemerkte ihr Nachbar. »Und unter uns, für mich ist diese Verwirrung ein echtes Problem.« Er zupfte sich immer wieder nervös an seinem Ohrläppchen, wenn er sprach. »Sehen Sie, ich muss dringend ein paar Anrufe erledigen, wenn wir gelandet sind. Doch bei diesem Zeitsalat hab ich keine Ahnung, ob mein Büro in Hamburg gerade auf den Beinen ist oder auf dem Ohr liegt.«

»Prost, schöne Ferien«, meinte die Frau mit den Emailreifen trocken. »Warum machen Sie nicht in einer Telefonzelle Urlaub?«

Etwa eine Stunde später gab der Flugkapitän bekannt, dass man momentan den Äquator überqueren würde. Aber weil er wusste, dass die meisten Passagiere schliefen, sagte er es nur ganz leise. Und es wurde an Bord auch weitergeschlafen, als es hinterher an den Fidschiinseln vorbeiging. Aber man hätte vor den Fenstern ja sowieso nur Wolken sehen können und den dunklen Himmel.

Wieder ein paar Stunden später war es dann so weit.

Die Maschine tauchte mit ihrer Nase in die Wolkenbank und glitt in einen klaren morgendlichen Himmel, von dem sich die Sterne gerade verabschiedeten.

Ekke Krumpeter ließ sich zurücksinken. Jetzt trieben nur noch einzelne Wolkenfetzen vor dem Fenster vorbei und er konnte den Ozean mit seinen Schaumkronen erkennen, schließlich die ersten Strände der Insel, und dann schwebte das Flugzeug über den grünen Teppich eines Dschungels.

Das Donnern der vier Triebwerke wurde lauter, langsam stellten sich auf den Tragflächen die Landeklappen auf und dann war wieder einmal das Rumpeln des Fahrwerks zu hören.

Als die Air-France-Maschine nach der Landung ausrollte, konnte Ekke Krumpeter von seinem Platz aus lediglich das leere Flugfeld sehen. An seinem Rand allerdings den ersten Palmenwald seines Lebens. Das Flugplatzgebäude musste auf der anderen Seite liegen. Und es war gut so, dass ihm der Blick nach dort vorerst erspart blieb.

Die Dame neben ihm war seit einer ganzen Weile still dagesessen, die Hände auf ihrer Handtasche und mit ihren Gedanken beschäftigt. Jetzt hob sie ruckartig den Kopf, als hätte sich eine Fliege auf ihre Nase gesetzt und sie aufgeweckt. »Das mit dieser lausigen Datumsgrenze wird mir ewig schleierhaft bleiben«, klagte sie wie aus heiterem Himmel. Dabei löste sie mit einem ergebenen Seufzer den Sicherheitsgurt.

»Sie werden damit leben können«, besänftigte sie der Mann mit dem viereckigen Gesicht. Er stand bereits zwischen den übrigen Fluggästen neben seinem Sessel im Mittelgang.

Ekke Krumpeter war es schon seit geraumer Zeit klar geworden, dass er am wenigsten auffiel, wenn er sich gleich beim Aussteigen unter die harmlosen Touristen der Reisegruppe mischen würde.

Das tat er jetzt auch.

An der Flugzeugtür zog er den Kopf ein, um mit seinen ein Meter neunzig nicht anzustoßen. Als er sich draußen wieder aufrichtete, traf ihn die Hitze wie ein Hammerschlag.

Und ein zweiter Schlag kam gleich hinterher.

Unten an der Gangway war nämlich der Teufel los. Dort drängten sich trotz der frühen Morgenstunden ein paar hundert mehr oder weniger dunkelhäutiger Menschen gegen die Absperrung der Polizei. Eine Musikkapelle stand mit ihren Instrumenten parat, ein paar dutzend Fotografen hatten ihre Apparate schussbereit vor den Augen und eine Fernsehkamera zielte mit ihrem Objektiv direkt in die Richtung von Ekke Krumpeter.

Mannomann, das hat mir gerade noch gefehlt, schoss es ihm durch den Kopf, dass ich zufällig auf ein Bild komme, das um die halbe Welt wandert und womöglich bis in eine Berliner Zeitung. Das kann doch nicht wahr sein!

Nein, das gefiel ihm nicht, das gefiel ihm überhaupt nicht. Das war nicht gut.

Schon eine Viertelstunde später sollte er da anderer Meinung sein.

»Welch ein reizender Empfang«, bemerkte eine Touristin, die vermutlich aus Köln oder Düsseldorf kam.

»Irrtum, gnädige Frau«, widersprach ein junger Bursche. Er hatte einen Bürstenschnitt und steckte in einem knallfarbigen Bermudahemd. »Wetten, dass die Fußballer gemeint sind?«

Selbstverständlich war es auch so.

Aber die tahitische Nationalmannschaft ließ sich Zeit und versteckte sich vorerst noch im Rumpf des Flugzeugs. Vermutlich wartete sie, bis alle Passagiere die Gangway hinabgeklettert waren, damit sie nach ihrem Sieg in Europa die Show für sich allein hatte.

Inzwischen bekamen die Fluggäste, sobald sie nach der letzten Treppenstufe den Boden von Tahiti betraten, von jüngeren Frauen Blumenkränze umgehängt. Die Kränze waren aus weißen Hibiskusblüten und Bougainvilleen geflochten. Und die kupferbraunen Frauen hatten lange schwarze Haare, die bläulich schimmerten und ihnen bis auf die unbedeckten Schultern fielen. Um die Hüften hatten sie eng gebundene bunte Tücher. »Laora popaas«, sagten sie, was so viel heißt wie: »Willkommen, ihr Weißen, im *Korb voller Gewässer*.« Und »Korb voller Gewässer« ist die Übersetzung von Papeete.

Da die tahitischen Schönheiten nicht sehr hoch gewachsen waren, mussten sich die Fluggäste ein wenig verbeugen, wenn sie ihre Kränze bekamen, fast so wie es Olympiakämpfer tun, wenn ihnen bei der Siegerehrung ihre Medaillen umgehängt werden.

Ekke Krumpeter war wie gelähmt auf der obersten Stufe der Gangway stehen geblieben. Die Situation war zu überraschend für ihn und er wusste nicht, was er mit ihr anfangen sollte.

Da wurde er im Rücken von einem Tennisschläger angeschubst, den der Fluggast hinter ihm unter dem Arm trug. »Das hier ist kein Aussichtsturm, wenn Sie gestatten«, sagte er freundlich.

»Entschuldigung«, murmelte Krumpeter und dann kletterte er, so schnell es eben ohne aufzufallen ging, die Gangway hinab. Unten bekam auch er von einer der tahitischen Schönheiten seinen Blumenkranz um den Hals.

»Merci«, dankte er und schob sich geschwind hinter dem Pulk der Fotografen vorbei mitten hinein in die Frankfurter Reisegruppe.

Ein paar Minuten später hatten die letzten Touristen die Maschine verlassen und die Stufen der Gangway waren leer.

Jetzt kam Leben in die versammelten Fußballfans. Sie schrien in Sprechchören zu dem Flugzeug hinauf, klatschten dazu rhythmisch in die Hände und gleichzeitig ging auch bei der Musikkapelle die Post ab. Leuchtraketen zischten in den Himmel und zerplatzten in der Luft.

Und dann kamen sie. Einer nach dem anderen hüpfte aus der Flugzeugtür auf die Plattform am oberen Ende der Gangway. Alle in ihren weißen und eigelbfarbigen Trainingsanzügen. Und als die ganze Mannschaft beisammen war, tanzten sie übermütig von einem Bein aufs andere, streckten ihre Hände mit dem Victoryzeichen in die Luft, zeigten beim Lachen wieder ihre weißen Zähne und legten sich schließlich für die Fotografen gegenseitig die Arme um die Schultern, um zu zeigen, dass sie gemeinsam gewonnen hatten und der Sieg ihnen allen gehörte.

Drunten lösten sich mittlerweile die angekommenen

Fluggäste von der elektrisierten Menge und wanderten zu dem Flughafengebäude hinüber. Ihre Schaulust war befriedigt, sie hatten gesehen, was es zu sehen gab. Im Übrigen waren sie übermüdet und ihre Knochen erinnerten sie daran, dass sie immerhin um die halbe Welt geflogen waren. Dazu kam noch die ungewohnte Hitze.

Das Flughafengebäude hatte nur ein Stockwerk und sah aus wie ein lang gestreckter Bungalow mit viel Glas. Dahinter und daneben Palmen, nichts als Palmen.

So etwa zwanzig Meter vor dem Eingang stand eine Gruppe von uniformierten Zollbeamten beieinander. Ärmellose Kakihemden mit Schulterstücken, Pistolen am Lederkoppel. Sie hatten ihre Mützen so halb im Nacken, rauchten Zigaretten, blickten gespannt zu dem Tumult an der Air-France-Maschine hinüber, und als dort jetzt wieder einmal ein neuer Beifallssturm losbrach, pfiffen sie auf den Fingern oder klatschten mit. Um die Karawane der angekommenen Passagiere kümmerten sie sich nur mit einem gelegentlichen Seitenblick.

Es gab gottlob eine Klimaanlage in der Ankunftshalle, die leer und verlassen war, als die Passagiere hereinkamen. Wer auch immer zum Flugpersonal gehörte, hatte sich verdrückt, um draußen beim Empfang der Fußballmannschaft dabei zu sein. Die Förderbänder für das Gepäck standen still. Selbst der Zeitungskiosk und die Getränkebar waren ohne Bedienung.

Lediglich in einem der drei Schalter für die Passkontrolle saß ein großer, muskulöser Brocken mit einem rasierten Meister-Proper-Schädel hinter der Glasscheibe. Sein Uniformhemd war am Hals durchgeschwitzt und er hatte ein kleines Transistorradio neben sich. Der tahitische Rundfunk übertrug gerade live, was draußen auf dem Flugfeld passierte.

Beim Zuhören schnippte er, ohne eine Miene zu verziehen, immer wieder einmal mit dem Fingernagel gegen seine Zähne.

Nicht der Typ, mit dem ich freiwillig ein Bier trinken würde, überlegte Ekke Krumpeter. Er spürte, wie die Angst zurückkam und dass sein Herz schon wieder einen ziemlichen Zahn draufhatte.

Die Passagiere und die Touristen der Reisegesellschaft saßen oder standen herum, manche murrten über die Verzögerung, andere fotografierten sich aus Langeweile gegenseitig mit ihren Blumenketten um den Hals.

Und dann geschahen ein paar Dinge fast gleichzeitig.

Draußen auf dem Flugplatz kletterten die Fußballer in einen Bus und verschwanden. In der Halle sprang der Motor der Förderbänder an und in null Komma nichts war das Flugpersonal wieder da. Auch die Zollbeamten, die vor dem Eingang zusammengestanden hatten, traten ihre Zigaretten aus und schlenderten hinüber zu dem Raum hinter der Passkontrolle.

Ekke Krumpeter stand mit angespanntem Gesicht da, das Jackett über der Schulter, eine Hand in der hinteren Tasche seiner weißen Leinenhose. Mit der anderen stützte er sich gegen eine Betonsäule. Jetzt musste es sich zeigen, ob sein Gepäck in Berlin noch rechtzeitig an Bord der Maschine gekommen war.

Ja, es war –

Über die Köpfe der Passagiere hinweg, die alle um das

Förderband herumstanden, entdeckte Krumpeter seine Koffer. Sie kamen alle drei nacheinander von draußen durch die Schleuse. Zuerst der nagelneue Handkoffer und gleich hinterher die zwei anderen. Ekke atmete erleichtert durch und angelte sich dann einen der jungen Gepäckträger, die mit nacktem Oberkörper oder in ärmellosen T-Shirts mit ihren Schubkarren bereitstanden.

»Zum Taxi«, sagte er und der junge Bursche begriff sofort, schließlich versteht man Taxi so ziemlich auf der ganzen Welt. Er wuchtete die beiden voll bepackten Koffer vom Förderband. Um den Handkoffer kümmerte sich Krumpeter höchstpersönlich. Mit ihm stellte er sich jetzt in die Schlange der wartenden Fluggäste vor der Passkontrolle.

Er landete schließlich ausgerechnet vor dem Schalter von Meister Proper. Aber der massige Mann zeigte jetzt ein ganz anderes Gesicht. Er strahlte auf einmal und war noch ganz aus dem Häuschen. Während er der Dame, die vor Ekke stand, den Pass abstempelte, blitzten seine Augen aus dem dunklen Gesicht. »Was sagen Sie zu unserer Nationalmannschaft? War das nicht magnifique, äh, fabelhaft?« Er war mächtig stolz und nahm es mit der Kontrolle der Pässe nicht so genau.

Aber weshalb auch? Das da waren Touristen, die Geld ins Land brachten und folglich einen Anspruch auf höfliche Behandlung hatten.

Ekke Krumpeter fühlte sich ein wenig erleichtert. Er rückte seine Blumenkette zurecht, als er vor den Schalter trat. Sie war ja geradezu ein Beweis dafür, dass ihr Besitzer allein zum Betrachten von Palmen und Papageien nach

Tahiti gekommen war. Er holte seinen Pass aus der Brusttasche und schob ihn unter der Glaswand hindurch.

Meister Proper nahm ihn in die Hand und jetzt spürte Krumpeter doch wieder ein leichtes Zittern in den Knien. Es war nicht ganz die Furcht, wie er sie bei der Kontrolle in Berlin gespürt hatte. Diesmal war es mehr eine Art Unbehagen, etwa so wie beim Arzt, wenn man sich ganz ausziehen soll.

Der Passbeamte mit dem rasierten Schädel warf nur einen kurzen Blick auf Krumpeter und dann auf das Foto. Wie sollte er auf die Idee kommen, dass am ganzen Pass nur dieses Foto echt war? Im Übrigen freute er sich noch immer wie ein Schneekönig über die tahitischen Fußballer.

»Ja, unsere Jungs«, sagte er triumphierend, stempelte und wandte sich dem nächsten Fluggast zu.

Ekke passierte den Durchgang, hinter dem bereits der dunkelhäutige Bursche mit seinen Koffern wartete. Die Zollbeamten in ihren kurzärmeligen Kakihemden beachteten sie kaum. Einer von ihnen winkte sie zum Ausgang, ohne dass das lebhafte Geplauder mit seinen Kollegen abbrach. Selbstverständlich palaverte man auch hier über die siegreich heimgekehrten Fußballspieler.

Krumpeter nahm sich ein Taxi und sagte nur: »Nahoata.« Das war der Name eines Hotels, das er in einem der Reiseführer über Tahiti und Papeete gefunden hatte. Es sei ein empfehlenswertes Touristenhotel der Mittelklasse am Hafen.

Das Taxi war ein alter Mercedes, bei dem die Tür klemmte und dessen linker Kotflügel eingebeult war. Der Auspuff murrte laut auf, als es anfuhr.

Krumpeter lehnte sich selig in den Rücksitz und schloss die Augen. Oh, Mann, das war herrlich. Das war wirklich gut. Meine Fresse. Er schüttelte den Kopf, trommelte mit den Handflächen auf den ledernen Handkoffer, der über seinen Knien lag und brüllte los vor Lachen.

Der Taxifahrer hatte schon zweimal erstaunt in den Rückspiegel gespäht. Jetzt grinste er und zeigte dabei ein paar Goldzähne. Er war so um die sechzig und sein gekräuseltes Haar wurde an den Seiten bereits weiß.

Ekke Krumpeter wusste, dass es vom Flugplatz bis zur Stadt etwas mehr als fünf Kilometer waren.

Die Sonne war inzwischen dabei, ihre Kraft zu zeigen. In den Bergen über den Palmenwäldern verdunstete der Nachttau und schwebte als ganz dünner Nebel am Himmel.

Das Hotel »Nahoata« lag tatsächlich direkt am Hafen. Eine breite Treppe führte zum Eingang, der von einer roten Jalousie überschattet wurde. Nahezu gegenüber ankerte die »Jeanne d'Arc« am Pier, ein riesiger französischer Flugzeugträger.

Krumpeter gab seinen Handkoffer nicht aus der Hand und er hatte immer noch die Blütenkette um den Hals. Da er die Auswahl zwischen verschiedenen Zimmern hatte, entschied er sich für die Nummer 73. Es hatte angeblich einen schönen Blick zum Meer und außerdem war die Quersumme von 73 seine Glückszahl. Die Zehn.

Während ein chinesischer Hausdiener seine zwei prall gefüllten Koffer zum Lift schleppte, wollte Krumpeter wissen, um welche Zeit die Geschäfte und die Büros öffnen würden.

»Das nimmt man hier nicht so genau«, meinte der Portier und lächelte Krumpeter an. Er hatte eine hellbraune Haut und war die Freundlichkeit in Person. »Aber so gegen zehn Uhr ist alles offen.«

»Dann wecken Sie mich um neun –«

»Ist das nach Ihrer langen Reise nicht zu früh, Monsieur?«

»Die meisten Menschen verschlafen drei Viertel ihres Lebens«, Krumpeter lächelte zurück, »das soll Ihr großer Napoleon einmal bemängelt haben.«

»Wir gehören wohl zu Frankreich«, erklärte der Mann hinter der Portiersloge und drückte dabei seine halb aufgerauchte Zigarette aus, »aber für uns auf Tahiti ist Napoleon trotzdem nicht der liebe Gott. Das liegt an der großen Entfernung und am Klima.«

»Sie hätten Diplomat werden sollen«, meinte Krumpeter. Er beugte den Kopf etwas nach vorn zu dem kleinen Namensschild am Jackett des Portiers. »Daniel Sola« las er und blickte wieder auf. »Sie gefallen mir sehr, Monsieur –«

»Sagen Sie einfach Daniel zu mir«, erwiderte der Tahitianer. »Auch ich finde Sie sympathisch –«

Das Zimmer mit der Nummer 73 lag im dritten Stock, hatte eine blau-grün gestreifte Tapete und einen Fußboden aus falschem Marmor. Der chinesische Hausdiener, der sein Gepäck gebracht hatte, war bereits wieder verschwunden. Krumpeter verschloss die Tür und war mit drei schnellen Schritten, fast wie im Sprung, an dem kleinen Tisch, der neben der Minibar an der Wand stand. Er hob seinen Handkoffer hoch. Seitdem er ihn im Kassenraum des Kaufhauses in Berlin zugemacht hatte, war es nicht mehr möglich gewesen nachzuprüfen, ob das Geld überhaupt noch da war. Er fingerte an den Zahlenschlössern herum, bis sich das Ding öffnen ließ.

Und jetzt konnte Krumpeter ein paar Mal erleichtert durchatmen. Die gebündelten Geldscheine lagen nach wie vor dicht nebeneinander und übereinander. Sie füllten den Koffer bis zum Rand.

Krumpeter machte den Deckel wieder zu, brachte die Ziffern der Zahlenschlösser durcheinander und schob den Koffer unters Bett. Vorsicht war schon immer die Mutter der Porzellankiste.

Jetzt erst entdeckte er den schmalen Balkon hinter dem Vorhang. Als er den Vorhang zurückgezogen hatte und das Fenster öffnete, schlug ihm wieder die Hitze ins Gesicht.

Dicht neben dem Flugzeugträger hatte ein schneeweißes Kreuzfahrtschiff festgemacht.

Daneben ankerten an einem Pier, der weiter zum Meer hinausging, Frachtkähne und ein breiter Dampfer, der gerade von einem Kran beladen wurde. Eine Menge Segelboote dümpelten auf den leichten Wellen und die Sonne spiegelte sich im Wasser.

Es war ein Bilderbuchblick und es war nicht zu fassen.

Noch vor knapp zwei Tagen hatte er in seiner Berliner Wohnung nichts als einen grauen S-Bahnhof mit einem Dutzend Geleise vor dem Fenster gehabt.

Er ließ den Rollladen herunter, zog den Vorhang zu, zog sein Jackett aus und hängte es über eine Stuhllehne. Dann zog er auch seine Hose aus, faltete sie sorgfältig und legte sie daneben. Seine beiden großen Koffer ließ er unausgepackt. Nur aus einem von ihnen kramte er frische Wäsche und sein Waschzeug heraus.

Die Dusche war nur lauwarm, die Klimaanlage klickte ständig und brachte bloß die schwüle Luft von draußen ins Zimmer. Am Hafen und in der Straße wachte die Stadt allmählich auf. Mopeds knatterten am Hotel vorbei, Autos hupten, von weit her irgendeine Sirene, Stimmen und dazwischen der Bagger einer Baustelle.

Krumpeter drehte sich auf seinem Kissen immer wieder von der einen Seite auf die andere.

Doch mit einer runden Million unter dem Bett war es nicht so wichtig, ob er gut schlief oder weniger gut.

## Ein eleganter Bankdirektor und ein dicker Chinese

Seitdem sie das Ding geplant hatten, waren sich Ekke Krumpeter und sein Kumpel Manni Zasche darüber im Klaren gewesen, dass am Ende ausschlaggebend sein würde, was sie mit dem Geld anfingen, wenn alles funktioniert hatte und wenn es ihnen tatsächlich gelungen war, den Tresor im KaDeWe auszuräumen.

Sie hatten stundenlang immer wieder ihre Köpfe gemartert, bis die vom vielen Nachdenken geraucht hatten.

Darüber allerdings waren sie sich einig gewesen, dass sie die Moneten vorerst nicht einmal mit der Beißzange anfassen durften. Es wäre so ziemlich das Dämlichste gewesen, wenn sie sich dadurch verraten hätten, dass sie plötzlich mehr Geld ausgaben, als man es von ihnen gewohnt war.

»Also, was mich betrifft«, hatte Krumpeter schließlich erklärt, »ich setze alles auf eine Karte und kratze mit dem Zaster in der Tasche die Kurve, ganz schnell, und bevor die Polizei aufgewacht ist. Und ich weiß auch schon lange, wohin –«

»Wenn ich nur an den Zoll oder die Passkontrolle am Flugplatz denke, wird mir schon schlecht. Mann, das ist mir zu riskant«, hatte Zasche für seine Person festgestellt. »Ich bleib hier, deponiere meine Piepen vorerst in einem Privatsafe bei der UNION-Bank oder wo immer und verkrümle mich wie ein Regenwurm. Wetten, dass sie mich nicht kriegen?«

Als Ekke Krumpeter so gegen zehn Uhr das Hotel »Nahoata« verließ, blitzten die Gespräche in seiner Erinnerung wieder auf und er überlegte kurz, ob es Manni wohl geschafft hatte, in Berlin mit seinem Beuteanteil unterzutauchen.

Krumpeter spazierte zuerst ein Stück an der immer wieder von den Wellen besprühten Hafenpromenade entlang, die nach dem letzten tahitischen König »Boulevard Pomare« benannt war. Weiter geradeaus musste er gleich an der Post vorbeikommen und dann ging's rechts in die Rue Georges Lagarde. Er hatte den Stadtplan wie ein auswendig gelerntes Gedicht im Kopf.

Der Verkehr staute sich immer wieder. Nicht viel anders als in Paris oder London. Nur die Fahrzeuge waren von anderer Art. Leichte Motorräder kurvten und knatterten an den Autos vorbei und zwischen ihnen hindurch. Und überall und immer wieder die Trucks, diese offenen, exotisch-bunt bemalten Minibusse mit hölzernen Längsbänken, bis zum Wetterdach voll gefüllt mit braunen Menschen, flatternden Hühnern und quiekenden Schweinen. Und wo man hinguckte, auf den Gehsteigen oder mitten in den Straßen, herrenlos herumstreunende Hunde. Aber auch blitzblanke und elegante Limousinen. Schließlich war Pepeete das Verwaltungszentrum für ganz Französisch-Polynesien.

Und die Hitze war wieder da, drückend und feucht.

Krumpeter befürchtete, dass ihm der Schweiß am Körper entlanglief, wenn er nur den Arm hob. Aber das hätte er im Augenblick ohnehin bloß mit dem linken Arm machen können. Mit dem rechten trug er nämlich seinen Handkoffer, mit ständigem Körperkontakt zum Oberschenkel und die Faust eng um den Griff gepresst.

Krumpeter war unterwegs, um seine Beute in Sicherheit zu bringen. Und zwar da, wo normalerweise die meisten Menschen ihr Geld aufbewahren.

In Deutschland wäre das allerdings nicht ganz so einfach gewesen.

Inzwischen tauchten neben und über den Köpfen der Fußgänger immer häufiger knallrote Punkte in der Größe von Tennisbällen auf. Das waren die »Pompos«, die roten Bommeln auf den Mützen der französischen Matrosen in ihren blütenweißen Uniformen. Mit den Bügelfalten an den Hemden und den kurzen Hosen konnte man glauben, sie seien allesamt gerade aus dem Wäscheschrank gekommen. Der Flugzeugträger schien mit seiner Tausendmannbesatzung Pause zu machen. Und jetzt waren Straßenhändler aufgescheucht so wie drüben am Hafen ein Möwenschwarm durch eine Schiffssirene. Sie waren auf einmal da, Polynesier, Tahitianer, Chinesen und Afrikaner. Mit lauten Stimmen fielen sie über die Matrosen her und versuchten ihnen Muschelketten zu verkaufen, Perlmutt-kästchen, Schnitzereien, Korallenschmuck, nachgemachte Speere, Kriegskeulen und Handtrommeln. Oder Kokos-hüte und Pareos, die bunt bedruckten Tücher.

Der Wolkenkratzer der »Banque de Tahiti« stand mit viel Glas direkt neben einem alten Backsteingebäude aus der Kolonialzeit.

Krumpeter hatte sich vom Hotel aus telefonisch ange-meldet und dabei durchblicken lassen, weshalb er kommen würde. Kaum, dass er sich in der vollklimatisierten Schal-terhalle an der Information gemeldet hatte, begrüßte ihn auch schon ein farbiger junger Mann, lächelte, verbeugte sich ein wenig und führte ihn zum Lift, der sie anschlie-ßend zur einundzwanzigsten Etage emporschoss.

»Bonjour, Monsieur Kolbe.« Ein eleganter Mann im anth-razitfarbenen Anzug, der an seiner schlanken Figur saß wie ein Handschuh, hielt ihm die Hand entgegen. »Ich bin einer der zwei Direktoren dieser Bank und begrüße Sie.«

»Es ist sehr freundlich von Ihnen, dass Sie die Zeit für mich finden«, entgegnete Krumpeter. »Mein Französisch ist leider nicht olympiareif, entschuldigen Sie.« Für einen kurzen Moment war er verunsichert gewesen, als ihn der Bankdirektor mit seinem Passnamen angesprochen hatte. Das durfte ihm nicht wieder passieren.

»Wir können auch Deutsch sprechen, wenn Sie wollen«, meinte der Bankdirektor. Eine Perle schmückte seine helle Krawatte und die schmalen Spitzen seiner Schuhe sahen aus, als hätte er sie noch nie zuvor getragen. Sein dunkelhäutiges Gesicht war glatt rasiert und wirkte ungeheuer liebenswürdig. »Ich hab zwei Jahre in Hamburg studiert.«

»Dann bitte Deutsch«, sagte Krumpeter mit einem jungenhaften Lächeln, das er schon oft genug erfolgreich ausprobiert hatte.

»Mein Name ist Jean Robinet«, erklärte der Bankdirektor jetzt auf Deutsch. Er hatte seitlich gescheiteltes, schwarzes Haar. »Bitte, nehmen Sie doch Platz.«

Als Krumpeter zu einem der Klubsessel ging, versanken seine Füße förmlich im dicken Teppich. Man hätte sich leicht einen Knöchelbruch holen können.

Das Büro war sehr geräumig, auf dem breiten Schreibtisch waren zwei Computer installiert und durch eine hohe Glasfront konnte man über einen Teil der Stadt bis zum Hafen sehen.

»Sie wollen ein Konto eröffnen?«, fragte Direktor Robinet, als er sich gesetzt hatte.

Krumpeter blickte ihn an, nickte und schob mit einem Finger im Hemdkragen seine Krawatte zurecht.

»Und wie viel wollen Sie einbezahlen?«

Krumpeter legte die Hand auf seinen Handkoffer, der dicht neben ihm stand. »Es müssten so etwa eine Million deutsche Mark sein«, erwiderte er so kaltschnäuzig, dass ihm fast selbst die Spucke wegblieb. »Meine Firma hat über Nacht Pleite gemacht«, flunkerte er drauflos, »und das da im Koffer ist alles, was ich in letzter Minute vor dem Finanzamt retten konnte –«

»Sie haben das Geld also noch gar nicht gezählt?«, fragte Monsieur Robinet belustigt. Er lehnte sich in seinem Sessel zurück und beobachtete Krumpeter unauffällig. »Noch gar nicht gezählt –«, wiederholte er für sich und schüttelte den Kopf.

»Was wir jetzt nachholen sollten«, schlug Ekke vor. Sein Sessel war so weich und niedrig, dass seine Knie im spitzen Winkel standen und höher als sein Gesicht. »Vermutlich gibt es bei Ihnen im Haus Fachleute, die das in null Komma nix erledigen können.«

»Allerdings, die gibt es.« Der Direktor stand auf, ging zu seinem Schreibtisch und nahm den Telefonhörer ab.

Schon wenige Minuten später kamen zwei Männer herein. Der eine war der junge Tahitianer, der Krumpeter zuvor in der Schalterhalle empfangen hatte. Der andere war älter, etwa fünfzig Jahre alt, und hatte ein Gesicht mit einer hohen, sonnenverbrannten Stirn und einer dunklen Sonnenbrille, die er auch jetzt im Zimmer nicht abnahm. Beide in weißen Hemden mit halblangen Ärmeln, dunkelblauen Hosen und dunkelblauen Krawatten. Das war vermutlich die Einheitskleidung der Bankangestellten.

Da ihnen der Direktor bereits am Telefon gesagt hatte, was zu tun sei, brachten sie eine schmale elektronische Rechenmaschine mit, Papier und Schreibzeug.

Als Krumpeter seinen Handkoffer öffnete, blieben ihre Mienen unverändert. Wenn sie erstaunt oder verblüfft waren, ließen sie es sich nicht anmerken. Sie verteilten den Inhalt des Koffers wortlos über einen ovalen Konferenztisch, der seitlich im Raum auf dem großen Teppich stand, und fingen an, die gebündelten Geldscheine nach ihrem Wert zu sortieren, bauten kleine Türme mit ihnen.

Inzwischen ließ der Direktor Ekke ein Formular ausfüllen und sagte ihm, dass er sich ausweisen müsse.

Damit hatte Krumpeter gerechnet. Er holte seinen Pass aus der Innentasche der Jacke und legte ihn vor seinem Gegenüber auf den Tisch. »Auf das Bankgeheimnis kann man sich in Ihrem Hause verlassen?«, fragte er so beiläufig wie möglich.

»Da müssen Sie sich wirklich keine Gedanken machen«, meinte der Direktor. Er schmunzelte ein wenig. »Wissen Sie, wir freuen uns über jeden Franc, über jeden Dollar und selbstverständlich auch über jede Deutschmark, die in unsere Kasse kommt.« Er verglich mit einem kurzen Blick das Passbild mit dem Gesicht des Mannes, der ihm gegenübersaß. »Aber wir sind überhaupt nicht neugierig.« Jetzt gab er den Pass zurück. »Die Geschichte vom Ruin Ihrer Firma genügt uns vollkommen.«

Währenddessen hatte das leise Summen der Rechenmaschine aufgehört.

Monsieur Robinet hob den Kopf und blickte hinüber zu den beiden Männern am ovalen Konferenztisch. »Wie viel?«, fragte er.

»Eine Million –«, erklärte der junge Tahitianer.

»– und zwanzigtausendfünfhundert«, ergänzte der Ältere, der mittlerweile nun doch seine Sonnenbrille abgenommen hatte.

Und jetzt ging der Rest ziemlich schnell.

Eine Quittung wurde ausgestellt, das von Krumpeter ausgefüllte Formular wurde zuerst von ihm, dann von dem Direktor unterschrieben und dann wurden die Daten in einen Computer eingegeben, der schließlich die Kontozahl des neuen Kontos ausspuckte.

Der elegante Bankdirektor sagte noch eine ganze Menge

Nettigkeiten, für die sich Krumpeter höflich bedankte. Und kurz bevor die »Banque de Tahiti« ihre Mittagspause machte, stand er wieder auf der Straße. Mit einem leeren Handkoffer, aber mit einem Konto von etwas mehr als einer Million und mit einigen tausend Francs in der Tasche, die er schon mal gleich in bar abgehoben hatte.

Krumpeter spürte plötzlich wieder das sagenhafte Glücksgefühl, wie heute am frühen Morgen, als ihn das Taxi vom Flughafen in die Stadt gebracht hatte.

Es war ganz einfach unglaublich und grotesk, wie bisher alles nach Plan funktioniert hatte. Eigentlich hätte er aus lauter Freude in die Luft springen müssen.

Stattdessen suchte er ein Reisebüro auf.

Dort musste er dann erfahren, dass Fakarava nur einen Miniaturflugplatz hatte, auf dem lediglich eine Art von Taxiflugzeug landen konnte.

»Und wann fliegt die nächste Maschine?«

»Erst wieder so in etwa vierzehn Tagen, die Flugverbindung ist nicht regelmäßig«, antwortete das Mädchen hinter dem Schalter. Es war nicht sehr groß, hatte kleine Hände und vermutlich auch kleine Füße. Ihr Gesicht war lebhaft und sie trug einen Pareo mit aufgedruckten Palmenblüten um den schlanken Körper und über der braunen Schulter. »Aber es gibt immer wieder Frachtschiffe, die zur Insel auslaufen. Versuchen Sie Ihr Glück im Hafen, wenn Sie es eilig haben.«

»Das mache ich«, meinte Krumpeter. Er befingerte sein Kinn und guckte das Mädchen an. »Und jetzt habe ich noch eine ganz andere Frage. Können Sie mir sagen, wo ich ein Geschäft für Malutensilien finde?«

»Malutensilien?«

»Ja, Leinwand, Farben, Pinsel und so 'n Zeug –«

»Mon Dieu«, sprudelte das Mädchen heraus, »so was finden Sie höchstens in der Altstadt bei den Chinesen. Was Sie bei denen nicht finden, gibt es sonst nirgends.«

Also nahm sich Krumpeter ein Taxi in die Altstadt. Hier war das Gedränge in den schmalen Straßen noch größer als zuvor in der Umgebung der Bank. Die meisten Häuser waren alt und noch aus Holz, ohne Zwischenraum dicht nebeneinander gebaut.

Krumpeter hatte sich überlegt, dass er bei seiner Ankunft auf Fakarava am wenigsten auffiele, wenn er sich als unbedarfter und völlig harmloser Tourist und Hobby-maler ausgab, der nichts anderes im Sinn hatte, als schöne Motive für seine Bilder zu finden.

Endlich, nachdem er mehrere Läden abgeklappert hatte, fand Krumpeter, was er suchte.

Der Eingang lag zu ebener Erde und er musste eine aus-getretene Treppe hinuntersteigen. Zuerst krächzte die Holztür, als er eintrat, und dann krächzte ein Papagei. Rundherum stapelten sich alte Bücher in den Regalen. Von der niedrigen Decke hingen bunte Fische und Drachen aus Papier herunter.

Krumpeter sagte, weshalb er gekommen war.

»Du Maler?«, fragte der Besitzer und kicherte, weil der Papagei ein paar Worte quäkte, die Krumpeter nicht ver-stand. Aber den Chinesen erheiterten sie ungemein. Er war dick und rund und jetzt beim Lachen wackelten seine Fett-massen wie Gelee. »Mein Name ist Le Fong«, stellte er sich vor. Auf seiner Oberlippe saß ein kleiner Schnurrbart und am Zeigefinger der linken Hand trug er einen ovalen Jadering.

»Schon Gauguin hat vor hundert Jahren seine Farben hier gekauft«, verkündete Herr Le Fong mit Stolz. »Sie bestimmt kennen Gauguin, was eine ganz berühmte Maler ist gewesen und hier in Tahiti gelebt hat.« Er faltete seine Hände vor dem dicken Bauch. »Malen Sie Öl, Kreide oder Aquarell? Ich haben alles –«

Krumpeter hatte das Taxi warten lassen.

Als er jetzt aus dem Geschäft des Chinesen zurückkam, musste der Fahrer in seinem Gepäckraum eine Staffelei verstauen, einen Kasten aus Palmenholz mit den Farbtuben und eine Rolle Leinwand. Krumpeter hatte sich doch für Ölmalerei entschieden. Die Geräte, die man dazu brauchte, wirkten eindrucksvoller.

Im Hotel »Nahoata« gab er dem Portier Daniel seinen leeren Handkoffer und das gerade Gekaufte zur Aufbewahrung. Dann wanderte er wieder an der Rue Lagarde vorbei über den Boulevard Pomare. Es war inzwischen Mittag geworden und die Geschäfte hatten bei dieser Hitze zugemacht. Sie würden erst am Nachmittag wieder öffnen, dann allerdings bis in den späten Abend hinein.

Am Kai entlang gab es klitzekleine Restaurants und Buden mit zähen Haifisch-Sandwiches, hart gekochten Kalamariringen oder fettem Schweinefleisch. Ein Schnellimbiss neben dem anderen. Und alle hatten sie sich hochtrabende Namen zugelegt wie »Place Pigalle« oder »Pont Royal« oder »Champs-Élysées«. Und überall wieder die streunenden Hunde, die in den Abfällen schnüffelten.

Ekke Krumpeter fragte sich durch, bis er in den Frachthafen kam und dort zum Ankerplatz der »Aurora«, von der zwei Matrosen behauptet hatten, dass sie gelegentlich Fakarava anlaufen würde.

Das Schiff wurde gerade beladen. Ein Kran hievte Kisten und Fässer, die in einem großen Netz aus dicken Tauen zusammengepackt waren, vom Pier in die Luken. Die »Aurora« war ganz aus Stahl, hatte einen verhältnismäßig schlanken Bug und einen breiten Rumpf. Der dunkelbraune Schornstein qualmte leicht.

Krumpeter kletterte über das heruntergelassene Fallreep zum Deck hinauf.

Da stand bei der Brücke fest aufgepflanzt ein groß gewachsener Mann mit breiten Schultern. Er trug trotz der Hitze eine uniformähnliche dunkelblaue Jacke und hatte eine weiße, goldumbortete Mütze auf dem Kopf. Beide, Jacke und Mütze, waren schon ziemlich abgenutzt. An der Unterlippe des Mannes klebte eine halbe Zigarette. Sein Blick war auf das Netz gerichtet, das gerade mit seiner Last zur Ladeluke einschwebte.

Krumpeter grüßte und stellte sich vor.

»Nun, Monsieur«, sagte der Mann, »Sie sehen hoffentlich, dass ich beschäftigt bin.«

»Entschuldigen Sie, Capitaine, ich möchte Sie nur fragen, ob Sie vielleicht in den nächsten Tagen mit Ihrem Schiff die Insel Fakarava anlaufen?«

Der Mann mit dem goldenen Eichenlaub auf dem Mützenschirm drehte sich zu Krumpeter um. Er hatte helle, graue Augen und lächelte belustigt und dieses Lächeln passte eigentlich gar nicht zu seinem faltigen, sonnenverbrannten Gesicht.

47

»Ja, ich fahre nach Fakarava«, sagte der Kapitän, »und zwar noch heute.« Er klopfte die Zigarettenasche von den Aufschlägen seiner Jacke. »Zuerst hab ich allerdings Fracht für Nuku Hiva, eine andere Insel. Aber das ist kein großer Umweg.«

»Würden Sie mich mitnehmen?« Krumpeter war auf einmal ganz zappelig. »Und wann laufen Sie aus, Capitaine?«

»Sobald wir geladen haben und das ist in einer guten Stunde, schätze ich.« Er nahm den winzigen Rest seiner Zigarette, die ihm fast schon die Lippe verbrannt hätte, vom Mund und schnippte ihn über Bord. »Aber gewöhnlich nehme ich keine Passagiere mit. Für Passagiere ist mein Schiff nicht eingerichtet. Allerdings, wenn Sie es eilig haben –« Er lächelte wieder. »Man könnte vielleicht doch eine Ausnahme machen, es käme auf die Bezahlung an –«

»An welche Summe denken Sie?«

»So ab zehntausend Francs bin ich käuflich.«

»Aber, mon capitaine«, Krumpeter grinste, »ich will kein Raumfahrtprogramm finanzieren.«

Jetzt zeigte auch der Kapitän wieder sein Lächeln.

Krumpeter schlug vor, dass man sich auf die Hälfte der geforderten zehntausend einigen sollte.

Der Mann mit der Goldmütze schüttelte den Kopf.

»Also gut, weil mir die Zeit davonläuft.« Krumpeter hielt seine offene rechte Hand hin: »Sechstausend.«

»Einverstanden, sechstausend«, stimmte der Kapitän zu und schlug seine rechte Hand in die von Krumpeter. »In Nuku Hiva wird übrigens ein weiterer Passagier an Bord kommen.«

»Eine zweite Ausnahme für sechstausend?«

»Nein, der Baron zahlt keinen einzigen Franc«, erwiderte der Kapitän. »Wir sind Freunde und er lebt nun schon eine halbe Ewigkeit als einziger Europäer auf Fakarava. Weil die ansässigen Perlenhändler auf der Nachbarinsel besser bezahlen als die Einkäufer, die direkt zu den Fischern kommen und die Preise drücken, fährt er so alle drei oder vier Monate mit mir nach Nuku Hiva, und wenn ich aus Papeete zurückkomme, nehm ich ihn wieder mit zurück. Ein interessanter Mann, der Baron, Sie werden Spaß mit ihm haben –«

»Warten wir's ab«, entgegnete Ekke Krumpeter und stürmte los. »Bis in einer Stunde«, rief er noch hinter sich, als er bereits über das schwankende Fallreep lief.

Im Hotel bezahlte er geschwind seine Rechnung und dabei gab er dem freundlichen Portier ein paar Geldscheine extra. Dafür sollte Daniel hinter den neuesten deutschen Zeitungen her sein und sie ihm postlagernd nachschicken. Fakarava hatte bestimmt nur eine kleine Poststelle und dort würde er sich gleich nach seiner Ankunft bekannt machen. Es musste aufregend sein zu lesen, was und in welcher Aufmachung die Presse über den Berliner Millionenraub schrieb, und natürlich auch, ob man schon irgendeinen Verdacht durchblicken ließ.

Da er seine beiden großen Koffer gar nicht ausgepackt hatte, konnten sie von dem chinesischen Hausdiener umgehend zum Taxi gebracht werden, zusammen mit der Staffelei, dem Palmenholzkasten und der Leinwandrolle. Und weil ihm das inzwischen zur Gewohnheit geworden war, trug er den leeren Handkoffer selbst.

»Alles Gute, Monsieur«, sagte Daniel, als Krumpeter sich bereits bückte, um in den Wagen zu klettern. »Die Zeitungen besorge ich Ihnen, und wenn Sie sich auf der Insel langweilen, kommen Sie ganz schnell wieder hierher. Bonne chance!«

»Alles Gute auch für Sie, Daniel«, entgegnete Krumpeter. Dabei zog er auch schon die Taxitür zu.

Beim Quai du Commerce kam das Taxi in einen Stau.

Ein Laster hatte sich mit seinem Anhänger zum Entladen mitten in die Straße gestellt. Die behinderten Fahrzeuge veranstalteten ein empörtes Hupkonzert, aber es war umsonst.

Erst nach einer langen Viertelstunde kam der Verkehr wieder in Bewegung.

Krumpeter saß in seinem Taxi wie auf glühenden Kohlen, und als der Fahrer endlich zum Frachthafen hineinkurvte, schoss ihm eine heiße Blutwelle ins Gesicht.

Die »Aurora« war in diesem Moment dabei, vom Pier abzulegen.

Auf dem Schiff waren inzwischen im Rumpf die Ladeluken gesichert und mit Wachstuch bedeckt. Vorne bei der Schiffsmaschine standen ein halbes Dutzend dunkelhäutiger Männer mit nacktem Oberkörper bis zu den Knien in Schwaden von zischendem Dampf. Der Tender war bereits fort und der Kapitän rief seine Kommandos durch ein Sprachrohr vom Brückendeck her. Eine Glocke läutete und eine Sirene heulte auf. Aus dem Innern des Schiffes kam ein gedämpftes Pochen. Die »Aurora« drehte sich schwerfällig dem offenen Meer zu.

In der allerletzten Sekunde schoss ein weißes Motorboot vom Kai her. Den spitzen Kiel steil in der Luft, peitschte es über das ölige Wasser.

Der Kapitän erkannte Krumpeter, der sich mit dem einen Arm am Dach der Kajüte festhielt und den anderen in die Luft streckte. Das Motorboot war jetzt nur noch knappe zweihundert Meter von dem Frachter entfernt. Und nach zwei Minuten polterte es schon gegen die Bordwand.

Der Kapitän befahl seinen Männern, das Fallreep herunterzulassen, stoppte die Maschinen und ließ sie dann gegen die Strömung im Rückwärtsgang wieder anlaufen.

Währenddessen kletterten zwei tahitische Matrosen barfuß die Strickleiter an der Bordwand hinab. Nicht viel später schoben sie Krumpeters Gepäck über die Reling und dann ihn selbst. Das semmelblonde Haar klebte nass an seiner Stirn und der Schweiß lief ihm über das Gesicht. Sein weißer Leinenanzug war von der Jagd im offenen Motorboot total durchnässt und augenblicklich bildeten sich auf den Holzplanken zwei kleine Pfützen um seine Schuhe herum.

»Da bin ich –«, japste Krumpeter und griente.

»– was nicht zu übersehen ist«, bemerkte der Kapitän, ohne den Kopf zu wenden.

Er hatte wie vorhin ein Zigarettenstück an seiner Unterlippe und knurrte noch irgendetwas vor sich hin. Aber das war nicht zu verstehen, weil jetzt wieder die dumpfe Sirene aufheulte, dann wieder und noch ein drittes Mal.

Dann dampfte die »Aurora« endgültig aus dem Hafen.

# Der Baron

Es hatte zuerst nicht so ausgesehen.

Einige Docks schienen leer dazuliegen, in den zwei Lagerhallen waren die Fenster blind und zerbrochen und der Kran über den offenen Ladeluken der »Aurora« war vom Salzwasser angefressen und verrostet.

Trotzdem gab es an diesem späten Nachmittag im Hafen von Nuku Hiva viel Betrieb. Ein Tanker legte ab und ein Frachtschiff aus Valparaiso löschte große Ballen mit Kopra. Ein paar kleinere Schleppdampfer schaukelten unter Dampf auf dem Wasser und rieben sich ihre Seiten an der Hafenmauer. Seeleute und Hafenarbeiter mit allen nur möglichen Hautfarben.

Ekke Krumpeter war an Bord geblieben, lehnte an der Reling und schaute zu, wie ein Teil der Fracht aus dem Bauch des Schiffes gehievt und unten am Kai aufgestapelt wurde.

Dort stand breitbeinig der Kapitän, seine goldumbortete, weiße Mütze halb im Nacken und eine zur Hälfte aufgerauchte Zigarette zwischen den Lippen. Neben ihm ein Angestellter der Hafenverwaltung mit einem sommersprossigen Gesicht und einer Nickelbrille, ein zugewanderter Franzose vermutlich. Er kritzelte immer wieder irgendetwas auf verschiedenfarbige Scheine, riss sie aus einem Block heraus und reichte die ausgezackten Papiere dem Mann in der uniformähnlichen, blauen Jacke.

Danach schüttelten sich die beiden die Hände.

Im gleichen Augenblick kam ein sehr magerer und hoch

gewachsener Mann von ungefähr siebzig Jahren von den Lagerhallen her. Sein leichter Rohseidenanzug schlotterte beim Gehen, als sei er für einen Dickeren gemacht worden. Er ging gemessenen Schrittes, schwang einen dünnen schwarzen Spazierstock mit einem goldenen Knauf und hatte einen weißen Panamahut schief und unternehmungslustig auf dem Kopf.

Krumpeter lehnte sich noch weiter vor.

Das musste der angekündigte Baron sein.

Der Lotse war schon seit einer halben Stunde an Bord, ein kleiner und etwas dicklicher Mann mit einem rot-braunen Gesicht. Er lag in einem vergammelten Liegestuhl im Schatten des Kamins, die Füße übereinander gekreuzt, einen dunklen Hut bis zu den Augenbrauen über der Stirn, und rauchte ein Zigarillo. Seine Arbeit begann erst nach dem Ablegen.

Die Besatzung der »Aurora« machte die Ladeluken wieder dicht.

Mehr als ein Drittel der Sonne war bereits hinter dem Gebirge im Inselinneren verschwunden.

Als dann das Fallreep hochgezerrt wurde, machte der Schiffskapitän den Baron und Ekke Krumpeter miteinander bekannt.

»Das ist der Baron, von dem ich Ihnen erzählt habe –«

»Kein Mensch kann sagen, weshalb ich hier überall so heiße«, meinte der knochige Mann in dem hellgrauen Rohseidenanzug. Seine Augen waren hellblau und lebendig. Er lächelte freundlich. »Vielleicht weil ich immer mit diesem Spazierstock unterwegs bin –« Er unterbrach sich selbst. »Ich hab ihn vor Jahren auf Pitcairn Island einem Eingeborenen abgehandelt. Das Ding ist alt und sein goldener Knauf gefiel mir. Mag sein, dass der Stock vor zweihundert Jahren einem Offizier der Bounty gehört hat. Auf der Insel Pitcairn, müssen Sie wissen, haben sich damals die Meuterer verschanzt. Nachdem sie ihr Schiff verbrannt hatten.« Der Baron ließ den dünnen Spazierstock um sein rechtes Handgelenk kreisen und lächelte wieder. »Ein echter Baron bin ich jedenfalls nicht und dieser Stock da ist nur eine Marotte.«

»Andreas Kolbe«, stellte sich Krumpeter mit seinem falschen Passnamen vor. »Es freut mich, dass ich Sie kennen lernen darf –« Sonne und Hitze hatten seinen auf dem Motorboot durchnässten Anzug längst wieder trocken gemacht. Dabei waren allerdings die Bügelfalten flöten gegangen. Aber die hätten ohnehin nicht in diese Umgebung gepasst.

Die Taue wurden losgemacht, schwarzer Rauch kam aus dem Schornstein und die geschlossenen kleinen Fenster glitzerten fahl in der Dämmerung. Die Schiffsschraube wühlte sich ins Wasser und wirbelte es durcheinander.

Die »Aurora« begann vom Kai fortzugleiten.

Jetzt stand der dunkelhäutige Lotse auf der schmalen Brücke, sagte halblaut seine Kommandos und der Kapitän gab sie durch eine Sprachröhre an den Maschinenraum weiter.

Die Mannschaft hatte sich am Bug versammelt und wartete, ob man sie brauchen würde.

Eine Seemeile nach der letzten Mole war es dann so weit.

Der Lotse kletterte von Bord, dampfte in seinem Tender zum Hafen zurück und die »Aurora« nahm volle Fahrt auf.

Inzwischen war es dunkel geworden.

Die Nacht war mondhell und das Meer war ruhig. Bis auf eine leichte Dünung aus Südost. Aber sie genügte schon, um die »Aurora« nervös zu machen. Sie rollte und knarrte, wie alte Schiffe es eben tun, auch wenn sie dazu keinen Grund haben.

»Ihr Kahn, mon cher capitaine, ächzt und hustet zeitweise wie eine lungenkranke Schildkröte«, bemerkte der Baron, als der Dampfer wieder einmal seine schlechten Manieren zeigte. »Und doch gibt's in der ganzen Südsee keine Planken, die sicherer sind«, beeilte er sich hinzuzufügen, als er sah, wie der Kapitän gekränkt seine Zigarette ausdrückte. »Sie wissen, dass mir die gesamte Seefahrt gestohlen bleiben kann, seitdem ich damals abgesoffen bin. Seinerzeit hab ich mir geschworen, niemals mehr in meinem Leben ein Schiff zu betreten. Wenn ich trotzdem immer wieder Ihr Passagier bin, müssen Sie das als ehrlichen Beweis für mein Vertrauen zu Ihnen und zu Ihrer ›Aurora‹ gelten lassen.« Der Baron hatte in einem Atemzug und ohne Pause gesprochen. Jetzt holte er so tief Luft, als hätte er einen doppelten Salto hingelegt, nahm ein blütenweißes Taschentuch aus der Innenseite seiner Jacke und tupfte sich die Schweißperlen von der Stirn.

Der Kapitän hatte auch beim Abendessen seine goldumbortete Mütze auf dem Kopf behalten. Er saß neben Krumpeter auf der anderen Seite des Tisches.

»Ja, unsere alte Lady«, sagte er. »Trinken wir auf die ›Aurora‹.«

Das taten sie dann auch.

Die zwei Türen der Kapitänskajüte standen nach draußen offen und an der niedrigen Decke drehten sich müde die hölzernen Flügel eines Ventilators. Er hatte gegen die Hitze nicht den Hauch einer Chance.

Der Baron begann eine ziemlich alte Pfeife anzuzünden und danach trank und plauderte man noch länger als eine Stunde, das heißt, der Baron plauderte und die beiden anderen hörten zu. Er erzählte von allen möglichen Ecken der Welt, aber schließlich dann nur noch Geschichten von Fakarava. »Jetzt bin ich kaum zehn Tage weg«, gestand er zum Abschluss, »und ich sehne mich schon wieder nach der Insel, als ob ich –« Anstatt weiterzusprechen, machte er mit der linken Hand einen Schnörkel durch die Luft.

Krumpeter hatte gespannt und hingerissen zugehört. »Wie sind Sie ausgerechnet nach Fakarava gekommen?«, fragte er jetzt.

»Womit wir dann doch wieder bei der Seefahrt gelandet sind«, warf der Kapitän ein und lachte. »Erzählen Sie, Baron, ich kann Ihre Geschichte nicht oft genug hören –«

»Am Ostermontag werden es sage und schreibe genau einunddreißig Jahre.«

Der Baron ließ sich Zeit und paffte ein paar kleine Pfeifenrauchwolken zu dem Ventilator hinauf. »Ich war als Ingenieur für eine französische Firma, ich glaub, es war damals die Cook Island Company, von einer Baustelle zur anderen, also von einer Insel zur anderen, unterwegs. An Bord der ›Celestine‹, einer kleinen Küstenbarke. Fünfhundert Tonnen. Ich kann heute noch die Luft riechen, die in den engen Kabinen stand. Ein Sturm kam auf. Aufgewühltes Meer, fast haushohe Wellen, jede Menge Blitze. Da hat der Kapitän den Kurs verloren und wenig später seinen

Kahn dazu. Der wurde an irgendeinen Felsen geschleudert. Krach! Und jetzt liegt er auf dem Grund der tiefen blauen See. Der einzige Mensch, der gerettet wurde, war ich. Von einem Fischerboot aus Fakarava. Mon Dieu, so bin ich auf die Insel gekommen, und so bin ich auch dort geblieben –«

Später, als die »Aurora« längst draußen durch das offene Meer pflügte, war der Kapitän wieder auf seiner Brücke und Krumpeter stand allein und über die Reling gebeugt im tiefen Schatten des darüber hängenden Rettungsbootes.

Die Nacht war mondhell und der Himmel mit seinen vielen Sternen war unwirklich schön.

Krumpeter begriff eigentlich erst in diesem Moment, dass er das feste Land endgültig hinter sich gelassen hatte.

Der Baron lehnte neben der offenen Tür an der Kajütenwand und gab seiner Pfeife unter der vorgehaltenen Hand Feuer. Er zog ein paar Mal, bis der Tabak endlich glühte. Dabei beobachtete er den jungen Mann, der, mit dem Rücken zu ihm und ohne sich zu rühren, auf das Meer hinausblickte. Er stieß sich mit der Schulter von der Wand ab und spazierte langsam zu Krumpeter hinüber.

»Sie verstecken sich?«

Krumpeter zuckte zusammen, als der Baron so plötzlich neben ihm stand. »Nein, nein –«, antwortete er überrascht. Die Frage konnte immerhin bedeuten, dass der lange und knochige Gentleman aus irgendeinem Grund misstrauisch geworden war. Krumpeter war in Sekundenschnelle hellwach. Doch gleich darauf zeigte es sich, dass seine Befürchtung grundlos und der Baron völlig arglos war.

»Sie haben da einen gewaltigen Schritt gemacht«, fuhr der Baron teilnahmsvoll fort, »einen Schritt, der Ihr Leben total auf den Kopf stellt. Sie wollen ›aussteigen‹, oder wie immer man dazu sagt –«

»Mag sein, ich mache mir ganz falsche Vorstellungen«, gab Krumpeter zu. »Aber ich will es jedenfalls mal probieren –«

Als ihn die beiden, der Kapitän und der Baron, irgendwann am Nachmittag gefragt hatten, weshalb er denn hierher käme, war ihm als Antwort lediglich eingefallen, dass es ihm ganz einfach nicht möglich sei, so wie bisher weiterzumachen, und dass er von allem die Schnauze voll habe.

»Jedenfalls brauch ich einen kompletten Tapetenwechsel«, meinte Krumpeter schlicht und dachte insgeheim, dass dies tatsächlich die pure Wahrheit war.

»Ich verstehe Sie gut.« Der Baron zog nachdenklich an seiner Pfeife. »Sie wollen nichts wie weg von dem großen Haufen, der sich andauernd schubst und betrügt und zum Geld drängt wie der Büffel zum Wasserloch.«

Darauf gab es für Ekke Krumpeter nichts zu antworten.

»Aber natürlich ist Fakarava auch nicht das reine Paradies«, schränkte der Baron ein. »So was gibt es gar nicht, jedenfalls nicht auf dieser Welt. Vieles wird Ihnen auf der Insel primitiv vorkommen, Sie werden es vielleicht nicht so bequem haben wie bisher und Sie werden sich einschränken müssen.« Der Baron lehnte sich neben Krumpeter auf die Reling und beide blickten in den weißen Schaum von der Bugwelle und auf die Schiffslichter, die sich im Wasser spiegelten.

»Wo oder wie wohnt man als Fremder auf Fakarava?«, fragte Krumpeter nach einer Weile.

»Gewöhnlich übernachten die Besucher auf ihren Schiffen und Touristen gibt es eigentlich nicht. Kommen welche, dann mit den großen Passagierschiffen. Sie schauen sich um, knipsen ihre Fotos und machen sich wieder davon, bevor es dunkel wird. Für einen längeren Aufenthalt ist die Insel nicht eingerichtet.«

»Soll das heißen, es gibt überhaupt kein Hotel?«

»Doch, aber nur ein einziges«, sagte der Baron. »Das ›Trois fleurs‹ mitten im Dorf.«

»Drei Blumen«, wiederholte Krumpeter. »Ein Name, der die Phantasie beflügelt –«

»Warten Sie's ab und vergessen Sie nicht, dass Fakarava eine kleine Insel ist mit nicht viel mehr als fünfhundert Einwohnern«, entgegnete der Baron mit einem kleinen Lächeln. »Sie dürfen kein Hilton-Hotel erwarten. Aber lassen Sie sich überraschen –«

»Und ein anderes Hotel gibt es wirklich nicht?«

»Doch, das Polizeigefängnis –«, antwortete der Baron und grinste wieder.

Krumpeter wurde bleich im Gesicht und gleichzeitig schoss ihm das Blut in die Ohren. Irgendwo in seinem Hinterkopf piepste es und alarmierte ihn bis in die Fingerspitzen. Ein Glück, dass es dunkel war, sodass der Baron weder die Blässe in seinem Gesicht noch die tomatenroten Ohren sehen konnte.

»Sie machen Witze.« Er schluckte. Dabei überlegte er blitzschnell, ob der Baron nicht doch schon etwas über ihn wissen konnte.

»Kein Witz, es stimmt«, erklärte der alte Mann im Rohseidenanzug. Er paffte wieder Pfeifenrauchwölkchen vor sich hin. »Das Polizeigefängnis auf Fakarava ist im gleichen Haus wie der Distriktbeamte und die Polizeiwache. Fünf Zellen mit fließendem Wasser, Toiletten und einer Pritsche. Allerdings mit vergitterten Fenstern. Aber weil es niemanden zum Einsperren gibt, stehen die Zellen schon seit Jahren leer, was ein Luxus ist, den sich die Insel nicht leisten will. Sie können also dort einziehen, wenn Ihnen das ›Trois fleurs‹ zu teuer ist. Der Distriktbeamte ist übrigens längst wieder nach Papeete zurück und die Polizeiwache hat keine Polizisten mehr, da die Einwohner auf sich selbst aufpassen. Die Zellen sind recht preiswert und eine Frau aus der Nachbarschaft sorgt für Sauberkeit.«

»Besten Dank«, sagte Krumpeter, der immer noch nicht sicher war, ob der Baron ihm auf den Zahn fühlen oder ihn nur auf den Arm nehmen wollte. »Ich glaube, dass ich mir das »Trois fleurs« leisten kann. Vorerst jedenfalls.«

Zur gleichen Stunde und am gleichen Tag saß sein Kumpel namens Manfred Zasche, von seinen Freunden ganz einfach Manni genannt, in Berlin vor einer Waschmaschine und schaute zu, wie hinter den zerkratzten Bullaugen der Trocknertüren seine Socken, Unterhosen und Hemden durcheinander gebeutelt wurden.

Manni war der einzige Kunde.

Bis auf einen jüngeren Mann mit kurzen Haaren, der neben dem Espressoautomaten stand und abwechselnd in seine Tasse oder in eine Zeitung starrte.

Der Waschsalon lag in der Knesebeckstraße und hatte zwei Schaufenster mit einer gläsernen Tür dazwischen.

Manni fühlte sich so sicher wie in Abrahams Schoß.

Er hätte es nie und nimmer für möglich gehalten, dass die Polizei bereits hinter ihm her war und ihn beobachtete.

Aber das tat sie, und ganz besonders in diesem Augenblick, denn heute wollte sie zuschlagen, nachdem sie den jungen Mann mit den hellblonden Haaren seit zwei Tagen auf Schritt und Tritt observiert hatte. Allmählich wurde die Sache zu gefährlich. Wenn dieser Einmeterneunzigmann mit den breiten Schultern nämlich merken sollte, dass er beschattet wurde, konnte er ganz plötzlich unter den Menschen in einem U-Bahnhof oder auch mitten auf dem Kurfürstendamm in null Komma nichts im Gewimmel der Passanten wegtauchen und war verschwunden. Dieses Risiko wollte Hauptkommissar Papenbrock nicht eingehen.

Übrigens sah Manni Zasche seinem Kumpel Krumpeter zum Verwechseln ähnlich. Nicht im Gesicht, aber er hatte die gleiche Haarfarbe.

Als Manfred Zasche seine gewaschene und getrocknete Wäsche in einer hellblauen Tasche verstaut hatte, die so groß war wie die, in denen Tenniscracks ihre Schläger von Turnier zu Turnier schleppen, bewegte er sich, vorbei an einem Mann mit kurzen Haaren, zur Straße hin.

Kaum hatte er die gläserne Ladentür aufgemacht, pflanzte sich ein Bodybuildertyp vor ihm auf und gleichzeitig ein anderer in einer orangefarbenen Freizeitjacke.

»Bleiben Sie stehen, Sie sind verhaftet«, sagte der Goliath und zeigte dabei seinen Polizeiausweis.

Zasche war völlig perplex. Ihm fehlten für einen Moment Luft und Worte. Wie bei einem Fisch, der an der Angel zappelt, klappte sein Mund auf und zu. »Das – das ist ein Irrtum, Sie verwechseln mich –«

»Halt die Klappe«, befahl der Mann mit der orangefarbenen Jacke. »Hände auf den Rücken. Bisschen plötzlich.«

Im gleichen Augenblick trat der mit den kurzen Haaren aus dem Waschsalon hinter ihn. »Wo haben Sie das Geld?«, fragte er so, als wollte er bloß wissen, wo die nächste Telefonzelle sei.

»Welches Geld?« Zasche blickte von einem zum anderen. »Wer sagt mir, dass Sie echt sind –«, stieß er heraus. »Ein Kinderspiel, so einen Ausweis zu fälschen.« Es war ihm klar, dass er jetzt alles auf eine Karte setzen musste, wenn er nicht alles verlieren wollte.

Zwei Männer waren inzwischen aus einem schwarzen Mercedes gestiegen. Der eine nicht sehr groß, ein wenig dicklich und mit einer Zigarre im Mund. Der andere im grauen Flanellanzug, die Krawatte gelockert und mit einer schiefen Nase. Sie kamen ganz gemütlich heranspaziert.

»Guten Tag, Herr Hauptkommissar«, sagte der Goliath, der sich nach den beiden Männern umgedreht hatte.

Und das war ein Fehler.

Zasche hatte im Nu seine Chance erkannt.

Er wirbelte auf dem Absatz herum und warf sich so blitzartig, als hätte er einen elektrischen Schlag in die Kniekehlen bekommen, mit den Schultern gegen den Mann mit dem kurzen Haar, rammte ihn von der Seite und stieß ihn gegen eines der beiden Waschsalonschaufenster, das mit einem hellen Klirren zersprang. Anschließend rannte er an den beiden anderen Kripos vorbei auf die Straße, hechtete über die Haube eines nicht allzu schnell fahrenden Chevrolet, der ihm den Weg versperrte.

Zasche hörte noch ein Durcheinander von quietschenden Bremsen und wütenden Autohupen. Er stürmte in die Mitte der Straße und zwischen einer entgegenkommenden Autokolonne hindurch. Danach peilte er bereits den Eingang einer S-Bahn-Station an, schlug einen Haken um einen Kinderwagen, als ihn plötzlich Fäuste packten und auf den Boden warfen. Die Fäuste gehörten zu zwei uniformierten Polizisten in Lederjacken. Sie waren mit ihrem Funkstreifenwagen für alle Fälle und zur Absicherung in die Nähe des Waschsalons beordert worden. Eine zweite Funkstreife parkte drüben neben einer Plakatsäule. Man hatte auf Sicherheit gesetzt und wollte sich keine Blamage einhandeln.

Es war für Manni Zasche ganz und gar kein Triumphzug, als ihn jetzt die beiden uniformierten Polizisten zum Waschsalon zurückbrachten. Der eine links neben ihm und der andere rechts neben ihm. Er hatte die Arme auf dem Rücken und Handschellen um die Handgelenke. Die Passanten blieben stehen, drehten sich um und machten Stielaugen.

Die drei Zivilbeamten, deren Berufsehre Zasche erheblich angekratzt hatte, empfingen ihn mit finsteren Mienen.

»Darüber quatschen wir irgendwann«, grollte der mit dem kurzen Haar. Er rieb sich noch den Ellbogen, mit dem er gegen die Schaufensterscheibe geknallt war. Der andere mit der orangefarbenen Freizeitjacke zeigte demonstrativ seinen Rücken und der Bodybuildertyp hatte eine Hand zur Faust geballt, umkreise sie mit der andren, als ob er sie streicheln wollte.

»Du hast ein verdammtes Glück«, sagte er. »Wenn sie dich nicht außer Gefecht gesetzt hätten –«

Er musterte Manni Zasche wie ein Stück Kotelett und es war klar, was er sagen wollte.

»Ich bin Hauptkommissar Papenbrock«, stellte sich der Mann mit der Zigarre vor. »Und das ist Herr Berger, mein Assistent«, fügte er hinzu und blickte dabei kurz neben sich zu dem jungen Mann mit der schiefen Nase. »Es geht um den ausgeraubten Tresor im ›Kaufhaus des Westens‹. Aber das muss ich Ihnen wohl nicht sagen.«

»Sie nehmen doch wohl nicht an, Herr Hauptkommissar, dass ich etwas mit dem Bruch im KaDeWe zu tun habe?« Zasche schaffte es, total gekränkt dreinzuschauen.

»Ich nehme überhaupt nichts an«, sagte Papenbrock so ruhig wie zuvor. »Wo waren Sie am vergangenen Sonntag, so zwischen elf und dreizehn Uhr?«

»Sonntag, zwischen elf und dreizehn Uhr? Warten Sie mal –« Zasche schob seine Unterlippe nach vorn und tat so, als würde er angestrengt überlegen. »Da muss ich drüber nachdenken –«

»Ja, Junge, grüble mal schön«, mischte sich der Assistent namens Berger ein.

»Ich kann Sie auch was Einfacheres fragen«, meinte der Kommissar freundlich. Er hatte gerade einen Zug von seiner Zigarre genommen. »Etwa zwei Millionen sind verdunstet.«

Er runzelte die Stirn. »Und nun würde mich brennend interessieren, wo das Geld gebunkert ist.«

»Das haut mich um, wie kann ich das wissen?«, stotterte Zasche. »Soll das ein Witz sein?«

»Seh ich aus wie ein Komiker?« Jetzt grinste der Hauptkommissar über das ganze Gesicht. Und ohne seine Miene zu verziehen, gab er seinem Assistenten die Anweisung, den Verhafteten vorerst ins Untersuchungsgefängnis einzuliefern. »Aber um siebzehn Uhr will ich ihn zur Vernehmung in meinem Büro haben.« Er drehte sich zu Zasche um. »Wir sehen uns also später wieder, Baby, ich erwarte dich, bye-bye.«

Er wollte schon weggehen, da hielt ihn Zasche auf.

»Glauben Sie mir, Herr Kommissar, Sie machen einen großen Fehler, wenn Sie mich einbuchten. Ich bin einer der wenigen anständigen Menschen, die mir bisher im Leben begegnet sind.«

»Du scheinst ja eine dolle Rübe zu sein.« Papenbrock lachte und ging Zigarre rauchend zu seinem schwarzen Mercedes.

# Fakarava

In den engen und stickigen Kajüten, die man ihnen angewiesen hatte, war es fast unmöglich gewesen, auch nur zu atmen.

Deshalb hatten beide die Nacht an Deck verbracht. Der Baron in einem der vergammelten Liegestühle, die langen Beine von sich gestreckt. Krumpeter zusammengerollt auf einer Matratze, die er aus seiner Koje geholt und im Bug neben der Reling auf den Boden gelegt hatte.

In der Dunkelheit und im Fahrtwind des Schiffes war die Hitze erträglich gewesen.

Kurz nach sechs ging die Sonne auf.

Sie hob sich goldrot aus dem Meer.

Keine Wolke war am Himmel.

Und die Hitze war wieder da.

»Wir werden schon seit einer ganzen Weile von einer Eskorte begleitet, falls Sie das interessiert«, rief der Baron aus seinem Liegestuhl herüber und zeigte mit dem Stiel seiner Pfeife an den Rettungsbooten vorbei zum Meer hinaus.

Da schwamm ein ganzer Schwarm von großen Fischen neben dem Schiff her. Immer wieder schnellten sie abwechselnd aus dem Wasser und segelten dann mit ihren ausgebreiteten Brustflossen bis zu hundert oder auch mehr Meter durch die Luft. Anschließend tauchten sie zum Schwarm zurück, schwammen mit ihm, bis sie sich erneut in die Luft warfen und dann im Flug einen Salto hinlegten.

»Fliegende Fische, es ist ja nicht zu fassen.« Krumpeter hatte sich auf seiner Matratze aufgerichtet. Er blickte auf den Knien und mit zusammengekniffenen Augen über die Reling. Das unter der Sonne glitzernde Wasser blendete ihn.

Als jetzt der Schiffskoch seine Küchenabfälle zu den Fischen über die Reling hinunterwarf, stürzten sie sich darauf und blieben zurück.

Wenig später kletterte der Baron mit Panamahut und Spazierstock über die schmale Eisentreppe zur Brücke hinauf. Zusammen mit Krumpeter, den er aufgefordert hatte mitzukommen. »Sie müssen es unbedingt von oben sehen, wenn die Insel in Sicht kommt, und das kann jetzt nicht mehr lange dauern«, bemerkte er. »Für mich ist das jedes Mal wieder ein Anblick, der das Herz hüpfen lässt.«

Der Kapitän hatte in der vergangenen Nacht kein Auge

zugemacht. Er lehnte neben dem dunkelhäutigen Steuermann am offenen Fenster und tippte, ohne sich umzudrehen, an seinen Mützenschirm mit dem goldenen Eichenlaub. »Morgen, die Herren.«

»Guten Morgen, mon capitaine«, grüßte der Baron zurück, »wie Sie geschlafen haben, will ich gar nicht wissen.«

»Das wäre auch eine total überflüssige Frage«, murmelte der Mann in der uniformähnlichen blauen Jacke und dann fügte er hinzu: »Man hat mir übrigens über Funk gesagt, dass in diesem Augenblick die ›MS Europa‹ vor Fakarava auf Reede geht.«

»Ich dachte, so große Schiffe können die Insel nicht anlaufen«, warf Krumpeter verwundert ein. Das fehlt gerade noch, schoss es ihm durch den Kopf, dass eine ganze Schiffsladung deutscher Touristen auf der Insel herumwimmelt, wenn wir ankommen.

»Fakarava ist ein Atoll, wie Sie wohl wissen«, erklärte der Baron. »Ist also eine Insel mit einer Lagune und einem Ring aus Korallen rund um sie herum. Durch dieses Korallenriff gibt es in die Lagune hinein drei Einfahrten. Aber nur eine davon ist für ein so großes Schiff, wie es die ›Europa‹ ist, passierbar.«

»Und das nicht ohne Risiko«, warf der Kapitän dazwischen. »Da gibt's immer wieder Korallenfelsen, zwischen denen man sich durchfinden muss. Das Wasser ist an manchen Stellen nicht tief genug und zwischen den beiden Enden des Riffs wird es verteufelt eng. So ein riesiger Kahn hat da backbord und steuerbord nicht mehr als zehn Meter Abstand zwischen Schiffswand und Ufer. Ganz schön mutig von diesem Kapitän –«

Krumpeter dachte insgeheim, dass er es lieber gehabt hätte, wenn der »Europa«-Kapitän weniger mutig gewesen wäre.

Als Fakarava im Licht der Morgensonne am Horizont auftauchte, war die Insel nur ein heller Strich oder ein winziger Fleck im riesigen Ozean.

Aber für Ekke Krumpeter lag schon jetzt Musik in der Luft. Er stand da auf der Brücke im weißen Hemd und in der weißen Hose seines Leinenanzugs, nahm ab und zu aus einer Dose einen Schluck lauwarmes Bier und schaute auf die Insel hinüber. Vor Aufregung wippte er immer wieder leicht mit den Fußballen.

Als sie näher kamen, begann der Kapitän die Fahrt der »Aurora« zu drosseln.

Das Atoll lag niedrig auf dem Wasser.

Es war ein Oval mit hellem Korallensandstrand und hohen Palmen. Manche hatte der Wind gebogen und so wuchsen sie waagrecht in den Himmel. Zwischen ihren Stämmen schimmerten Häuser hindurch. Dahinter gab es eine hohe Gebirgskette. Davor die schneeweißen Brecher, die vom Meer her gegen das Riff donnerten. Und mitten in der Lagune, wie ein lang gestrecktes Hotel mit vier Stockwerken, die »MS Europa«.

Die Luft flimmerte bereits in der heißen Sonne, als der Kapitän auf die Durchfahrt zusteuerte, durch die er mit seinem Schiff an den Korallenwänden vorbei auch in die Insel hineinschlüpfen wollte.

Um dem Sog der Brandung auszuweichen, ließ er die »Aurora« weit einlaufen. Am Bug standen zwei von den gutmütigen, immer vergnügten, halb nackten Burschen der Besatzung bereit, um bei der Einfahrt durch das Riff das Fahrwasser auszuloten.

Als das Schiff jetzt die Fahrt herausnahm, begann es für einen Moment wieder einmal zu schlingern und zu ächzen. Danach liefen die Maschinen rückwärts und mächtige Schaumwolken sprudelten bis zum Deck hinauf. Eine kurze Drehung und dann glitt die »Aurora« ganz vorsichtig und langsam in den Kanal hinein.

Der Kapitän hatte den Baron und Krumpeter vor der Einfahrt gebeten, ihn zusammen mit dem Steuermann allein auf der Brücke zu lassen. Dort ging er jetzt von einer Seite zur anderen, um den Abstand von den Seitenwänden seines Schiffes zu den Korallenufern zu kontrollieren. Er brüllte seine Kommandos und ließ sich dazwischen von den beiden Burschen im Bug immer wieder die Wassertiefe unter dem Kiel zurufen.

Kleine schwimmende Mangroveninseln stießen gegen die Bordwand. Möwen und Kormorane nahmen das Schiff in Empfang und begleiteten es. Korallenriffe leuchteten in allen Farben durch das Wasser. Und als jetzt ein Pelikan vom sumpfigen Uferstreifen ganz dicht über seinen Kopf in den Himmel flatterte und fast den Schornstein des Schiffes streifte, war Krumpeter total von den Socken. Ekke, sagte er zu sich – wenn er mit sich selbst redete, sagte er immer Ekke –, wenn es irgendwo auf der Welt ein Paradies gibt, dann ist es hier.

Schon am Ende der Einfahrt hörte die Dünung auf und die »Aurora« tastete sich in das glatte, ruhige Wasser der Lagune hinein. Sie lag blau und glasklar da wie ein riesiger See.

Jetzt konnte man am Ufer zwischen den hohen Kokospalmen bereits die Hütten mit ihren Blechdächern erkennen. Zwischen ihnen ein größeres Haus mit einem Ziegeldach.

Weil das Wasser dem Strand zu für die mächtige
»Europa« nicht tief genug war, hatte sie auf Reede ankern
müssen. Sie hatte über die Toppen geflaggt, und als der
Schoner aus dem Kanal gekommen war und jetzt an ihr
vorbeifuhr, ließ sie zur Begrüßung von der Brücke herunter ihre Sirenen aufheulen.

Der Kapitän der »Aurora« antwortete mit mehrfachem
dumpfem Tuten und ließ gleichzeitig eine Leuchtrakete in
den Himmel schießen.

An dem kleinen Pier des Dorfes, der in erster Linie für
das Versorgungsschiff aus Papeete gebaut worden war,
hatte ein Motorschiff des Ozeanriesen angelegt. Aus ihm
kletterten die Passagiere auf den breiten Holzsteg. Ein
zweiter Tender kam mit einer weiteren Ladung gerade an-
gerauscht.

»Die ›Europa‹ kommt nur zwei- oder höchstens dreimal
im Jahr zu uns und es ist jammerschade, dass sie ausgerechnet heute hier ihre Fahrgäste ausspuckt«, sagte der
Baron. Er stand neben Krumpeter an der Reling und beide
blickten zum Ufer hinüber, das immer näher kam. »Jetzt
kriegen Sie einen ganz falschen Eindruck. Aber schon in
ein paar Stunden ist das ganze Touristengewimmel verschwunden. Dann sind wir wieder unter uns und die Insel
wird sich so zeigen, wie sie wirklich ist. Die Perlentaucher
werden mit ihren Booten zum Riff hinausfahren, das einzige laute Geräusch wird das Brüllen der Brandung gegen

das Riff sein, und wenn die Menschen hier Sorgen haben, dann nur die Angst vor einem Hurrikan, wie vor zwei Jahren.« Er zog seine rohseidene Jacke an, die er bisher über dem Arm gehabt hatte. »Kein Stress, kein Smog, keine Bettler an jeder zweiten Straßenecke wie in Paris oder London, wo kaum einer lächelt und keiner Zeit hat.«

»Sie sind ein außergewöhnlicher Mann«, sagte Krumpeter und grinste dabei über das ganze Gesicht.

»Wir sind alle außergewöhnlich«, erwiderte der Baron. Er zündete sich eine Pfeife an und hatte damit keine Mühe, denn es war kein Wind zu spüren, nicht einmal ein Hauch so sanft wie eine Katzenpfote.

Während sie jetzt beide schweigend zu dem Gedränge am Pier hinüberschauten, überlegte Krumpeter, dass es vielleicht gar nicht so schlecht war, wenn die Eingeborenen im Augenblick nur an den Passagieren der »Europa« interessiert und durch sie abgelenkt waren. Wenn er jetzt ganz allein in der Begleitung des Barons als einziger Fremder ankäme, würde man ihn todsicher neugierig anstaunen und mit tausend Fragen bombardieren. Aber versteckt unter den paar hundert Inselbesuchern, würde er, ohne groß aufzufallen, an Land gehen können.

Es war so ähnlich, wie es mit der Reisegesellschaft nach der Landung auf dem Flugplatz von Papeete gewesen war.

Und auch das Zeremoniell mit den Blütenkränzen wiederholte sich.

Nur waren diesmal die Kränze aus stark duftenden Gardenien und Frangi-Pani-Blüten geflochten und die tahitischen Mädchen, die sie den verschwitzten Passagieren umhängten, trugen regelrechte Blumenkronen auf dem Kopf und einzelne Blüten auch hinter den Ohren. Sie kicherten, redeten mit hellen Vogelstimmen durcheinander und zwischendurch sagten sie immer wieder einmal »ia ora«, was so viel wie »Guten Tag« bedeutet.

Eine knappe Stunde später kam Ekke Krumpeter in seinem weißen Leinenanzug, der keine Bügelfalten mehr hatte, vom Deck über das Fallreep, und genau um elf Uhr dreiundvierzig betrat er behutsam zuerst mit dem rechten und dann mit dem linken Fuß den hölzernen Pier von Fakarava.

Es war ein Gefühl, als hätte er den ersten Schritt auf den Mond gemacht.

Den eingeborenen Mädchen waren bei den vielen Passagieren der »Europa« die Blütenkränze ausgegangen. Sie saßen jetzt wie Schauspielerinnen, die ihre Rollen zu Ende gespielt hatten, nebeneinander mit gekreuzten Beinen auf dem Boden, ihre Blumenkronen auf dem Kopf, rauchten Zigaretten und plauderten ausgelassen miteinander. Als jetzt eine Gruppe von jüngeren Inselbewohnern an ihnen vorbeikam, flachste man sich gegenseitig an. Die Männer kamen, um der »Aurora« beim Löschen der Ladung zu helfen. Sie trugen T-Shirts mit kurzen Hosen oder den bunten Pareo um den Körper geschlungen.

Als der Baron über das Fallreep kam, den Panamahut leicht aus der Stirn geschoben und seinen Spazierstock unter dem Arm, liefen die Männer auf ihn zu, umringten ihn und überschütteten ihn gleichzeitig mit tausend Fragen.

»Das sind Taucher und Fischer«, rief der Baron durch das Gedränge zu Krumpeter hinüber. »Sie wollen wissen, ob die Händler auf Nuku Hiva für ihre Perlen gut oder schlecht bezahlt haben –«

»Meitaki maata«, besänftigte der Baron die jungen Burschen auf Polynesisch. Dabei klopfte er mit dem Goldknauf seines Spazierstocks auf eine schwarze Aktentasche, die er vom Schiff mitgebracht hatte. Jetzt feixten die Männer und schüttelten dem hoch gewachsenen Mann im Rohseidenanzug die Hände. Anschließend schlenderten sie fröhlich und zufrieden zur »Aurora« hinüber, deren Mannschaft bereits die Ladeluken geöffnet hatte.

»Kommen Sie, wir können gehen«, sagte der Baron zu Krumpeter. »Ich habe veranlasst, dass Ihr Gepäck zum ›Trois fleurs‹ gebracht wird.«

»'Holà, Baron, gute Reise gehabt?«, fragte in diesem Augenblick eine helle Stimme in gebrochenem Französisch. Sie gehörte einem etwa vierzehnjährigen Jungen mit großen Bernsteinaugen und schneeweißen Zähnen im milchkaffeebraunen Gesicht. Er hatte eine Hibiskusblüte hinter dem linken Ohr und ein pflaumenblaues Tuch mit aufgedruckten großen gelben Blumen um die nackten Hüften. Neben ihm lag ein ganzer Berg von aufgeschlagenen Kokosnüssen am Boden.

»Das ist Tagi«, erklärte der Baron. »Wenn es mal passiert, dass Touristen auf die Insel kommen, begrüßt er sie mit einem Willkommensschluck von Kokoswasser aus frisch geköpften Nüssen.«

Inzwischen hatte der Junge mit einem einzigen Schlag seiner breiten Machete eine neue Kokosnuss gespalten und reichte sie dem Baron. Eine zweite steckte er Ekke Krumpeter entgegen. Dabei grinste er fröhlich.

Und damit war Tagi der erste Eingeborene, der Krumpeter auf Fakarava willkommen hieß.

Das sagte er dem Jungen auch, legte ihm seine Hand auf die Schulter und bedankte sich.

Auf dem Weg zum »Trois fleurs« kamen die beiden an mehreren Hütten vorbei. Sie waren mit Holz gebaut und hatten Dächer aus Palmenblättern oder auch aus Blech von flach geklopften Benzinkanistern. Sie lagen alle in kleinen, blühenden Gärten und unter Mango- oder Brotfruchtbäumen.

Das große Haus, das Krumpeter schon aufgefallen war, als sich die »Aurora« dem Ufer genähert hatte, war tatsächlich aus Backsteinen gebaut und hatte ein Ziegeldach, dessen rote Farbe allerdings von der Salzluft angefressen war. Bis vor fünf Jahren war das Gebäude noch die Residenz eines französischen Gouverneurs für den gesamten Archipel gewesen. Aber man war dann auf das einfacher erreichbare Hao-Atoll umgezogen und die Einwohner von Fakarava hatten aus dem verlassenen Amtssitz eine Art Gemeinschaftshaus gemacht. Hier kamen sie zusammen, wenn die Nächte kühl wurden, oder in der Regenzeit.

Im Augenblick hatte man die drei Türen weit aufgemacht und Kinder versuchten den Passagieren der »Europa« Perlmuttmuscheln, Halsketten und Perlenaustern zu verkaufen.

Die erwachsenen Dorfbewohner waren nicht neugierig und kümmerten sich nicht um die Touristen. Sie gingen ihrer Arbeit nach wie an jedem Tag.

Das konnte den Passagieren der »Europa« nur recht sein.

Zuvor hatten sie auf den anderen Inseln nur Eingeborene abfotografieren können, die sie angestarrt oder im entscheidenden Moment den Kopf weggedreht hatten.

Hier konnten sie die Frauen beim Füttern ihrer Hühner und Schweine knipsen, Frauen, die Papayas pflückten, Guajabas oder Ananas. Bei den Männern war die Sache etwas schwieriger. Wenn sie mit nackten Füßen an den Palmen hochkletterten, um Kokosnüsse zu ernten, konnte man sie noch erwischen. Aber die meisten jagten mit ihren Auslegerkanus am Ufer entlang hinter den Fischen her oder tauchten am Riff nach Perlen. Da halfen dann nur noch besonders gute Teleobjektive.

»Und das da drüben ist das Gefängnishotel, von dem ich Ihnen erzählte«, meinte der Baron und blieb stehen. Er zeigte mit seinem Spazierstock auf eine grün angestrichene Baracke. Sie lag wie die anderen Hütten in einem hübschen kleinen Garten, hinter den vergitterten Fenstern hingen bunte Gardinen, und sie schien im Augenblick leer zu stehen.

»Sieht doch ganz einladend aus«, äußerte sich der Baron.

»Alles Geschmackssache«, erwiderte Krumpeter. »Ich würde jedenfalls bei so einer karierten Aussicht Magenschmerzen kriegen.«

Der Baron hielt den Kopf schief, ließ seinen dünnen Spazierstock ums Handgelenk kreisen und blickte Krumpeter eine ganze Weile belustigt in die Augen.

Ein oder sogar zwei Sekunden zu lang für den jungen Mann mit den semmelblonden Haaren. Klar, es war selbstverständlich, dass sich der Baron seine Gedanken über ihn machte. Immerhin konnte seine Freundlichkeit gespielt sein. Jedenfalls, so oder so, er würde höllisch aufpassen und enorm vorsichtig sein.

Vor einem viereckigen Bau mit weiß gekalkten Wänden und einem Wellblechdach neben einer Tankstelle witzelte der Baron, dass dies der »Supermarkt« der Insel sei.

Hinter zwei Schaufenstern waren in Wandregalen alle Waren aufgestapelt, die eine Insel braucht, auch wenn sie Früchte und Fische im Überfluss hat.

»Hier kriegen Sie alles«, meinte der Baron, zog an seiner alten Pfeife und paffte weißen Rauch vor sich in die Luft. »Mehl, Tee, Stoffe, einfach alles, bis zum Bügeleisen und zur Nähnadel. Das Ding gehört zu einer Pariser Laden-kette, die sich mit ihren Filialen auf dem ganzen Archipel eingenistet hat. Wir sind gleich da –«

Zwischen den Wurzeln der Bäume wuchsen jetzt wilde Orchideen, es roch wie in einem Blumenladen und die Blätter unter ihren Füßen waren von der Hitze so trocken, als gingen sie über Cornflakes.

Das »Trois fleurs« lag etwas erhöht am äußersten Ende des Dorfes.

Ein paar Hunde bellten durcheinander. Aber als die bei-den Männer näher herankamen, winselten sie nur noch und schlichen davon.

»Huru-Huru«, rief der Baron. »Ich hab einen Gast für dich, du Gauner!«

Nach einer Weile waren Schritte zu hören und dann kam ein langer Eingeborener aus dem Haus. Seine Haut war fast so dunkel wie bei einem Afrikaner. Seine Schul-tern waren breit und seine Brust zeigte eine Menge Mus-keln. Von seinem rechten Arm war nur ein Stumpf übrig.

»Ihr Gepäck ist schon gebracht worden«, sagte der Einarmige zu Krumpeter. »Und bevor Sie herumrätseln, was mit mir passiert ist, sag ich's Ihnen lieber gleich.« Er lächelte, blickte zum Baron und dann wieder zu Krumpeter. »Ein Hai hat mir vor zwei Jahren den Arm abgebissen und ist mit ihm davongeschwommen. Dabei kann ich von Glück sagen, dass er nicht noch auf mehr Appetit gehabt hat und mich am Leben ließ. Aber mit dem Tauchen ist es seitdem vorbei und jetzt reicht's halt gerade noch dazu, zusammen mit meiner Frau hier diesen Kasten in Ordnung zu halten.« Er streckte Krumpeter seine rechte Hand hin, die etwas heller war als der übrige Körper. »Aere mai, und fühlen Sie sich wie zu Hause –«

Das tat Krumpeter dann auch schon wenig später.

Der Baron hatte sich verabschiedet und war, Pfeife rauchend und seinen Spazierstock schwingend, zwischen den Palmen verschwunden.

Und Krumpeter hatte damit angefangen, seine beiden großen Koffer auszupacken.

Sein Zimmer lag im oberen Stockwerk und blickte zur Lagune hin. Das hohe Fenster war wie eine schmale doppelte Tür und davor gab es einen klitzekleinen Balkon. Von hier konnte man hinter dem blauen Wasser das Riff sehen und den weißen Schaum von den Brechern, die dagegenschlugen.

Das Zimmer war nicht besonders groß. An der einen Wand stand ein Bett und an der anderen ein Regal, das mit Kunststoff überzogen war. In der Ecke gab es ein Waschbecken und daneben eine Dusche, oben mit einem umlaufenden Metallstab, an dem ein Plastikvorhang hing. Die

Dusche hatte Krumpeter gleich ausprobiert. Ihr Wasser war lauwarm und sie tröpfelte nur. Ein Klapptisch und ein Stuhl, beides aus Palmenholz. Als Beleuchtung hing eine Glühbirne an der Decke und eine kleine Lampe mit einem orangefarbenen Schirm stand neben dem Bett. Das Prunk-stück war ein knallrotes Plüschsofa, dessen Sitzfläche ziemlich abgenutzt war.

Nein, ein Hilton war das »Trois fleurs« wirklich nicht.

Bevor es dunkel wurde, hatte die »MS Europa« wieder alle Passagiere an Bord, lichtete die Anker und verließ unter dem Tuten seiner Sirene die Lagune.

Kaum eine halbe Stunde später dampfte auch die »Aurora« langsam auf die enge Durchfahrt zu.

Der Kapitän stand auf der Brücke. Er grüßte, mit der rechten Hand am goldumborteten Schirm seiner weißen Mütze, eine halb aufgerauchte Zigarette im Mundwinkel.

Der Baron und Krumpeter hatten jeder für sich die Idee gehabt, sich von dem Schoner zu verabschieden. So hatten sie sich am Pier getroffen, standen nun nebeneinander und winkten zu dem Kapitän hinüber. Krumpeter hatte jetzt außer Jeans ein T-Shirt und Tennisschuhe an. Der Baron war wieder mit der Aktentasche gekommen, die er schon bei der Ankunft bei sich gehabt hatte.

»Jetzt sind die Brücken hinter Ihnen abgebrochen«, meinte der Mann mit dem dünnen Spazierstock fast feier-lich. »Vorerst jedenfalls –«

»Ja –«, sagte Krumpeter nur. Das Wort blieb ihm mo-mentan beinahe in der Kehle stecken. Aber seine Rührung dauerte nur so lange, bis von der »Aurora« nur noch der dunkle Rauch aus dem Kamin hinter dem Riff zu sehen war. Denn im gleichen Augenblick schoss es ihm durch den Kopf, dass zwischen ihm und der Berliner Polizei jetzt ganze Erdteile lagen und der Ozean dazu. Dieser Gedanke war ungemein beruhigend.

»Wo gibt es hier eigentlich ein Postamt oder so was Ähnliches?«, fragte er wie aus heiterem Himmel, als er neben dem Baron zum Ufer zurückging.

»Drüben im Gemeinschaftshaus, aber wenn Sie auf Briefe warten, müssen Sie bis zum nächsten Versorgungsschiff Geduld haben.«

»Und wann kommt das nächste Versorgungsschiff?«

»Nicht vor einer Woche oder zwei, es gibt da keinen Fahrplan.«

Am Rand der Lagune schoben ein paar Männer, die vom Fischfang zurückgekommen waren und jetzt Feierabend machen wollten, ihre Boote ans Land, und als sie zum Dorfladen kamen, begegneten sie einigen Frauen, die in bunte Tücher gehüllt, das, was sie eingekauft hatten, in Körben auf dem Kopf nach Hause trugen. Zwischen ihnen tauchte plötzlich der Junge auf, der morgens für die Passagiere der »Europa« und dann auch für Krumpeter frische Kokosnüsse aufgeschlagen hatte. Als er die beiden Männer entdeckte, trabte er auf sie zu.

»Ich hab alles eingekauft«, sagte er zum Baron, »genau, wie es auf Ihrem Zettel stand.«

Er hatte von der Hitze Schweißperlen auf der Stirn und sprudelte ohne Pause weiter: »Ich würde gern am Abend Musik machen, brauchen Sie mich noch?«

»Die Insel hat eine ganz prima Band mit Schlagzeug, elektrischen Gitarren, Verstärkern und allem Drum und

Dran«, erklärte der Baron seinem Begleiter. Dann wandte er sich wieder an den Jungen mit den zwei Plastiktüten. »Nein, ich brauch dich heute nicht mehr. Wenn du das Zeug da ins Haus gebracht hast, kannst du abzwitschern.«

»Maururuu roa«, dankte der Knabe namens Tagi auf Tahitisch. Er ließ es aus seinen Augen blitzen, drehte sich um und ging los. Aber schon nach zwei oder drei Schritten blieb er stehen, drehte sich um und blickte zu Krumpeter. »Hoffentlich hat Ihnen Huru-Huru das Zimmer mit dem Balkon im oberen Stock gegeben?«

»Ja, das hat er«, erwiderte Krumpeter.

»Dann bin ich beruhigt«, sagte der Junge ernsthaft. »Ich hab mal im ›Trois fleurs‹ eine Zeit lang gearbeitet und kenn alle Zimmer. Das im oberen Stock hat als einziges eine Aussicht zur Lagune. Die anderen haben nur Sträucher und Palmen vor den Fenstern.« Er drehte sich zum Gehen, kam dann aber noch einmal zurück. »Ich hab das gesagt, weil ich die Staffelei gesehen habe, als man Ihr Gepäck vom Schiff geschleppt hat. Und wenn Sie Maler sind, ist eine schöne Aussicht doch enorm wichtig, oder?«

»Ja, da hast du Recht –«

»Dachte ich mir«, feixte der Junge und machte sich mit seinen Plastiktüten nun endgültig davon.

Die beiden Männer blickten ihm nach.

»Klug und besonders sympathisch«, stellte Krumpeter fest.

»Aber leider auch ein Junge, der für sein Alter schon viel zu viel erlebt hat«, sagte der Baron. »Beim großen Hurrikan vor zwei Jahren ist die ganze Insel innerhalb von einer Stunde von Sturmwellen überschwemmt worden. Fast alle

Eingeborenen haben sich noch rechtzeitig ins Gebirge retten können. Aber die Familie von Tagi hatte ihre Hütte auf der kleinen Insel in der Lagune. Man konnte sie nicht mehr rechtzeitig warnen. Der Vater hatte seine Frau, seinen Sohn und dann sich selber im letzten Augenblick an die Astgabeln von Tamanubäumen festgebunden. Das sind schmiegsame Bäume, die sich im starken Wind biegen und als einzige so einen Sturm überstehen können. Aber dieser Hurrikan war schlimmer und stärker als alles, was bisher über die Insel hereingebrochen war.« Der Baron machte eine Pause. Er hatte seinen weißen Panamahut abgenommen und fächerte mit ihm vor seinem Gesicht herum. »Als der Orkan weitergezogen war, hatte nur der Junge überlebt. Man fand ihn festgebunden und ohne Bewusstsein. Sein Vater und seine Mutter waren vom aufgewühlten Meer weggeschwemmt worden.« Der Baron war stehen geblieben, jetzt ging er weiter.

»Es gab eine Menge Mitgefühl und Bereitschaft zum Helfen. Aber der Junge war nicht ansprechbar und eines Tages war er plötzlich verschwunden. Man versuchte erst gar nicht, ihn im Dschungel der Insel zu finden. Der Hurrikan hatte die Hütten abgedeckt, den Pier abgerissen, die Boote ans Ufer geworfen und zertrümmert. Man schuftete von Sonnenaufgang bis Sonnenuntergang, um die Schäden zu beseitigen. Es schien so, als sei Tagi vergessen. Und dann, eines Morgens, entdeckte ich ihn am Strand. Abgerissen und ausgehungert, ein junger streunender Hund, der eine Hütte sucht. Ich hab ihm die Hand auf die Schulter gelegt und seitdem ist er bei mir geblieben. Wenn Sie so wollen, als Hilfe für einen alten Mann, der immer älter wird.

Ich wohne drüben am Palmenwald in einem kleinen Haus aus Holz mit einem Fundament aus Steinen. Daneben baute sich Tagi inzwischen mit der Hilfe von anderen jungen Insulanern seine eigene Hütte, hat jetzt wieder ein Zuhause, wo er hingehört –«

»Und beiden ist geholfen«, warf Krumpeter ein.

»Ja, unsere Firma funktioniert ganz ausgezeichnet.« Der Baron lächelte und fügte hinzu: »Übrigens ist der Bursche mit seinen vierzehn Jahren schon jetzt einer der besten Taucher auf der Insel. Morgens in aller Frühe fährt er mit den andern auf der Meerseite zum Riff. Wenn er dann zurückkommt, hilft er mir im Haus, kauft für mich ein und kocht auch. Das kann er übrigens ganz prima. Seine Spezialität ist Fisch mit Zitrone und Kokosmilch –«

Die Nacht kam ohne Übergang und ganz plötzlich. Gerade noch war die Lagune von ihrem Grund her voller Farben gewesen und schon im nächsten Augenblick bildete sie nur noch eine glatte schwarze Fläche mit dem weißen Schaum der Brandung hinter dem Riff.

Der Baron wurde im Gemeinschaftshaus von den Fischern und Tauchern erwartet. Er bezahlte ihnen aus seiner Aktentasche und nach einer Liste, was er auf Nuku Hiva bei den Händlern für ihre Perlen und Muscheln herausgeschlagen hatte.

Krumpeter kannte mittlerweile den Weg zu seiner Unterkunft.

Das »Trois fleurs« hatte zu ebener Erde eine Art Kneipe mit einer Theke und einer Musikbox. Die Fenster standen weit offen, um die kühlere Nachtluft hereinzulassen. Der Perlenvorhang raschelte, als Krumpeter hereinkam. Huru-

Huru stand auf einem Stuhl und war gerade dabei, mit seiner einen Hand an der Decke eine defekte Glühbirne auszuwechseln.

Seine Frau saß hinter der Theke, hatte eine dünne Zigarre zwischen den Zähnen und blickte gelangweilt in den Fernseher, in dem ein französisches Programm lief, das von Papeete zu den Inseln ausgestrahlt wurde. Das Bild flimmerte immer wieder und der Ton sprang zwischen laut und leise hin und her.

Die Frau war schön, hatte eine gesunde braune Haut, glatte tiefschwarze Haare und genauso tiefschwarze Augen. Krumpeter hatte sie am Vormittag kennen gelernt, als er in sein Zimmer eingezogen war.

»Bonsoir, Monsieur«, sagte sie, nahm einen Zug aus ihrer Zigarre und legte sie dann in einen Aschenbecher aus Kunststoff mit einer Coca-Cola-Reklame.

»Ich hab frische Kokosnusskrabben und Tarobrei«, sagte sie. »Bestimmt haben Sie heute noch nichts gegessen.« Damit ging sie, ohne eine Antwort abzuwarten, in die Küche.

Im gleichen Moment öffnete sich die Tür, durch die es zu einem schmalen Treppenhaus und zu den Zimmern ging. Herein kam ein Mann so um die fünfzig mit bereits grauem Haar, das in Büscheln und ungekämmt von seinem Kopf abstand.

Er hatte ein sonnenverbranntes Gesicht, das über der Stirn einen weißen Rand hatte, vermutlich weil er draußen immer einen Hut trug. Er war robust gewachsen, hatte kräftige Zähne und sein Blick schien zu sagen: Sie werden mir schon aus dem Weg gehen müssen, denn ich hab nicht die Zeit und auch nicht die Lust, Ihnen aus dem Weg zu gehen. Trotzdem wirkte der Mann in seiner Schlabberkleidung geradezu gemütlich. Er hatte eine Kordhose an, ausgelatschte Kordpantoffeln und ein dünnes Flanellhemd, das unter den Armen verschwitzt war.

»Das ist Monsieur Chaval«, sagte Huru-Huru. Die Glühbirne an der Decke brannte wieder und er schob den Stuhl, von dem er gerade wieder heruntergeklettert war, auf seinen Platz neben einem hölzernen Tisch zurück. »Monsieur hat Fakarava kennen gelernt, als er einmal vor Jahren mit einem Vermessungsschiff der Regierung auf die Insel gekommen ist –«

»Und seitdem bin ich jedes Jahr für ein paar Wochen hier«, unterbrach ihn der Franzose, »weil ich damals ausfindig gemacht habe, dass Fakarava auf der ganzen Welt der einzige Platz ist, wo ich auf gutem Fuß mit meinem Asthma leben kann. Auch jetzt fühl ich mich schon wieder wie ein junger Gott und würde gern öfters und länger hier sein, aber ich hab' ein ziemlich großes Wettbüro im Quartier Latin und da kann ich nur abhauen, wenn Paris Urlaub macht. Wie darf ich dich anreden, junger Freund?«

Ganz selbstverständlich und ohne überlegen zu müssen, nannte Krumpeter seinen falschen Passnamen. Das klappte inzwischen wie geschmiert. Und dass der Mann einfach »du« zu ihm sagte, kratzte ihn weiter nicht.

»Dein Vorname?«

»Ekke«, erwiderte Krumpeter. Er ging wohl kein Risiko ein, wenn er bei seinem echten Vornamen blieb.

»Woher?«

»Frankfurt«, schwindelte Krumpeter jetzt wieder.

»So, und ich bin für dich ab sofort Jean-Louis«, meinte der Mann, der ganz offensichtlich seine Haare nur mit den Fingern kämmte. »Jetzt wollen wir uns auf Tahitisch begrüßen«, schlug er vor. »Dazu geben wir uns zuerst die Hände.« Das taten sie und dann zog der Franzose Krumpeter an sich. Er umarmte ihn, schlug ihm mit der offenen Handfläche dreimal auf den Rücken und das waren keine freundlichen Klopfer, sondern kräftige Hiebe.

»Jetzt du«, ermunterte er Krumpeter, der daraufhin seinerseits zuschlug. Jeder guckte jetzt dem anderen über die Schulter. Der Franzose spuckte auf den Boden und auch das machte Ekke ihm nach. Danach ließ ihn der Mann in der Kordhose wieder los, hielt aber noch immer seine rechte Hand fest, und noch im selben Atemzug rief er zu dem Einarmigen hinüber. »Hol die Karten, Huru-Huru, wir haben einen dritten Mann –«

Als sie später beim Skat und einem Glas Wein unter der reparierten Lampe saßen, dachte Krumpeter zwischendurch, dass dieser Tag, alles in allem, doch ein recht guter Tag gewesen sei.

# Das Angebot

Es war die sechste oder auch schon die siebte Nacht im »Trois fleurs« und er war inzwischen daran gewöhnt, dass sich die Dorfhunde hin und wieder aus verschiedenen Richtungen einander zubellten, wenn es dunkel war, oder gelegentlich ein Nachtvogel seinen Schrei ausstieß.

Das störte seinen Schlaf nicht.

Als Krumpeter an diesem Morgen aufwachte, dachte er, er sei in Berlin. Das stimmte natürlich nicht und nach einer knappen Minute erst merkte er es – und war heilfroh.

Die Strahlen der Sonne fielen schon durch die Wipfel der alten, riesigen Kokospalmen und lösten den Dunst auf, der über den Blechdächern der Hütten lag.

Nach einer Woche war immer noch nichts postlagernd für ihn gekommen.

Da Krumpeter nach dem Frühstück nichts Besseres mit sich anzufangen wusste, ging er zum Strand. Zum ersten Mal mit seiner Staffelei und dem Holzkasten, in dem er die Farben und Pinsel hatte.

Bisher war er immer mehr oder weniger ziellos ein Stück um die Lagune gewandert oder der Baron hatte ihn zum Dorf begleitet und ihn nach und nach bei den Eingeborenen bekannt gemacht, wenn sie gerade in ihren Hütten waren.

Einmal hatte ihn Huru-Huru auf seinem schon ziemlich alten Motorrad mitgenommen, das er auch einarmig lenken konnte. Sie waren bis an den Rand des Dschungels am Berg Orohena gefahren und dann zum Heiligtum der Insel hinaufgeklettert. Das war ein etwa fünfzehn Meter hoher Frauenkopf gewesen, der in den Felsen hineingehauen war. Hira, die tahitische Gottheit der »Söhne des Meeres«, wie sich die Fischer auf der Insel nannten. Aus dem Mund der steinernen Maske war vom Berg herab klares Wasser gesprudelt, hatte sich in einen kleinen See ergossen und wild wuchernde Lianen hatten den Zugang versperrt.

Als Krumpeter das »Trois fleurs« verließ, schlief Monsieur Chaval aus Paris noch in seinem Zimmer und Huru-

Huru war auf der Meerseite bei den Fischern, wenn es stimmte, was seine Frau sagte. Sie fütterte gerade im Garten die Hühner.

»Ich darf dann aber sehen, was Sie gemalt haben«, rief sie über die Schulter und lachte dabei. Sie hatte einen leuchtend gelben Pareo um ihren schlanken Leib geschlungen.

»Sie würden nur enttäuscht sein«, rief Krumpeter zurück. »Ich bin nichts als ein erbärmlicher Anfänger –«

Gleich hinter der letzten Hütte des Dorfes begann ein Gestrüpp aus jungen Kokospalmen und Gardenien. Weit und hoch über alles hinweg ragten ein paar riesige Tamanubäume, deren dicke Äste erst sechs Meter oder auch noch höher über seinem Kopf aus den massigen Stämmen heraussprangen. Sie waren gespalten und die Zweige gekrümmt wie bei einer alten Eiche. Bestimmt war es so ein Riese gewesen, an den der Vater von Tagi beim Hurrikan seinen Sohn angebunden hatte. Und diese Bäume sahen wahrhaftig so aus, als ob sie jeden Sturm überstehen könnten.

In der Nähe des Strandes löste binsenartiges Schilf das Gestrüpp der Sträucher ab. Krumpeter zog seine Tennisschuhe aus, um an den nackten Sohlen den Sand zu spüren, in den in der vergangenen Nacht wandernde Schlangen ihre Spuren gepinselt hatten.

Die Hitze war wieder da und sein Hemd klebte ihm in den Achselhöhlen.

Nicht viel später sah er hinter dem Riff den Ozean. Keine einzige Welle kam über die fast völlig glatte Wasserfläche.

Ein großer Katamaran und ein paar Auslegerboote lagen draußen und am Ufer legten halb nackte Männer in bunten Lendentüchern Netze zum Trocknen an den Strand.

Andere arbeiteten in einer Art offener Werkstatt unter einer Gruppe Kokospalmen, die sich wie ein Schattendach über den Sand neigten, weil der ständige Winddruck die schlanken Stämme tief gebeugt hatte. Da standen Benzinfässer zum Betanken herum, und ein paar schadhafte Boote lagen umgedreht, mit dem Kiel nach oben, nebeneinander. Die Männer gossen frisches Pech in die Fugen zwischen den Planken.

Selbst diesen Einheimischen lief der Schweiß in glänzenden Streifen die braune Haut hinab.

Es war wirklich entsetzlich heiß und immer noch kein Wind.

Krumpeter ließ seinen Kasten mit den Farben in den weißen, weichen Sand fallen und die Staffelei dazu. Er setzte sich daneben, zog die Knie dicht an den Körper, umfasste mit den Händen die Knöchel und blickte zum Meer hinaus.

»Eine richtige Zauberwelt«, murmelte er nach einer ganzen Weile. »Hier kriegen mich keine zehn Pferde wieder weg.«

Erst als er aufgeregte Stimmen hörte und den Kopf drehte, sah er, wie die Männer am Ufer durcheinander liefen und sich um die Stelle drängten, an der inzwischen der Katamaran gelandet war. Einige lösten sich wieder, stießen irgendwelche Rufe aus und fuchtelten mit ihren Armen in der Luft herum.

Ein paar Rufe jetzt auch bei den Männern, die bisher im

Schatten der Palmengruppe die Boote repariert hatten. Sie warfen ihr Werkzeug weg und rannten über den Strand zu den anderen hinüber.

Das Tohuwabohu wurde immer größer und jetzt konnte Krumpeter aus dem allgemeinen Durcheinander deutlich verzweifelte Klagelaute heraushören. Er entwirrte hastig seine Beine, sprang auf und sprintete los, so schnell es der tiefe Korallensand zuließ.

»Was ist passiert?«, fragte er pustend, als er drüben unter den anderen Huru-Huru entdeckte.

»Tagi«, sagte der Einarmige nur und dann tonlos hinterher: »Zu tief getaucht – hat unter dem Wasser das Bewusstsein verloren – die Männer vom Katamaran haben ihn raufgeholt.«

Der Junge lag inmitten der Fischer und Taucher auf dem Rücken ausgestreckt, ohne sich zu rühren. Ein großer Farbiger kniete über ihm. Er hatte beide Hände auf die nasse Haut über dem Herzen gelegt und drückte darauf mit raschen, rhythmischen Bewegungen.

Aber Tagi rührte sich nicht.

Da fing der Mann damit an, seinen Mund auf die grauen, mit Sand und Blut verklebten Lippen zu pressen, drückte die kalte Nase zusammen und blies Luftstöße in die Mundhöhle. Doch schon nach fünf oder sechs Stößen hörte er auf damit, lehnte sich zurück und blickte hilflos um sich.

Da riss ihn Krumpeter zur Seite.

In seinem Kopf war in diesem Augenblick eine Idee aufgeblitzt, wie er Tagi vielleicht helfen konnte.

Krumpeter war jetzt voll aufgedreht und ließ sich durch nichts zurückhalten.

Zuallererst steckte er Tagi einen Finger in den Mund, beförderte einen klebrigen Sandklumpen heraus und schob die eingerollte Zunge von der Luftröhre weg. Dabei hatte er sich umgeblickt und rief jetzt: »Los, da rüber, es geht vielleicht um Sekunden –« Er zeigte zu den Palmen mit den vom Wind gebogenen Stämmen hinüber.

Es war nicht nötig, dass der Einarmige seine Worte übersetzte. Die Eingeborenen sprachen ja Französisch und sie begriffen sofort. Zwei von ihnen griffen nach den Schultern des Jungen. Krumpeter packte ihn an den Fußgelenken, das eine Bein links und das andere rechts von seinem Körper. So lief er los und die anderen liefen mit.

Da konnte man mal sehen, wie nützlich es ist, wenn man als Rettungsschwimmer einen Kurs für erste Hilfe gemacht hat. Während Krumpeter durch den Sand trabte, holte er blitzschnell in sein Gedächtnis zurück, was man ihm damals eingetrichtert hatte. Tagi wird nicht nur im Magen Wasser haben, überlegte er. Wenn er bewusstlos war, ist ihm die Brühe bestimmt auch in die Lunge gelaufen.

Drüben bei den umgedrehten Booten deutete Krumpeter mit dem Kopf zu einem der leeren Benzinfässer.

»Komm, gib ihm einen Tritt, dass es auf die Nase fällt«, stieß er atemlos heraus und ein groß gewachsener Mann kippte das Fass mit einem einzigen Stoß seines Fußes um, dass es quer in den Sand fiel.

Jetzt gab Krumpeter den beiden Burschen, die ihm beim Tragen geholfen hatten, zu verstehen, dass sie Tagi umdrehen und mit dem Bauch auf das Fass legen sollten. Das taten sie dann auch und jetzt hingen die Beine des Jungen auf der einen Seite herunter, sein Oberkörper, der Kopf und die Arme auf der anderen.

»Und nun müsst ihr das Fass vorwärts und rückwärts rollen«, sagte Krumpeter. »Aber vorsichtig und immer nur einen halben Schritt hin und her –«

Die beiden stellten sich mit gespreizten Beinen hin, der eine am oberen Ende des Fasses, der andre unten.

»Ihr könnt anfangen –«

Krumpeter hatte sich dicht neben den Jungen postiert, und während sich das Fass jetzt bewegte, drückte er den schmalen Körper des Jungen nach unten. Seine Hände umfassten die Hüften und es sah so aus, als wollte er Tagi die Rippen brechen.

Aber so presste er den Magen zusammen und massierte gleichzeitig das Herz.

Das ging eine ganze Weile so.

Der Junge gab noch immer kein Lebenszeichen von sich.

Die Eingeborenen, die im Kreis herumstanden, starrten zu dem hellblonden Fremden, dessen Hemd inzwischen so nass und durchgeschwitzt war, als hätte man ihn selbst gerade aus dem Meer gefischt.

Und dann passierte es.

Zuerst war nur ein leiser und gurgelnder Atem zu hören, aber fast im gleichen Moment bewegte sich der hängende Kopf und kurz danach lief Wasser aus dem Mund und aus der Nase des Jungen.

Krumpeter quetschte den Körper jetzt mit seiner ganzen Kraft auf das leere Benzinfass, das von den zwei Eingeborenen weiterhin und pausenlos in Bewegung gehalten wurde.

Augenblicklich kam Bewegung in die stummen Zuschauer, sie tuschelten durcheinander und ihre bisher argwöhnischen Mienen hellten sich auf. Auch der Mann, den Krumpeter zuvor noch von Tagi weggestoßen hatte, zeigte jetzt ein offenes und erfreutes Gesicht.

Inzwischen floss das verschluckte Meerwasser bei jedem Druck und bei jeder Bewegung des Fasses aus Tagi heraus wie aus einem kleinen Brunnen oder so, als hätte man einen Wasserhahn zur Hälfte aufgedreht. Bis es zuerst aus der Nase weniger wurde, hinterher aus dem Mund und schließlich ganz aufhörte.

Jetzt hob Krumpeter den Jungen von dem Fass herunter und legte ihn auf den Rücken in den Sand. Er kniete sich hinter seinen Kopf, fasste ihn an den Handgelenken, breitete seine Arme aus und drückte die Hände dann über der Brust zusammen. Wieder und immer wieder.

Nach ein paar Minuten fing Tagi endlich schwach zu atmen an und noch ein paar Minuten später schlug er die Augen auf.

»Na du –«, sagte Krumpeter, während er nicht aufhörte, die Arme des Jungen zu bewegen. »Jetzt hast du schon zum zweiten Mal Glück gehabt.«

Aber das verstand Tagi natürlich nicht. Er hustete nur, als hätte er sich verschluckt und machte die Augen wieder zu. »Ich krieg sie noch –«, würgte er plötzlich mühsam heraus.

»Was meint er damit?«, fragte Krumpeter, während er unermüdlich weiterpumpte.

»Er hat tief unten eine Perlmuschel entdeckt, die größer als alle anderen sein soll«, erklärte Huru-Huru. Er sah eine Weile zu, wie Tagi immer mehr zu Atem kam.

»Gut, dass Sie auf die Insel gekommen sind«, sagte er eine ganze Weile später und gerade so laut, dass es alle hören konnten.

Am nächsten Morgen, als Krumpeter in seinen Jeans, mit offenem Hemd und barfuß über das Gras am Palmenwald auf das kleine Haus und die Hütte zuging, bemerkte ihn der Baron gar nicht. Er hatte nämlich die Augen geschlossen und lehnte bewegungslos mit ausgestreckten Beinen tief in einem Sessel, den er sich neben einer Hängematte in den Schatten gestellt hatte.

Und in der Hängematte lag Tagi.

Er hatte ein Buch vor der Nase und las laut aus ihm vor. Das funktionierte nicht besonders flüssig und über manches Wort stolperte er.

Gerade blätterte er eine Seite um und stieß sich mit einem Fuß vom Ast eines Baumes ab, damit sein Schaukeln nicht aufhörte.

Irgendwo in der Nachbarschaft rief eine Mutter schrill nach ihren Kindern, die daraufhin ein lautes Geschrei veranstalteten und hinter dem Hühnerschuppen am Ende eines Gartens verschwanden. Ein Hund bellte ihnen nach.

Erst als Krumpeters Schatten auf sein Gesicht fiel, machte der Baron die Augen auf.

Er blinzelte in das helle Licht und dann grinste er. »So sieht also einer aus, der sich mit einem leeren Benzinfass in die Herzen der Leute von Fakarava gerollt hat.« Er blickte den jungen Mann mit den semmelblonden Haaren so an, als würde er ihn zum ersten Mal sehen, und fügte dann ernsthaft hinzu: »Sie können es sich nicht vorstellen, welche Wunderdinge man sich gestern Abend im ganzen Dorf von Ihnen erzählt hat. Mit einem Schlag sind Sie unter die Inselbewohner aufgenommen. Bei mir hat das damals sehr viel länger gedauert.«

»Ich wollte nur unseren Kranken besuchen«, lenkte Krumpeter verlegen ab.

»Von wegen krank«, protestierte Tagi und richtete sich in seiner Hängematte auf. »Ich bin schon wieder kerngesund.« Er klappte das Buch zu. »Aufgepasst, ich zeig's Ihnen –« Er ließ sich fallen, rollte sich blitzschnell zusammen und schlug einen Purzelbaum, kurz bevor er das Gras berührte. Zum Abschluss sprang er hoch und lachte über sich selber. »Kann man sagen, dass er mir das Leben gerettet hat?«, fragte er den Baron außer Atem und wie aus heiterem Himmel.

Der Baron tat so, als müsse er sich die Antwort gründlich überlegen. »Ja, man kann es so sehen.« Und nach einer Pause: »Ja, ich seh es so –«

»Mauruuru roa, popaa«, sagte Tagi, faltete die Hände so, dass beide Daumen seine Brust berührten und machte eine kleine Verbeugung.

Krumpeter blickte ihn verwundert an und war momentan so verwirrt, dass er knallrote Ohren bekam. »Es freut mich, dass du dich so schnell erholt hast«, stammelte er nur. Tagi hob das Buch auf, das ins Gras gefallen war und ging ins Haus.

»Ich lasse mir für mein Leben gern vorlesen«, sagte der Baron, »und Tagi lernt dabei immer besser Französisch.« Er drehte sich um, weil er sich vergewissern wollte, dass der Junge nicht mehr zuhören konnte. »Sie müssen wissen –«, er blickte sich ein zweites Mal um, »– also, ich war

komplett von den Socken, als er sich vorhin verbeugt hat.«
Er schüttelte den Kopf und machte eine Pause, in der er
seine Pfeife herausholte. »Sonst – will sagen – im Allgemeinen, verbeugen sich die Eingeborenen nur, wenn sie
ihren Göttern opfern. Vor einem anderen Menschen um
nichts in der Welt. Dazu sind sie viel zu stolz –« Er brach
mitten im Satz ab, weil Tagi aus dem Haus zurückkam.

»Ich verdrück mich ins Dorf«, verkündete der Junge. Er
zog sich im Gehen ein zitronengelbes T-Shirt über den
Kopf. Als sein Gesicht wieder aus dem Hemd herauskam,
zwinkerte er vergnügt zu Krumpeter hinüber. »Außerdem
hat mir der Baron gesagt, dass er unter vier Augen mit
Ihnen sprechen muss.« Er zwinkerte aufs Neue und ging
los. Aber schon nach ein paar Schritten blieb er stehen und
drehte sich noch einmal um. »Übrigens, diese Riesenmuschel hol ich mir noch, das ist so sicher wie der Sonnenuntergang. Bestimmt hat sie den Bauch voller Perlen.«

Als die beiden Männer dann allein waren, forderte der
Baron seinen Gast auf, sich doch einen Stuhl zu holen oder
sich wenigstens in die Hängematte zu setzen. Er selbst
schwang seine langen Beine über die Seitenlehne seines
Sessels.

»Ich hab mir natürlich so meine Gedanken über Sie gemacht.«

Er brauchte drei Streichhölzer, um seiner Pfeife Feuer
zu geben.

Krumpeter pendelte inzwischen in der Hängematte hin
und her und ließ seine Füße baumeln. Er zauberte sich
mühsam Gleichgültigkeit ins Gesicht. In Wirklichkeit
hatte sich sein Körper gespannt und sein Adrenalinspiegel

war in die Höhe geschossen. Er war fest entschlossen, nicht in die Falle zu gehen, die ihm der Baron vielleicht stellen würde.

»Lieber junger Freund«, fing der Mann im Sessel das Gespräch an. »Sie kommen da wie eine Rakete aus einer anderen Welt hier hereingedonnert und da frage ich mich –« Er blickte durch den Pfeifenrauch zu der Hängematte hinauf, »– da muss ich mich fragen – weshalb diese Rakete überhaupt auf unsere Insel kommt.«

»Das haben wir doch schon besprochen, denke ich.«

»Ja, ja – schon, ich weiß: Tapetenwechsel, weg vom großen Haufen und so weiter, und so weiter.« Er beschrieb mit seiner Pfeife einen Kreis durch die Luft. »Aber es sind natürlich auch andere Gründe denkbar, Gründe, die –« Er verstummte.

»Bitte, was meinen Sie damit?«

Es schien so, als hätte der Baron Krumpeters Frage gar nicht gehört. »Wir sind alle unter unserer Haut gleich.« Er schien weiter seinen Gedanken nachzuhängen. »Uns allen gehört diese Welt und da ist unser Platz, ›irgendwo zwischen dem Berg und der Ameise‹, wie es die Tahitianer sagen, und wenn wir –« Er unterbrach sich und dachte eine ganze Weile seinen eigenen Worten hinterher. Dann lachte er plötzlich Krumpeter an. »Ach was, entschuldigen Sie, eigentlich wollte ich etwas ganz anderes sagen.« Er zog seine Beine wieder von der Sessellehne zurück. »Was ich Ihnen sagen wollte, ist, dass mir komplett egal ist, was Sie hierher gebracht hat.« Er schnippte mit den Fingern. »Das juckt mich so viel, wie wenn in Kalkutta ein Sack Kohle umfällt. Das sollen Sie wissen. Und Sie sollen weiterhin wissen, dass Sie mir ganz einfach gefallen, so wie Sie sind.«

»Ich weiß beim besten Willen nicht, was ich dazu sagen soll –« Krumpeter war noch immer im Zweifel, ob es der Baron ehrlich meinte oder ob er ihm eine Rolle vorspielte, hinter der er igendeinen Verdacht versteckte.

»Und jetzt zu Tagi und damit auch zu mir.« Der hoch gewachsene Mann schob sich aus seinem Sessel und stand auf. »Ich weiß längst, dass ich eigentlich reif fürs Museum bin, und deshalb hatte ich schon seit einiger Zeit daran gedacht, mein Leben zu ändern. Aber da war immer der Junge. Ich konnte ihn doch nicht allein in seiner Hütte zurücklassen.«

»Was haben Sie vor?«, fragte Krumpeter vorsichtig. »Wollen Sie etwa weg von der Insel?«

»Du liebe Zeit, das nie und nimmer. Nein, ich dachte daran, ganz ins ›Trois fleurs‹ umzusiedeln. Ich werde mit jedem Tag älter und da wäre es gut, wenn ich bei Huru-Huru und seiner Frau mein Zuhause hätte.«

»Aber Tagi –«

»Ja, der Junge –«, erwiderte der Baron. »Seinetwegen hab ich, wie gesagt, bisher alles beim Alten gelassen. Aber jetzt, und vor allem seit gestern, seit der Nummer mit dem Benzinfass –« Der Baron guckte auf seine Schuhspitzen und dann zu Krumpeter. Er machte zwei Schritte auf die Hängematte zu. »Passen Sie jetzt genau auf, weil ich Ihnen einen Vorschlag mache, einen, den ich mir gut überlegt habe –«

Ekke Krumpeter hörte auf mit seiner Hängematte zu schaukeln und verschränkte die Arme hinter dem Kopf. »Schießen Sie los –«

»Ich schenke Ihnen Tagi!«

»Ich hör wohl nicht recht!« Krumpeter brach erst nach einer ziemlich langen Pause das Schweigen. »Haben Sie vielleicht zu viel getrunken?«

»Unsinn, ich bin so nüchtern wie ein indischer Guru«, der Baron lachte, »und ich hab mit dem Jungen bereits gesprochen. Er wäre einverstanden, mehr noch, er würde sich freuen. Sie können ihn haben und meine Villa dazu.«

Jetzt sprudelte es aus dem Baron heraus, als ginge es darum, den hiesigen Eingeborenen Höhensonnen zu verkaufen. »Tagi kennt die Insel wie seine Hosentasche, Sie können sich mit ihm verständigen und alle mögen ihn. Wenn er tatsächlich zu Ihnen kommt, sollten Sie sich beglückwünschen. Er ist genau das, was Sie jetzt dringend brauchen. Und vielleicht sind Sie es, den er braucht. Also, wenn Sie mich fragen, idealer geht's gar nicht mehr.«

Krumpeter guckte den Baron verwundert an. Und von diesem Moment an war er eigentlich sicher, dass er diesem Mann, der jetzt in seiner ganzen Länge vor ihm stand, vertrauen konnte.

Schon mehrmals war vom Meer her eine dumpfe Schiffssirene zu hören gewesen und inzwischen ankerte die »Celestine« vor dem Riff auf Reede. Der Schoner lag breit im Wasser. Der Kapitän hatte es nicht riskiert, sein Schiff durch die Einfahrt in die Lagune zu manövrieren. Aber vielleicht wollte er auch Zeit sparen.

So mussten die Eingeborenen mit ihren Motorbooten durch den Kanal und durchs Riff zum Meer hinausfahren.

Der Dampfer brachte vor allem Ersatzteile für das defekte Aggregat im Gemeinschaftshaus. Schon seit einiger Zeit war ein Teil des Dorfes ohne Licht.

Aber mit dem Schiff kam auch Post aus Papeete.

Monsieur Daniel, der Portier vom Hotel »Nahoata«, hatte die Berliner Zeitungen zu einem Paket zusammengeschnürt und Huru-Huru brachte es mit, als er vom Pier und aus dem Dorf ins »Trois fleurs« zurückkam.

In der Zwischenzeit hatte sich Krumpeter vom Baron verabschiedet. Sie waren zuvor noch eine ganze Weile bei blendender Stimmung zusammen gewesen und dabei hatte Ekke versichert, dass er das Angebot mit Freuden annehmen würde, vorausgesetzt, dass Tagi tatsächlich und von Herzen mitmachen wollte.

Jetzt trabte er mit dem Paket aus Papeete unter dem Arm durch den Sand zum Strand hinüber. Das Herz schlug ihm bis zum Hals vor lauter Neugier und er wollte beim Lesen allein sein.

Das war er dann auch. Er legte sich auf den Bauch in den Sand und machte das Paket auf.

Das Meer gurgelte an die Felsen des Riffs und vom Westen her wehte eine ganz leichte Brise.

In allen Berliner Montagszeitungen nach dem Besuch der Queen gehörten die Schlagzeilen auf den ersten Seiten dem Raub im »Kaufhaus des Westens«. Die Presse hatte ihre Sensation gehabt.

»FRECHES GANGSTERSTÜCK BEI
QUEEN-BESUCH«
»ÜBER ZWEI MILLIONEN
AUS WARENHAUS STIBITZT«

## »TRESOR AUFGEMACHT WIE EINE
## DOSE ÖLSARDINEN«
## »EIN GELDRAUB ZUM SCHMUNZELN«

In den Artikeln, die zu diesen knalligen Schlagzeilen gehörten, wurde mehr belustigt als empört berichtet, was an jenem Sonntag passiert war.

*»Frechen Gaunern gelang ein Millionending, während die gesamte Berliner Polizei bis zum letzten Mann für die Sicherheit der englischen Königin abkommandiert war –«*

*»– offensichtlich hatten sich die tollkühnen, und man muss sagen, intelligenten Gangster tags zuvor im Warenhaus einschließen lassen –«*

*»– und als die Queen unter den Klängen der britischen Nationalhymne durch ein jubelndes Menschenspalier am ›Kaufhaus des Westens‹ vorbeifuhr, da muss es passiert sein. Jedenfalls hat niemand etwas von der Sprengung des Tresors gehört –«*

*»– und was die Täter betrifft, tappt die Polizei noch völlig im Dunkeln –«*

*»– inzwischen hat die Kripo ihr bestes Stück aus der Schublade geholt: Hauptkommissar Papenbrock, der bei seinen Kollegen ›der Fuchs‹ heißt und den die Unterwelt mit Respekt ›Kommissar Schlitzohr‹ nennt. Er leitet seit heute ein Sonderdezernat, das den Raub aufklären soll –«*

Auch in den Dienstagszeitungen war das Zweimillionending noch Thema Nummer eins.

Aber bereits am Mittwoch rutschte die Story auf die Innenseiten und am Donnerstag schien sie schon vergessen zu sein.

Ekke Krumpeter las die Zeitungen noch ein zweites Mal und er freute sich über die Artikel und die Schlagzeilen wie ein Schauspieler über besonders gute Kritiken.

Er richtete sich auf, legte seine Arme um die Knie und entdeckte dann in der Palme neben ihm ein paar Kokosnüsse. Sie schwankten ganz leicht im Wind und würden wohl bald herunterfallen.

Es ist so schön, dass es schon wieder traurig ist, dachte Krumpeter und las die Zeitungen zum dritten Mal. Anschließend faltete er sie zusammen und zerriss sie sehr sorgfältig in viele kleine Schnipsel, die er dann nach und nach vom Riff herunter ins Meer flattern ließ.

Es sah aus einiger Entfernung so aus, als würde er Fische füttern.

Dass man seinen Kumpel Manni Zasche inzwischen geschnappt hatte, das ahnte er nicht.

Die letzte nachgeschickte Zeitung war vom Donnerstag der vergangenen Woche und die Sache mit Hauptkommissar Papenbrock vor dem Waschsalon in Berlin war erst am Freitag passiert.

## Der Häftling Nummer 105

Vier Jahre und ein paar Monate später.

Nach Tagen der Hitze, in denen die Sonne die Straßen durchgeglüht hatte und die Luft völlig stillgestanden war, hatte sich am Morgen der Himmel über Berlin in null

Komma nichts verdunkelt und fast gleichzeitig war Sturm aufgekommen.

Um die Mittagszeit fing es dann zu regnen an. Zunächst in Steglitz und Wilmersdorf. Aber gleich darauf fielen auch in Moabit die ersten dicken Regentropfen in die Straßen und wenig später, vom Wind schräg getrieben, auf die Dächer und in die leeren Höfe der Strafvollzugsanstalt.

Die Zellentüren im Block D standen offen.

Es war kurz vor der Essensausgabe.

Man konnte am Ende des langen Ganges schon die Lifts hören, die von unten heraufkamen, wie ihre Türen aufgeschlagen und die Wagen mit den Metallkübeln auf den Betonboden gekarrt wurden.

Wie an jedem Donnerstag würde es auch heute Bohnengemüse geben, ein Stück Kochfleisch und ein paar Löffel Apfelmus. Donnerstag gab es immer Bohnen, Kochfleisch und Apfelmus.

Der Häftling mit der Nummer 105 lag reglos auf seinem Bett. Nur seine Augen bewegten sich und verfolgten eine Fliege, die er zu fangen versuchte, sobald sie vom vergitterten Fenster her in seine Nähe kam.

Er hörte die Schritte von draußen erst, als sie zu ihm in die Zelle hereinkamen.

»Es ist so weit«, sagte Wachtmeister Finke, und weil draußen der Himmel inzwischen ganz dunkel geworden war, knipste er das Licht an. Er war ein Mann so um die fünfzig, hatte zu Hause eine Familie mit drei Kindern und einen Bauchansatz unter der Uniformjacke. Und unter dem rechten Arm seine Pistole am Ledergürtel.

Der Häftling warf mit einem Ruck die Decke zurück,

setzte sich auf, zog die Knie an die Brust, umklammerte die Beine und hob langsam den Kopf.

Eine ganze Weile sahen sich die beiden an, ohne ein Wort zu sagen.

»Komm schon mit«, sagte Wachtmeister Finke schließlich. Der Mann auf dem Bett angelte nach einer grauen Drillichjacke, die über einem Stuhl hing, zog sie an und stand dabei auf. Dann fuhr er sich mit den Fingern durch seine hellblonden Haare. Er war schlank und gut und gern einen Kopf größer als der Gefängniswärter.

Auf dem Weg zum Verwaltungstrakt kamen sie an der Zentrale vorbei, die auf ihren Monitoren rund um die Uhr jede Bewegung in den Gängen und auf den Treppen unter Kontrolle hatte.

Genau sechsmal ging es durch eiserne Gittertore, die der Gefängnisbeamte aufschließen musste und, nachdem sie durchgegangen waren, wieder hinter sich zuschloss.

Der Korridor nach der letzten Tür hatte helle Wände, an denen neben den Fahndungsplakaten ein paar geschmacklose Landschaftsbilder hingen.

In der Mitte des Flurs blieb der Gefängniswärter stehen und zupfte seine Krawatte zurecht.

»Herein«, antwortete von drinnen eine Stimme, nachdem Finke an die Tür geklopft hatte.

Er ließ den Häftling an sich vorbei zuerst eintreten, damit er ihn im Auge behielt. So verlangte es die Dienstvorschrift. Dann nahm er die Brust heraus und hob den Kopf: »Manfred Zasche, Nummer 105 vom Block D, Herr Direktor.«

»Danke, Wachtmeister, und lassen Sie uns jetzt allein.

Vielleicht trinken Sie in der Kantine einen Kaffee, bis es so weit ist. Ich kann Sie ja dann über den Lautsprecher ausrufen lassen.«

»Gut, ich warte da.«

Finke drehte sich um und verschwand.

»Na, wie fühlt man sich so am Tag aller Tage?«, fragte der Mann hinter dem riesigen Schreibtisch, als sie allein waren. Neben seinem linken Ellbogen wucherte eine Telefonanlage mit drei Apparaten und ganz sicher war irgendwo in seiner Nähe eine Alarmanlage installiert, mit Druckknöpfen unter der Tischplatte oder am Boden in der Reichweite seiner Füße.

Der Gefängnisdirektor las in einer Akte, die aufgeschlagen vor ihm lag.

»Jeder Häftling hat vor seiner Entlassung Anspruch auf eine Art Abschiedsgespräch mit dem Leiter der Haftanstalt. So steht es in der Gefängnisordnung und die ist Ihnen ja wohl bekannt.« Er hatte bisher nur ein einziges Mal über den Rand seiner Brille geschielt, und zwar in dem Augenblick, als Manfred Zasche an Wachtmeister Finke vorbei ins Zimmer gekommen war. Auch jetzt hatte er nicht aufgeblickt.

»Verschwenden Sie mit mir keine Zeit, Herr Direktor, man kriegt sie nicht zurück«, bemerkte der Häftling seelenruhig. Er stand da in seiner ganzen Länge und die Hände auf dem Rücken. »Sie können es bei mir kurz machen, ich sehe ja, wie beschäftigt Sie sind –«

»Beschäftigt mit Ihnen, Häftling Nummer hundertfünf«, unterbrach ihn der Direktor. »Ich habe mir bereits gestern Ihre Papiere aus der Registratur kommen lassen.

Gedulden Sie sich noch ein paar Minuten, ich bin gleich durch damit.« Er hatte nur so vor sich hin gemurmelt und dabei unentwegt weitergelesen. »Manometer, das ist ja ganz schön spannend.« Er befeuchtete seinen Daumen und war zum Umblättern bereit. »Zwischendurch könnte man sich allerdings auch kugeln vor Lachen.«

»Na, ich danke«, bemerkte der Häftling trocken. Er wippte leicht auf den Fußballen und der Holzboden quietschte ein wenig. »Viereinhalb Jahre Knast sind nicht so lustig, dass man sich vor Lachen darüber kugeln könnte.« Manfred Zasche hatte bereits seine Zivilkleidung an. Sie roch nach der langen Zeit in der Asservatenkammer nach Mottenpulver, aber sie passte noch auf den Zentimeter. Er hatte in der Haft kein Gramm Fett angesetzt und die Hosen, die er gern ganz eng trug, saßen wie ein Handschuh über seinen schmalen Hüften. Mit täglicher Gymnastik in seiner Zelle und dem Training bei der Handballmannschaft des Gefängnisses hatte er sich topfit gehalten.

Der Direktor blätterte inzwischen in den letzten Seiten der Akte. Auf ihnen hatte man eine stattliche Sammlung von Zeitungsausschnitten zusammengeklebt.

»Und eine Presse habt ihr damals gehabt«, schnalzte der Mann hinter dem Schreibtisch anerkennend. »Alle Achtung!« Er schob die Goldrandbrille, die ihm auf die Mitte der Nase gerutscht war, wieder zurecht und lächelte. Dabei fuhr er sich jetzt mit allen Fingern durch das kurz geschnittene bleigraue Haar. »Eine Presse«, wiederholte er, »da kann jeder Politiker vor lauter Neid mit den Ohren schlackern. Tagelang auf den Titelseiten. Zuerst nach der Tat und dann wieder beim Prozess.«

»So was kommt durch die Höhe einer Beute automatisch«, sagte der Häftling bescheiden und blickte zu der ein wenig trostlosen Deckenlampe. »Wenn es um mehr als eine Million geht, ist das für die Zeitungsleute so was wie eine magische Zahl.«

»Na ja, von der erbeuteten Summe abgesehen, war das Ganze aber auch sonst ein Superding, das sich gewaschen hat.«

»Wir wollen auf dem Teppich bleiben«, meinte der Häftling namens Manfred Zasche und betrachtete jetzt an Stelle der Deckenlampe seine nicht mehr ganz weißen Tennisschuhe. »Im Allgemeinen hat ein Warenhaus derartig hohe Beträge ja nicht in seiner Kasse«, räumte er ein. »Aber es war gerade Sommerschlussverkauf und da scheppert sich am Wochenende einiges zusammen.«

»Ursprünglich wolltet ihr das Ding zu dritt drehen, geht aus dem Prozessprotokoll hervor. Da steht doch –« Der Gefängnisdirektor hatte die Akte wieder vom Tisch genommen und aufgeschlagen. Als er die betreffende Stelle gefunden hatte, las er vor: »Der Mitangeklagte Paul Schulz hat von dem Einbruch gewusst. Das Gericht ist davon überzeugt, dass er auch an der Planung des Verbrechens beteiligt war und sogar die Absicht hatte, an der Ausführung der Straftat teilzunehmen.« Er klappte das Schriftstück wieder zu und blickte auf. »Aber das konnte man diesem Paul Schulz nicht nachweisen und Sie sind es gewesen, der ihn nach Strich und Faden entlastet hat.«

»Dass man mich zu ein paar Jahren Knast verurteilen würde, das war bombensicher«, erwiderte der Häftling mit den strohblonden Haaren. »Ich war voll gegen den heißen

Ofen gelaufen und mir war nicht mehr zu helfen. Aber Paule sollte wenigstens mit einem blauen Auge aus der verdammten Kiste rauskommen. Er war immer ein echt dufter Kumpel gewesen, was gar nicht so selbstverständlich ist. Außerdem wär es mir um kein Jota besser gegangen, wenn man ihn gleichfalls eingelocht hätte.«

»Dieser Paul Schulz ist dann aus Mangel an Beweisen schließlich mit einem Freispruch davongekommen«, bemerkte der Gefängnisdirektor. »Der Staatsanwalt hatte ein ganzes Jahr beantragt.«

»Ja, er hat gleich doppeltes Schwein gehabt, der Paule«, grinste der Häftling aus dem Block D. »Zuerst mit seinem Blinddarm und dann mit diesem samtweichen Urteil.«

»Wieso Blinddarm?«, fragte der Mann hinter dem Schreibtisch verwundert.

»Natürlich war Paule Schulz von Anfang an mit dabei«, kam die Antwort. »Er sollte mit einem Funkgerät vor dem Warenhaus Schmiere stehen und uns warnen, falls irgendwas faul sein sollte. Aber er ist dann im letzten Moment ausgefallen. Eben wegen seines Blinddarms. Da war nichts zu machen. Und Verschiebung ging nicht. Die Queen war sozusagen schon im Anrollen. Da riskierten wir es halt zu zweit. Na ja, und es hat funktioniert. Vorerst wenigstens –«
Der Häftling blickte jetzt an einer Gummipflanze vorbei zum Fenster. Auch hier waren Gitter hinter den Scheiben, als ob auch der Direktor eingesperrt wäre.

»Dieser Paul Schulz war der Einzige, der Sie in all den Jahren regelmäßig besucht hat«, stellte der Mann hinter dem Schreibtisch fest.

»Ich sag ja, der Typ ist hundertprozentig in Ordnung.«

»Ihre Braut dagegen hat sich schon nach ein paar Monaten nicht mehr blicken lassen.« Der Direktor spähte wieder über den Goldrand seiner Brille. »Ich sage das nur, weil ich mir überlege, wo Sie jetzt hinwollen und wie Sie wieder festen Boden unter die Füße kriegen.«

»Sie haben sich Jahre meine Gedanken gemacht, Herr Direktor«, meinte Manfred Zasche. Er lächelte unverbindlich und schüttelte seinen strohblonden Kopf. »Jetzt bin ich wieder an der Reihe, lassen Sie das meine Sorge sein.«

»Wie Sie wollen«, meinte der Direktor ein wenig eingeschnappt und stand auf. »Also, es war ein Samstag, es war Sommerschlussverkauf. Und da klingeln in einem Warenhaus die Kassen wie sonst nur vor Weihnachten.« Er rieb sich die Hände und nahm sie anschließend auf den Rücken. »Aber es gab noch einen zweiten Grund, weshalb ihr euch gerade dieses Wochenende ausgesucht hattet.« Er war zur anderen Seite seines Büros spaziert und drehte sich jetzt um. »Ausgerechnet in diesen Tagen geruht die englische Königin auf Staatsbesuch in Berlin zu weilen. Die ganze Stadt war auf den Beinen und die Polizei hatte mit Absperrungen und Sicherheitsvorkehrungen alle Hände voll zu tun.«

»Ja, das hatte sich günstig getroffen«, bemerkte der Häftling, der mit einem Bein das Gefängnis bereits hinter sich hatte. »Es war ein enormer Zufall.«

»Natürlich nur ein Zufall – dass ich nicht kichere!«, unterbrach ihn der Gefängnisdirektor. Dabei ließ er sich neben dem Gummibaum in den Ledersessel einer Sitzgarnitur fallen. »Menschenskind, ihr habt die ahnungslose Queen zu eurer Komplizin gemacht, was ja das geradezu

Geniale an eurem Plan gewesen ist, den Sie jetzt nicht verniedlichen sollten. Bitte nehmen Sie doch Platz, Herr Zasche.«

In viereinhalb Jahren hatte der Direktor zum ersten Mal »Herr« zu dem Häftling gesagt und ihn in seiner Gegenwart zum Sitzen aufgefordert.

»Sehr freundlich«, sagte der strohblonde und kräftige Mann, gehorchte der einladenden Bewegung des Direktors und schlug anschließend die Beine übereinander.

»In einer halben Stunde sind Sie so frei wie ein Vogel«, meinte die Goldrandbrille. »Also, wie war's wirklich?«

»Zugegeben, wir hatten natürlich davon gelesen, dass die englische Königin Berlin besuchen würde.«

»Und selbstverständlich habt ihr auch gewusst, dass sie an diesem Wochenende, und zwar am Sonntagvormittag, mit ihrer Wagenkolonne haargenau an eurem Warenhaus vorbeikommt.«

»Das hat jedes Kind gewusst«, meinte Manfred Zasche. »Tagelang zuvor ist ja überall bekannt gemacht worden, wann und wo die Bevölkerung der Queen bei ihrer Fahrt durch die Stadt zujubeln könnte, falls sie dazu Lust haben sollte.«

In diesem Augenblick klopfte es und gleich darauf öffnete sich die Tür zum Vorzimmer. Eine ältliche Sekretärin ließ nicht viel mehr als ihren Kopf sehen.

»Entschuldigen Sie, Herr Direktor«, flötete sie. »Soll ich jetzt bei der Stadtverwaltung das Heizöl anfordern oder nicht?«

»Ach, das hätte ich glatt vergessen«, antwortete der Gefängnisdirektor. »Fordern Sie es an, Fräulein Köhler, fordern Sie es an.« Er räusperte sich und fügte noch hinzu: »Sie denken wirklich an alles, besten Dank. Wenn ich Sie nicht hätte –«

Als Fräulein Köhler die Tür wieder hinter sich geschlossen hatte, machte sie in ihrem Vorzimmer einen regelrechten Sprung zum Telefon, den man ihr kaum zugetraut hätte, und wählte ein wenig hastig die Nummer der Kriminalpolizei.

Sie hatte sie im Kopf, so wie andere Leute die Nummer der Feuerwehr. Die Frage nach der Heizölanforderung bei der Stadtverwaltung war natürlich zwischen dem Gefängnisdirektor und seiner Sekretärin abgesprochen gewesen. Sie sollte sie stellen, kurz nachdem der Häftling aus dem Block D vorgeführt worden war, und im Falle, dass ihr Chef dann zustimmend antworten würde, war sie ermächtigt und aufgefordert, umgehend Hauptkommissar Papenbrock vom Raub- und Einbruchsdezernat zu alarmieren.

Das tat sie jetzt.

»Schön«, sagte der Hauptkommissar, nachdem er eine Zeit lang zugehört hatte, und fragte: »Wann also ist mit der Entlassung zu rechnen?«

»In einer knappen Stunde, vermute ich«, antwortete Fräulein Köhler leise und hielt zur Sicherheit noch ihre Hand über den Mund. »Bis die letzten Formalitäten erledigt sind.«

»Und wie üblich?«

»Ja, an der schmalen Eisentür neben dem Haupteingang.«

»Wir werden da sein«, ließ sich der Hauptkommissar hören. »Und Sie wissen natürlich von nichts, liebes Fräulein Köhler. Besten Dank.«

»Keine Ursache«, flüsterte die Sekretärin und dann kicherte sie gedämpft. »Mein Name ist Hase und ich weiß von nichts.«

Inzwischen hatte im Büro nebenan auch der Gefängnisdirektor in seinem Ledersessel, der alles andere als neu war, die Beine übereinander geschlagen und war dabei, zusammenzufassen: »Also, wie auch immer, euer Vorhaben stand, wenn ich die Sache mal so bezeichnen darf, von der ersten Stunde an unter einem guten Stern. Die Sache lief doch ganz prächtig.«

»Und gerade das hätte uns stutzig machen und warnen sollen«, meinte Manfred Zasche. Er dachte seinen Worten eine Weile hinterher. »Zuerst klappt alles wie geschmiert, aber auf einmal kommt dann der große Hammer. Das ist immer so, da kann man fast Gift drauf nehmen.«

»Folgendes passierte jedenfalls«, unterbrach ihn der Gefängnisdirektor. Er lehnte sich zurück und verschränkte die Arme. »Sie und ein gewisser Ekkehard Krumpeter –«

»Den Namen hat die Polizei nicht von mir, das möchte ich ein für alle Mal klarstellen«, unterbrach der Häftling den Gefängnisdirektor. »Ich hätte meinen Kumpel nie und nimmer verraten. Ich nicht –«

»Das hat seine Zimmervermieterin für Sie gemacht«, besänftigte ihn der Mann hinter dem Schreibtisch. »Sie hat Herrn Krumpeter bei der nächsten Polizeiwache als vermisst gemeldet, als er so Hals über Kopf verschwunden war. Und da ist es dann nicht mehr so kolossal schwierig gewesen, von ebendieser Dame zu erfahren, dass Sie beide engstens befreundet gewesen sind und dass ihr genau in den Wochen vor dem Geldraub ständig zusammengehockt seid. Jetzt wusste die Kripo, dass der zweite Mann Ekkehard Krumpeter hieß. Aber das hat sie nicht weitergebracht, weil dieser Krumpeter vermutlich längst mit einem falschen Pass und einem neuen Namen getürmt war.« Der Gefängnisdirektor blickte auf und spielte mit seiner Brille, die manchmal einen Sonnenstrahl einfing. »Übrigens mit euren Zimmervermieterinnen habt ihr alle beide kein Glück gehabt. Zu Ihrer Frau Lehmann, bei der Sie gewohnt haben, kommen wir ja noch –«

»Ja«, murmelte Zasche und zog die Mundwinkel herunter. »Diese Person –«

Der Gefängnisdirektor lehnte sich zurück. »Aber weiter zu eurer Geschichte –« Er blätterte wieder einmal in der Akte. »Sie beide haben sich an jenem Samstag in den Toiletten des fünften Stockwerks versteckt und zusammen mit verschiedenen Geräten, darunter einem Schneidbrenner und so weiter, im Warenhaus einschließen lassen –«

»Im fünften Stock bei der Abteilung für Spielwaren«, fuhr sein strohblondes Gegenüber fort. »Am frühen Abend waren alle Kunden und auch die letzten Angestellten verschwunden. Trotzdem haben wir noch gut zwei Stunden gewartet und uns nicht von der Stelle gerührt, um ganz sicher zu sein. Als wir dann vorsichtig zur Tür geschlichen sind und sie ganz leise geöffnet haben, war es draußen bereits dunkel. Nur die Notbeleuchtung hat gebrannt. Es waren kleine rote Lampen über verschiedenen Türen. Wir zogen die Schuhe aus und sind auf Socken zur Treppe geschlichen. Die riesigen Räume, das schummrige Licht, das von den großen Fenstern gedämpfte Geräusch der Straße, es war tatsächlich zum Fürchten und wie in einem Gespensterschloss. Nur dass dieses Schloss eben ein supermodernes Kaufhaus war und mitten in Berlin stand.« Er beugte sich vor und fragte auf einmal wie aus heiterem Himmel: »Weshalb wollen wir eigentlich die ganze alte Suppe wieder aufwärmen, Herr Direktor? Ich hab meine Strafe abgesessen, lassen Sie mich laufen, und damit basta.«

»Leider gibt es da einen Punkt, den ich vorher noch zur Sprache bringen muss«, erwiderte der Gefängnisdirektor. Er neigte den Kopf ein wenig zur Seite, blickte den hoch gewachsenen Mann, der ihm gegenübersaß und ja immer noch sein Häftling war, lange an. Mit nachdenklich hochgezogenen Augenbrauen. »Sie und Ihr damaliger Komplize Krumpeter haben sich die Beute noch am Tatort geteilt. Dabei muss jeder von euch nach den Angaben des Warenhauses eine runde Million kassiert haben. Dann habt ihr euch getrennt. Ihrem Spezi ist es gelungen, sich mit seinem Geld aus dem Staub zu machen. Alle Fahndungen sind im Sand verlaufen, was kein Wunder ist. Wie soll man einen Mann finden, von dem man kein Foto hat und auch nicht den Namen aus seinem gefälschten Pass. Er hat es tatsächlich geschafft, sich in Luft aufzulösen –«

»Ja, Ekke hat es geschafft und ist fein raus.«

»Sie hingegen, sehr geehrter Herr Zasche, sind geschnappt worden«, fuhr der Gefängnisdirektor fort und blätterte wieder einmal in der Akte, bis er eine bestimmte Stelle gefunden hatte. »Geschnappt, und zwar mit genau fünfzehn Mark, achtundsechzig Pfennigen in der Tasche. Mitten am helllichten Tag vor einem Waschsalon in der Knesebeckstraße –«

»Was für ein belämmerter Tag«, warf der Häftling Nummer 105 ein. »Ein rabenschwarzer Freitag. Ich hätte im Bett bleiben sollen –«

»Über Ihren Anteil an der Zweimillionenbeute haben Sie bei der Polizei und auch später im Prozess die Aussage verweigert. Das heißt, gelegentlich haben Sie behauptet, dass Ihnen das ganze Geld geklaut worden sei. Aber das hat Ihnen der Richter nicht abgenommen. Noch kurz vor der Urteilsverkündung hat er Ihnen angeboten, ein volles Jahr Ihrer Strafe zu streichen, wenn Sie verraten würden, wo das Geld versteckt ist. Und was haben Sie geantwortet?«

»Hoher Gerichtshof, ich wüsste nicht – hab ich damals geantwortet –, ich wüsste nicht, wie ich nur durch Herumsitzen in einem Jahr so viel Geld verdienen könnte –«

Es war an einem Tag im Juli gewesen, als die englische Königin Berlin besucht hatte und dabei im Kassenraum des »Kaufhauses des Westens« die Tresortür in die Luft geflogen war.

Bereits ein paar Monate später, im Dezember, hatte Manni Zasche seinen Prozess. Die komplette Presse war angerückt und er war an diesem Tag der meistfotografierte Mensch in der Stadt. Als es dann vor den hohen Fenstern dunkel geworden war, hatte ihn der Richter zu genau vier Jahren und drei Monaten Knast verknackt, während Paul Schulz mit einem Freispruch in der Tasche aus dem Gerichtssaal spaziert war.

Und als dann Manni mit der Häftlingsnummer 105 in Moabit seine Zelle im Block D bezog, da war sein Kumpel Ekke Krumpeter bereits ein gutes halbes Jahr auf Fakarava, wo sich in diesem Augenblick die »Aurora« wieder einmal vorsichtig durch den engen Kanal im Korallenriff gemogelt hatte und jetzt am Pier festmachte. Die Männer von der Deckmannschaft arbeiteten an den Winden, schwere Taue flogen durch die Luft und wurden am Ufer um die Poller geschlungen.

Unter den Eingeborenen, die sich neugierig am Strand eingefunden hatten, hüpfte Tagi von einem Bein aufs andere. Er schwenkte zur Begrüßung irgendein buntes Tuch wie eine Fahne über dem Kopf. Krumpeter hatte ihn wie einen tanzenden Farbfleck schon bei der Einfahrt in die Lagune entdeckt.

Zuerst kam der Baron über die Gangway herunter. Mit seiner vergammelten schwarzen Aktentasche und dem dünnen Spazierstock mit dem Goldknauf unter dem Arm. Im weißen Rohseidenanzug, den gleichfalls weißen Panamahut aus der Stirn geschoben und seine Pfeife im Mund. Dicht hinter ihm Ekke Krumpeter. Auch er in Weiß, und zwar in dem Leinenanzug, der ihn gelegentlich an ein gewisses Berliner Warenhaus erinnerte.

Oben an der Reling stand der Kapitän der »Aurora«; den kümmerlichen Rest einer Zigarette an der Unterlippe, blickte er ihnen nach.

»Wieder einmal mehr meine Gratulation, Capitaine«, rief der Baron zu ihm hinauf. »Ihr verdammter alter Kahn ist doch das sicherste Schiff in der ganzen Südsee.«

»Au revoir, Baron, und bis zum nächsten Mal«, rief der Mann mit der goldumborteten Mütze zurück. Er schnipste seine Zigarettenkippe über Bord und dann drehte er sich zu seinen Männern um. »Los, an die Ladeluken, wir haben nur eine Stunde Zeit, wenn wir noch vor der Flut auslaufen wollen –«

115

Der Baron hatte Krumpeter in den vergangenen Monaten schon dreimal nach Nuku Hiva mitgenommen, ihn dort den Perlenhändlern vorgestellt und als seinen Nachfolger eingeführt.

»So, das war's dann für mich«, sagte er jetzt, als sie den Pier erreicht hatten. Er blieb stehen und tippte Ekke mit seinem Spazierstock vor die Brust. »Beim nächsten Mal musst du ohne mich auskommen, mein Sohn –« Er betrachtete Krumpeter durch eine Wolke Pfeifenrauch. Mittlerweile duzte er den jungen Mann mit den semmelblonden Haaren, und dass er gerade »mein Sohn« zu ihm gesagt hatte, das war nicht bloß so dahingeredet. »Es ist wie ein Abschied und Abschiede sind fast immer zum Heulen –«

Er schüttelte den Kopf über sich selbst und lächelte plötzlich. »Die Händler auf Nuku Hiva sind gerissene Gauner, was du bestimmt mitbekommen hast. Lass dich von ihnen nie übers Ohr hauen. Und hier die Fischer auf Fakarava vertrauen dir. Aber sei deshalb nicht zu gutmütig und kassiere von jedem Verkauf deine zwanzig Prozent, wie sie das von mir schon seit Jahren gewohnt sind.« Er lächelte wieder. »Sie würden an deiner Ehrlichkeit zweifeln, wenn du plötzlich weniger nimmst.«

Die Männer, von denen gerade die Rede war, kamen inzwischen vom Ufer her über den Pier gelaufen. Sie umringten den Baron wie immer, wenn er auf der »Aurora« mit seiner schwarzen Aktentasche von Nuku Hiva in die Lagune zurückkam.

»Wie war's?«, fragte der einarmige Huru-Huru, der einen Kopf größer war als alle anderen, die jetzt neugierig herumfuchtelten und durcheinander palaverten. Mitten-

116

drin Tagi, der sich sein buntes Tuch unter den Arm geklemmt hatte und gegen die Übrigen anschrie.

»Aere mai, ihr beiden. Schön, dass ihr wieder da seid!«

Die Zeit auf der Insel war für Krumpeter nur so vorbeigerast, vorbeigerast, vorbeigerast.

Und manchmal waren zwei oder drei Dinge auf einmal passiert oder so rasch hintereinander, dass sie so gut wie zusammengefallen waren.

An einem Morgen nämlich war es Tagi beispielsweise beim Tauchen gelungen, seine Riesenmuschel in gut dreißig Meter Tiefe aus dem Riff zu brechen. Sie hatte mehr als ein Kilo gewogen. Ihre Innenflächen waren wie zwei wunderschöne Teller aus glänzendem Silber gewesen und zwischen ihnen war eine große, tiefschwarze Perle gelegen.

Schwarze Perlen waren sehr selten und die Händler auf Nuku Hiva waren ganz wild hinter ihnen her. Aber Tagi hatte sich geweigert zu verkaufen. »Ich hab das Versprechen gegeben, dass ich es nicht für Geld mache, wenn ich immer und immer wieder nach dieser Muschel tauche«, hatte er beharrlich erklärt. »Und wenn man sein Wort gibt, dann ist das ein Teil seiner Seele –«

Kaum ein paar Tage später war eines der kleinen einmotorigen Taxiflugzeuge auf der Graspiste am Ende des Dorfes gelandet. Es hatte zusammen mit einigen Kisten und Fässern einen Mann von rund fünfzig Jahren mitgebracht. Er hatte eine Kakihose angehabt, ein Kakihemd mit Schulterklappen und blitzblanke schwarze Schuhe. Im ersten Augenblick hatte sich Krumpeter ganz schnell verdrücken wollen. Aber als ihn der Baron am Ellbogen gefasst hatte, zwang er sich doch dazu, dem Uniformierten entgegenzugehen, obwohl seine Beine ihm zuschrien, er solle weglaufen.

»Das ist mein Freund, Monsieur Kolbe«, stellte der Baron den jungen Deutschen mit den semmelblonden Haaren vor. »Und das ist Colonel Dubonet, ebenfalls mein Freund seit vielen Jahren –«

»Plaisir à vous voir«, entgegnete der Franzose höflich. »Ich habe schon von Ihnen gehört und es freut mich, Sie kennen zu lernen. Ich bin der Inselbeauftragte der Präfektur, von der Polizei, Sie verstehen. Und das ist ein freundschaftlicher Routinebesuch –«

Man trank zusammen einen Absinth, und als der Colonel am späten Nachmittag wieder nach Papeete zurückflog, war Krumpeter mit seinem falschen Passnamen beim Distriktbüro registriert, und zwar mit einer unbegrenzten Aufenthaltserlaubnis. Der Baron hatte den Colonel noch zusammen mit Ekke zu der Flugpiste begleitet und ihm mit dem Goldknauf seines Spazierstocks nachgewinkt, als die kleine Maschine in die untergehende Sonne hineingebrummt war.

»Ordnung muss auch auf Fakarava sein«, bemerkte er beim Weggehen mit einem kleinen Lächeln. »Ein bisschen Ordnung jedenfalls –«

Schon eine Woche später war dann die Sache mit dem Kaufladen passiert.

Es hatte damit angefangen, dass ein paar Tage lang die Türen verschlossen blieben.

Anfangs hatten die Eingeborenen, die zum Einkaufen gekommen waren, nur mit den Schultern gezuckt und waren mit leeren Körben wieder in ihre Hütten getrabt.

Aber dann ging einigen Familien der Zucker aus oder das Öl für ihre Petroleumlampen.

Der Laden war bisher von zwei jüngeren Brüdern geführt worden, die zunächst verschwunden waren und dann entdeckt wurden, als sie auf ihren Schultern ein Boot über den Strand zum Meer getragen hatten. Es sei ihnen endgültig die Lust vergangen, Tag für Tag Kaugummis, Glühbirnen und Angelschnüre zu verkaufen. Sie wollten wie früher selber wieder fischen und nicht länger zwischen Konservendosen und Koprasäcken eingesperrt sein!

Da hatte sich dann Monsieur Chaval eingeschaltet, der wieder einmal auf der Insel sein Asthma kurierte, während seine Wettbürokunden in Paris Winterferien machten. Er hatte auf ein paar Inseln in der Nachbarschaft herumtelefonieren müssen, bis schließlich ein auffallend dürrer Mann mit einem schweren Motorboot am Pier festgemacht hatte. Der Mann trug trotz der Hitze eine Krawatte zu seinem eiergelben Anzug und streckte den Hals aus dem Kragen wie der Vogel aus der Kuckucksuhr. Er war direkt vom Hauptlager der Firma gekommen, der die meisten Kaufläden der umliegenden Inseln gehörten.

Und jetzt war alles wieder einmal sehr schnell gegangen.

Die beiden Franzosen hatten sich im »Trois fleurs« eine Stunde lang die Köpfe zerbrochen. Das hieß, Monsieur Chaval hatte nur so getan, als ob er sich den Kopf zerbrechen würde. In Wirklichkeit hatte er schon von Anfang an die Idee gehabt, Ekke Krumpeter als neuen Geschäftsführer vorzuschlagen. Der Beauftragte der Firma in seinem eiergelben Anzug hatte dem Vorschlag dann auch zugestimmt.

Und der junge Mann mit seinen ein Meter neunzig und den semmelblonden Haaren war einverstanden gewesen, ohne auch nur eine Sekunde zu überlegen. Denn was Besseres konnte ihm augenblicklich gar nicht passieren. Er hatte immer wieder befürchtet, dass irgendjemand irgendwann einmal fragen würde, woher sein Geld käme, das er so täglich brauchte, auch wenn das Leben auf der Insel nicht teuer war. Aber, so oder so, jetzt würde er zur Insel gehören, wie alle anderen, seine Arbeit haben, dafür bezahlt werden und so seine Million auf der Bank in Papeete geheim halten können wie bisher.

Was er zuerst nicht vermutet hatte, der Kaufladen machte ihm schon in der ersten Woche richtig Spaß. Und auch Tagi, den er zu seinem Kompagnon befördert hatte, platzte fast vor Vergnügen.

Von Mal zu Mal vergrößerte Krumpeter das Warenangebot um Dinge, die man bisher in Papeete hatte bestellen müssen oder bei einem der größeren Inselkaufhäuser in Hangaroa oder Amanu.

Farben, Lacke und alles, was man zum Anstreichen brauchte, und vor allem auch die wichtigsten Medikamente.

Gerade hatte Krumpeter noch ein Stück Stoff für einen Pareo verkauft, da musste er im nächsten Augenblick einer Mutter empfehlen, was sie gegen den Husten ihres Babys tun soll oder gegen sein Bauchweh. So war er auf einmal Doktor, gelegentlich Berater und nicht selten auch Geldverleiher. Denn es passierte schon manchmal, dass die eine oder andere Familie knapp bei Kasse war. Und da er mit der Zeit wusste, wem er vertrauen konnte, verkaufte er ihnen seine

Waren für Kokosnüsse, die noch ungeerntet in den Palmen hingen, oder für Fische, die noch nicht gefangen waren.

Der Baron residierte inzwischen im »Trois fleurs«, und zwar in dem Zimmer mit dem Blick auf die Lagune, das Krumpeter bisher bewohnt hatte. Wenn wieder einmal neue Zeitungen aus Paris kamen und Tagi sich gerade am Riff beim Tauchen herumtrieb oder im Kaufladen auf Kundschaft wartete, musste ihm die Frau von Huru-Huru vorlesen. Dabei rauchte sie ihre Zigarre und der Baron paffte seine Pfeife. Meistens winkte er schon nach den ersten Worten einer Nachricht ab, weil ihm Kriege oder Hungersnöte irgendwo in der Welt gestohlen bleiben konnten. Auch dass es in Berlin keine Mauer mehr gab, kratzte ihn so wenig wie ein Eskimo, der sich in Grönland den Knöchel verstaucht hatte.

Krumpeter war mittlerweile in das kleine Haus am Palmenwald und neben der Hütte von Tagi eingezogen. Sie hatten sich nach und nach ein paar Hühner und eine Ziege zugelegt.

In der zweiten Dezemberhälfte wurde es von einem Tag zum anderen kühler und dann sah es so aus, als ob ein Hurrikan auf die Insel zukommen würde.

Das Meer fegte über das Riff und drängte durch die schmale Einfahrt in die Lagune. Eine Woche lang peitschten Regengüsse über die Insel und ganze Schwärme von schwarzen Fregattvögeln wurden mit ihren gewaltigen Schwingen durch die Luft gewirbelt.

Etwa um diese Zeit bekam Manni Zasche in Moabit seine Gefängniskleidung verpasst und wurde danach zum ersten Mal im Block D in seine Zelle eingeschlossen.

Es war fünfzehn Uhr fünfundvierzig Ortszeit.

»Ach, du dicke Nuss«, murmelte Krumpeter, als er erfuhr, was seinem Kumpel passiert war. »Armer Manni, das mit dem Verkrümeln wie ein Regenwurm ist also in die Hose gegangen –«

Er warf sich abends im Dunkeln auf sein Bett und drückte sein Gesicht in das Kissen.

So blieb er liegen, dachte und dachte, versuchte sich seinen Freund Zasche vorzustellen und tausend Dinge gingen ihm durch den Kopf.

Draußen regnete es immer noch, aber der Sturm hatte nachgelassen. Der Hurrikan war an der Insel vorbei zu den Nachbaratollen gerast.

Ein paar Kokosnüsse fielen nacheinander an seinem Fenster vorbei mit dumpfem Knall in den Sand.

Als er am nächsten Morgen aufwachte, wusste er nicht mehr, wie er eingeschlafen war. Aber er hatte, ohne zu träumen, tief geschlafen.

## Der große Coup

Fast viereinhalb Jahre später hatte Manni Zasche seine Strafe abgesessen.

Und das war heute.

Doch bevor er endlich den Bau verlassen durfte, hatte der Gefängnisdirektor seinen Häftling mit der Nummer 105, so wie es die Anstaltsvorschrift verlangte, zu einem letzten Gespräch vorführen lassen.

Und da waren die beiden jetzt mittendrin.

»Ich kann mir vorstellen«, meinte der Direktor gerade, »dass Sie während der ganzen Jahre in Ihrer Zelle darüber nachgegrübelt haben, wie Sie nach Ihrer Entlassung unbemerkt an Ihre Million rankommen und damit irgendwohin verschwinden können. Aber das wird nicht so ganz einfach funktionieren, fürchte ich –«

»Sie machen sich schon wieder meine Gedanken, Herr Direktor«, mahnte der Häftling aus Block D und grinste. »Glauben Sie es mir, so eine Summe kann unsere kleinen grauen Zellen ganz gewaltig zum Rotieren bringen.«

»Aber Sie haben ja nicht die blasseste Ahnung –« Der Direktor unterbrach sich selbst und putzte seine Nase. »Sie können sich ja nicht vorstellen, was Sie erwartet, wenn man in einer halben Stunde das Gefängnistor hinter Ihnen zumacht und Sie auf die Straße lässt.« Er steckte sein Taschentuch wieder ein. »Da geht ein Feuerwerk los, das sich gewaschen hat, und ich möchte um alles in der Welt nicht in Ihrer Haut stecken. Seit gestern klingeln bei mir die Telefone, als ob ich etwas umsonst zu verkaufen hätte.«

»Ich versteh kein Wort«, meinte der Häftling aus dem Block D verblüfft. »Was meinen Sie?«

»Die Zeitungen, mein Bester«, erklärte die Goldrandbrille. »Reporter sind so was wie zweibeinige Hyänen und sie haben sich natürlich an ihren zehn Fingern abgezählt, wann auf den Tag genau Ihre vier Jahre und drei Monate vorbei sind. Jetzt wollen sie nur noch die Uhrzeit der Entlassung wissen. Aber wenn ich ihnen auch nichts verraten habe, können Sie doch Gift darauf nehmen, dass sich die Burschen bereits seit Stunden drunten vor unserem Hauptausgang die Füße in den Bauch stehen –«

»Dass die Polente auf mich wartet, das war mir sonnenklar«, sagte der kräftige Mann mit den strohblonden Haaren. »Aber was die Presse betrifft, da hatte ich mir so ein bisschen eingebildet, dass ich für die inzwischen ein alter Hut bin und dass sie mich längst ein für alle Mal vergessen hat.«

»Mit einer geklauten Million in irgendeinem geheimnisvollen Versteck?«, fragte der Direktor und ließ ein glucksendes Lachen aus der Tiefe seines Bauches hervorschießen. »Das kann wohl nicht Ihr verehrter Ernst sein? Jetzt geht der Zirkus doch erst richtig los.«

»Nicht gerade angenehm, aber auch kein Beinbruch«, bemerkte Manfred Zasche. »Was kann schon viel passieren? Die Herrschaften werden ein paar dämliche Fragen abschießen und ich werde ihnen genauso dämlich antworten. Vielleicht fotografieren sie mich auch. Aber damit hat sich dann der Salat und schon übermorgen bin ich wieder endgültig Schnee von gestern für sie. Da lässt sich dann ein amerikanischer Filmstar scheiden oder ein Flugzeug wird gekidnappt. Und schon ist ein gewisser Manfred Zasche so uninteressant wie ein altes Fahrrad. Die liebe, gute Polizei allerdings wird mich auf Schritt und Tritt beschatten. Darüber bin ich mir im Klaren, wie gesagt –«

»Nicht zu vergessen die Inspektoren der Versicherung, die schließlich den ganzen Verlust ersetzen musste«, unterbrach ihn der Gefängnisdirektor.

»Jedenfalls werde ich den Herren nicht den Gefallen tun und die Piepen vor ihren Nasen aus dem Versteck holen«, murmelte der Häftling vor sich hin. »Viereinhalb Jahre Knast haben meine Nerven ganz enorm beruhigt. Ich bin jetzt sozusagen Weltmeister im Warten und hab wahnsinnig viel Zeit.«

»Aber nicht, dass Sie sich etwa einbilden, die Million würde jetzt tatsächlich Ihr rechtmäßiger Besitz sein«, stellte der Gefängnisdirektor fest. »Nur weil Ihnen das Gericht dafür, dass Sie das Versteck nicht verraten haben, zusätzlich ein Jahr aufgebrummt hat.«

»– das ich ohne Knurren brav abgesessen habe«, fuhr Manni Zasche treuherzig fort. »Ich hab den amtlich festgelegten Preis bezahlt und dafür darf ich auch kassieren. Doch, ich glaube schon, dass die Million jetzt mir gehört. Ehrlich verdient in einem Jahr, das ja nun wirklich kein Honiglecken war.«

»Das ist doch blanker Nonsens«, widersprach der Mann mit der Goldrandbrille. »Und das wissen Sie selbstverständlich genauso gut wie ich.«

»Bedauerlicherweise sind wir da völlig verschiedener Meinung, Herr Direktor«, meinte der strohblonde Häftling seelenruhig. Er schlug jetzt an Stelle des linken Beins das rechte über sein Knie. »Wenn es nur um das Geld geht, können Sie sich jedes weitere Wort wirklich sparen.«

»Schön, sprechen wir also nicht mehr davon.« Bevor der Gefängnisdirektor fortfuhr, veranstaltete er eine kleine Pause und ließ kräftig seine Finger knacken. »Ihre Tat allerdings muss ich Ihnen leider noch einmal in Erinnerung zurückrufen, bevor ich Sie wieder auf die Menschheit loslasse. Aber da auch das kaum so etwas Ähnliches wie Reue oder dergleichen bei Ihnen bewirken wird, wollen wir diese Formalität möglichst rasch und schmerzlos hinter uns bringen. Einigen wir uns also auf eine Art Telegrammstil!«

»Sie sprechen mir aus der Seele«, bemerkte Manfred Zasche bescheiden. »Schon ganz am Anfang unserer Unterhaltung habe ich Ihnen angeboten, dass Sie sich von mir nicht Ihre Zeit stehlen lassen sollen. Sie haben schließlich eine ganze Menge Wichtigeres um die Ohren.«

»Also kurz und knapp«, sagte der Direktor und tat so, als hätte er gar nicht hingehört. »Machen wir einen Sprung zurück bis zu dem Augenblick, als Sie zusammen mit Ihrem Komplizen Ekkehard Krumpeter auf Socken, die Schuhe in der Hand, durch die Spielwarenabteilung im fünften Stock schleichen. Das Kaufhaus ist menschenleer und dunkel. Lediglich ein paar kleine, rote Lampen der Notbeleuchtung brennen da und dort.« Er lehnte sich wieder tief in seinen Sessel zurück. »So, und jetzt sind Sie selbstverständlich zuerst einmal ins Erdgeschoss hinuntergetrabt, weil sich ja dort der Kassenraum befand und in ihm, allerdings hinter einer verdammt dicken eisernen Tür, der Tresor mit den ganzen Samstagseinnahmen aus dem fabelhaften Sommerschlussverkauf. Es muss für Sie doch enorm wichtig gewesen sein, zuerst einmal festzustellen, ob Ihre Geräte und das Handwerkszeug, das Sie mitgebracht hatten, überhaupt ausreichen würden, um tatsächlich an das aufgestapelte Geld heranzukommen. Immerhin hätte es ja eine böse Überraschung geben können.«

»Ach, wissen Sie, ganz so eilig hatten wir es damit gar nicht«, erwiderte Manfred Zasche und schmunzelte zufrieden. »Wir haben ja genau gewusst, was uns da unten erwartet. Wir kannten das Modell des Geldschranks so gut wie unsere eigene Hosentasche und die dicke Eisentür war auch kein Problem mehr.«

»Wieso, wenn ich fragen darf?«, unterbrach ihn der Direktor neugierig.

»Na ja, da gab's doch Paule«, antwortete der Häftling. »Paul Schulz, Sie erinnern sich vielleicht?«

»Der mit dem Blinddarm?«

»Ja, der mit dem Blinddarm«, sagte der strohblonde Mann nachdenklich und dann blickte er plötzlich auf. »Ich bin schon wieder dabei, Dinge auszuplaudern, von denen die Polizei keine Ahnung hat und die deshalb auch in keiner Akte stehen. Aber was kann schon passieren, der ganze Quatsch ist ja inzwischen –« Er unterbrach sich und kniff sein linkes Auge zu. »Ist er doch oder etwa nicht?«

»Verjährt meinen Sie?«, fragte der Gefängnisdirektor, »für Paul Schulz ist die Sache gelaufen, daran gibt's nichts zu rütteln.«

»Also dann weiter mit diesem Paul Schulz, der übrigens seither so blitzblank geblieben ist wie ein frisch gewaschenes Tischtuch. Vermutlich, weil er nach unserer Geschichte damals bloß so knapp am Knast vorbeigesegelt ist und weil ihm das für den Rest des Lebens einen grandiosen Schock verpasst hat. Aber seinerzeit baldowerte Paule noch für uns so ein bisschen durch die Gegend, schnüffelte hier und dort, hatte immer die Ohren spitz. Und dabei ist ihm dann eines Tages geflüstert worden, dass die Kaufhausdirektion vorübergehend verdammt knapp an technischem Personal sei, und er hat blitzschnell geschaltet. In so einem Riesenkasten brennen am laufenden Band Sicherungen durch, zischt es in den Steckdosen oder kippen Lichtschalter aus den Latschen. Wenn man dann nicht genügend Leute zum Reparieren hat, fragt man nicht gleich nach dem polizeilichen Führungszeugnis und nimmt jeden, der was von dem Krempel versteht. Und Paule hat geschickte Finger. Er versteht sein Handwerk als Elektriker. Er hat sich als Aushilfe einstellen lassen und ist schon am zweiten Tag über die Alarmanlage gestolpert. ›Das ist vielleicht ein vorsintflutliches System‹, hat er uns abends in der Kneipe erzählt und sich beinahe schief gelacht. ›Ballert nur los, wenn jemand mit Gewalt von außen durch ein Schaufenster oder eine Tür hereinwill; ist man aber irgendwie drinnen, piept es mit keinem Ton. Da stiefeln dann als einzige Sicherung in der Nacht nur einmal oder auch zweimal irgendwelche Männer vom Wach- und Schließverein durch die verschiedenen Etagen und kratzen wieder beruhigt die Kurve, wenn sie ihre Runde hinter sich haben. Das sind harmlose und echt gemütliche Typen. Lediglich am Kassenraum gibt's noch so was wie Fotozellen, die noch nicht allzu lange installiert sein können. Die will ich mir mal morgen näher vor die Pupille nehmen.‹

Das hat sich natürlich sehr verführerisch angehört. Und wenn ich einigermaßen ehrlich bin, hat Paule mit seinem Bericht mir und meinem Freund Ekke Krumpeter das Maul ganz schön wässrig gemacht. ›Mensch, Wuschelköpfchen‹, haben wir zu ihm gesagt, ›das ist ja ein Geschenk des Himmels, dieses Warenhaus, ein Ding, von dem man nur träumen kann. Bleib dran, Junge, guck dich um, bis dir die nebensächlichsten Einzelheiten aus den Ohren raushängen.‹ Und Paule hat das auch getan. Erst als es dann brenzlig geworden ist, weil die Personalabteilung eines Tages doch seine Papiere sehen wollte, hat er die Fliege gemacht und war ganz plötzlich verschwunden.

Aber da hatte er ohnehin schon im ganzen Haus seine Nase in alle Ecken gesteckt, sich Zeichnungen und Notizen gemacht.«

»Also regelrechte Werkspionage, wenn man bei der Wahl seiner Wort nicht zimperlich ist«, bemerkte der Gefängnisdirektor. »Du meine Güte, man kann immer nur wieder mit den Ohren schlackern, wenn man hört, wie bodenlos unbekümmert manche Betriebe sind und wie einfach sie's euch machen.« Er räusperte sich. »Nehmen Sie das bitte nicht persönlich.« Anschließend schüttelte er gleichzeitig besorgt und ein wenig nachdenklich den Kopf.

»Ja, es ist wirklich kaum zu fassen«, pflichtete der Häftling bei und zeigte ein genauso besorgtes Gesicht. »Da werfen diese riesigen Warenhauskonzerne allein für Reklame das Geld nur so aus dem Fenster, aber wenn es darum geht, sich nur einigermaßen gegen Einbruch zu schützen, dann haben die Herrschaften ein Brett vor dem Kopf und zugeknöpfte Taschen. Vielleicht, weil sie sich auf ihre Versicherungen verlassen, die am Ende ja doch alle Schäden berappen müssen.«

»Da mag durchaus was dran sein«, meinte der Direktor, schüttelte den Kopf und murmelte jetzt mehr für sich: »Jedenfalls sträflich leichtsinnig, sträflich leichtsinnig –«

»Hanebüchen«, pflichtete der Häftling bei und schüttelte ebenfalls den Kopf. »Hanebüchen –«

Inzwischen hatte die Sonne das Fenster erreicht und warf die Schatten der Gitterstäbe auf den Teppich.

»Aber lassen wir das«, sagte der Gefängnisdirektor und rückte dabei wieder einmal seine Goldrandbrille zurecht.

»Fahren Sie jetzt in Ihrer Erzählung fort, lieber Herr Zasche, ich hatte Sie leider unterbrochen.«

»Also, was uns da unten im Erdgeschoss erwarten würde, haben wir gewusst. Gleichzeitig war es ein klarer Fall, dass der Tresor, den mein Freund Ekke nicht im Handumdrehen knacken kann, erst noch erfunden werden muss. Geldschränke sind für ihn bloß bessere Ölsardinenbüchsen, das ist, Gott sei Dank, nun mal so.« Der Häftling räkelte sich in seinem Sessel herum, als sei er bei sich zu Hause. »Und weil es zu unserem Plan gehörte, die Ärmel erst hochzukrempeln und uns an die Arbeit zu machen, wenn sich die englische Königin am nächsten Vormittag durch die sonntägliche Stadt jubeln ließ, hatten wir ja noch eine Unmenge Zeit. Wir wanderten also seelenruhig und gemütlich von einer Etage in die andre. In der Lebensmittelabteilung genehmigten wir uns ein Fläschchen französischen Champagner, ein bisschen Kaviar, Lachs und Gänseleberpastete. Die Auswahl war erfreulich und wir mussten ja nur zugreifen. War mal eine der großen Kühltruhen verschlossen, kostete es meinen Freund Ekke nur ein müdes Lächeln und zwei oder drei Handgriffe, um sie aufzumachen. In der dritten Etage haben wir uns anschließend besonders hübsche Armbanduhren ausgesucht. Wieder eine Etage tiefer bedienten wir uns in der Lederabteilung mit zwei sehr schicken Handkoffern, die wir dann später für den Geldtransport verwenden wollten. Im Obergeschoss sprangen uns sündhaft teure Schuhe in die Augen und Ekke verliebte sich anschließend noch in einen schneeweißen Leinenanzug. ›Der ist haargenau das Richtige‹, meinte er.

›Du willst also in eine sonnige Gegend?‹, fragte ich. Aber er meinte nur: ›Ein Jammer, wir könnten uns hier für den Rest unseres Lebens mit den teuersten Klamotten eindecken, gar nicht zu reden von all dem stinkfeinen Zeug, das sonst noch überall rumliegt. Aber wir müssen beweglich bleiben und dürfen uns nicht mit irgendwelchem Kram belasten. Wenn's morgen um die Wurst geht, müssen wir topfit sein. Trotzdem ist es ein Jammer, wie gesagt.‹ Dabei zog er eine Visage, dass es einem wirklich an die Nieren gehen konnte. Dabei ist Ekke alles andere als ein pflaumenweicher Typ. Übrigens hat er genauso blonde Haare wie ich, und wenn man nicht zu genau hinguckt oder uns nicht gerade mitten ins Neonlicht stellt, könnte man uns für Zwillinge halten. Ach ja, so was wie ihn gibt's nicht im Dutzend –«

Der Häftling aus dem Block D blickte versonnen und ein wenig traurig zu der Stehlampe hinüber. Er sah ganz so aus, als würde er mit offenen Augen vor sich hin träumen.

Der Mann mit der Goldrandbrille zeigte, dass auch Gefängnisdirektoren Taktgefühl und Herz haben können. Er ließ seinem Gesprächspartner eine ganze Weile Zeit, um seinen Gedanken nachzuhängen, bis er dann sehr behutsam den Faden wieder aufnahm. »Aber irgendwann in der Nacht haben doch diese Sicherheitsleute ihre Kontrollgänge gemacht. Sie hätten euch doch überraschen und entdecken können?«

»Deshalb haben wir anfangs ja auch höllisch aufgepasst und waren sozusagen immer auf dem Sprung«, erwiderte Manfred Zasche. »Aber dann hat es sich gezeigt, dass sich die Herrschaften ihren Dienst ziemlich bequem machten.

Sie waren offensichtlich keine Freunde vom Treppensteigen und ließen sich, wenn sie kamen, durch einen der
großen Fahrstühle von einer Etage in die andere transpor-
tieren. Und da sich in einem so menschenleeren Gebäude
schon ein Knacken in der Heizung wie eine Telefonklingel
anhört, waren die Geräusche, die sie mit dem Lift fabri-
zierten, jedes Mal fast so wie Telegramme, die manche
Leute losjagen, wenn sie ganz sicher sein wollen, dass man
ja über ihre genaue Ankunft Bescheid weiß.«

»Sehr praktisch und enorm rücksichtsvoll«, meinte der
Gefängnisdirektor anzüglich. »Sobald ihr also irgendwelche Türen und dann das Summen eines Aufzugs gehört
habt, seid ihr auf Tauchstation gegangen. So einfach war
das –«

»Ja, und jedes Mal verdrückten wir uns woanders«, be-
stätigte der Häftling. »Es kam immer drauf an, in welcher
Etage wir uns gerade herumtrieben. Mal versteckten wir
uns in einer auf antik getrimmten Bauerntruhe der Möbel-
abteilung, dann wieder im Zelt einer Campingausstellung
mit künstlichem Rasen und einer auf himmelblaue Leinwand gemalten knallgelben Sonne, oder wir rollten uns im
Stockwerk für Teppiche in einen mehr oder weniger echten Perser. Wir konnten die uniformierten Männer beobachten, wie sie irgendwelche Stechuhren bedienten,
auch mal eine verschlossene Tür überprüften und mit ihren
Stablaternen herumleuchteten. Sie kamen zweimal. Ziemlich genau um Mitternacht und dann wieder in aller Herr-
gottsfrühe. Da pennten wir dann bereits in der sechsten
Etage, wo für die Kunden die verschiedensten Kombinationen von Schlafzimmern zusammengestellt waren. Wir

hatten uns für ein rosarotes Doppelbett mit Schleiflack entschieden, ein Sonderangebot für jungverheiratete Ehepaare, mit Matratzen so weich wie Badeschaum. Aber vor allem stand es ziemlich abgelegen und hatte beinahe undurchsichtige Tüllvorhänge.«

»Da habt ihr euch dann lediglich die Bettdecken über die Köpfe gezogen, als sich dieser Wach- und Schließdienst wieder geräuschvoll angemeldet hat«, bemerkte der Gefängnisdirektor. »Und die sauberen Herren sind dann völlig ahnungslos an euch vorbeispaziert.«

»Als ob Sie dabei gewesen wären, Herr Direktor.« Manfred Zasche grinste. »Genauso ist es gewesen. Als die Luft wieder sauber war, sind wir dann allerdings noch einmal aufgestanden und ganz nach oben ins siebte Stockwerk geschlichen. Von dort führte eine Eisentreppe zu einer Art Dachgeschoss mit den Umkleideräumen für das technische Personal. Wir haben nicht lange suchen müssen. Mit zwei ziemlich vergammelten Overalls, auf deren Rücken groß der Name des Kaufhauses aufgedruckt war, sind wir kaum eine Viertelstunde später wieder zurückgestiefelt, haben die Dinger zu unseren übrigen Klamotten gelegt und sind dann endgültig in unser Schleiflackbett gekrochen.«

»Mit Overalls meinen Sie doch wohl diese ganzteiligen Arbeitsanzüge, nehme ich an?«, fragte der Direktor dazwischen. »Welche Rolle haben die denn bei Ihrem Plan gespielt?«

»Sie werden es noch erfahren«, versicherte der Häftling geheimnisvoll und fügte nach kurzem Überlegen hinzu: »Selbstverständlich haben wir keine Sekunde ohne sehr dünne, aber auch sehr stabile Lederhandschuhe gearbeitet. Sie klebten sozusagen an unseren Fingern, bis alles vorbei war. Auch beim Essen und beim Schlafen haben wir sie nicht ausgezogen. Fingerabdrücke am Tatort zu hinterlassen ist nämlich in unserem Job so ziemlich der dämlichste Fehler, der nur einem Anfänger passieren darf. Da könnte man ja gleich der Kripo eine Ansichtskarte mit seiner genauen Adresse schicken, mit freundlichem Gruß, einschließlich Geburtsdatum und Blutgruppe. Übrigens, wenn ich das sagen darf: An diese Badeschaummatratze von dem rosaroten Doppelbett hab ich während der Jahre in meiner Zelle ziemlich oft denken müssen –«

»Was ich durchaus verstehen kann«, räumte der Direktor ein. Er schmunzelte kurz und fuhr dann fort. »Aber inzwischen sind wir an dem Punkt angelangt, wo die Sache ernst wird. Vor den Fenstern wird es allmählich hell und der erwartete Sonntag kündigt sich an. So etwa kurz vor Mittag sollte die Wagenkolonne mit der englischen Königin und ihrem Gefolge über die Straße dicht an eurem Warenhaus vorbeirollen.«

»Genau um elf Uhr fünfzig, hatten die Zeitungen geschrieben«, bemerkte der Häftling. »Wir hatten nach dem Aufstehen also noch genügend Zeit, um uns ein perfektes Frühstück zu genehmigen. In der Lebensmittelabteilung kannten wir uns ja inzwischen aus wie in der eigenen Küche. Und nur ein zufriedener Magen befähigt den Menschen zu Höchstleistungen. Zudem war es ja ganz unsicher, wann wir das nächste Mal wieder etwas zwischen die Zähne kriegen würden. Ja, und dann auf einmal lief uns die Zeit wie das Feuer an einer Zündschnur unter den Socken davon.« Jetzt hielt es den strohblonden Mann nicht mehr in seinem Sessel. Er sprang auf, machte ein paar Schritte und dann federte er herum. Er hatte tatsächlich die Figur eines Stabhochspringers. »Jetzt schleppten wir unsere bis dahin versteckten Werkzeuge und Geräte nach unten ins Erdgeschoss. Früher wäre das ein zu großes Risiko gewesen. Die Männer vom Wach- und Schließdienst, so blöd und sorglos sie auch waren, hätten sie doch entdecken können. Sei es auch nur, dass sie durch Zufall darüber gestolpert wären.« Der Häftling fuhr sich mit dem Handrücken über den Mund. »Ja, die schwere Eisentür zum Kassenraum war wirklich der härteste Brocken. Aber zuerst musste die elektronische Alarmanlage vor und neben ihr gekippt werden. Ekke Krumpeter nahm sich den von Paule aufgezeichneten Schaltplan vor die Nase und machte sich an die Arbeit. Inzwischen hatte ich mich, so wie es abgesprochen war, etwa fünfzehn Meter von ihm entfernt neben einem Fenster postiert. Dieses Fenster war einigermaßen in meiner Kopfhöhe, ziemlich lang, schmal und wohl schon seit einer Ewigkeit nicht mehr richtig geputzt worden. Trotzdem konnte ich noch genügend sehen. Und das Beobachten der Straße war vorerst meine ganze Aufgabe.

Die Polizei war gerade dabei, am Rand der Gehsteige Seile zu spannen, und die ersten Zuschauer pflanzten sich bereits dicht hinter ihnen auf.

›Wie sieht's aus?‹, fragte Ekke, ohne sich umzudrehen. Er stand mittlerweile auf einer kleinen Leiter, blickte abwechselnd in Paules Schaltplan und dann wieder in einen Kasten mit einem Durcheinander von Sicherungen, Relais und Kabeln. Ich schilderte ihm mit gedämpfter Stimme wie ein Fernsehreporter, was sich draußen abspielte. ›Na fein, da liegen wir ja mit unserer Zeit genau richtig!‹, stellte Ekke Krumpeter fest. Er hantierte mit seinen Instrumenten so konzentriert wie ein Chirurg am Operationstisch, war dabei kalt wie eine Hundeschnauze und funktionierte exakt wie ein Automat. Er war eben ein ausgekochter Profi und im Stillen zog ich meinen Hut vor ihm.

›Was gibt's draußen Neues?‹, fragte er nach einer Weile. Dabei hatte er seine Nase immer noch ganz dicht über dem Kasten, der vor lauter Technik fast aus den Nähten platzte. Ein falscher Griff seiner Finger und die Alarmanlage konnte uns hochgehen lassen. ›Immer mehr Menschen versammeln sich, haben Fähnchen und Blumen zum Winken mitgebracht‹, berichtete ich. ›Schräg gegenüber baut sich neben dem Zeitungskiosk gerade eine Musikkapelle auf!‹

Ekke schien jetzt gar nicht mehr zuzuhören. Er biss sich immer wieder auf die Unterlippe, war mit seinen Gedanken nur noch bei dem Kabelsalat und dem Schaltplan. ›Ich muss den richtigen Stromkreis unterbrechen, dann ist der Impulsgeber ausgeschaltet‹, murmelte er vor sich hin. ›Erwisch ich den falschen, sitzen wir in der Falle. Aber ich verlasse mich auf unser Goldstück Paule. Er hat ja lang genug hier herumgeschnüffelt und von Elektronik versteht er was, da kann man sagen, was man will.‹

Mir schlotterten allmählich ganz schön die Hosen, muss ich zugeben. Meine Blicke wanderten ständig hin und her. Einerseits zu Ekke und dann zu meinem schlecht geputzten Fenster. Draußen fing es allmählich an, von Menschen nur so zu wimmeln. Und dann sagte mein Kumpel Krumpeter wie aus heiterem Himmel und so seelenruhig wie eine Großmutter auf der Parkbank:

›Dusel gehabt, es hat geklappt.‹ Er schob seine ausgebreitete rechte Hand ganz langsam vor die Strahler der Alarmanlage. Sie war tatsächlich lahm gelegt und rührte sich nicht. Aber Ekke wollte ganz sichergehen. Er schob sich Zentimeter um Zentimeter zu der schweren Eisentür am Kassenraum.

Mein Magen zog sich zusammen, aber nichts tat sich. Als Ekke schließlich dicht vor der Tür stand und ihre Klinke berührte, ohne dass irgendeine Sirene auch nur ganz müde piep gesagt hätte, wirbelte er herum, stampfte ein paar Mal ganz schnell wie ein spanischer Flamencotänzer mit seinen Schuhabsätzen auf den Betonboden und knallte dabei die Hände zusammen.

›Wir haben die erste Hälfte geschafft, alter Junge! Die Piepen sind fast schon in unseren Koffern‹, frohlockte er mit leuchtenden Augen. Aber gleich danach fragte er: ›Was ist inzwischen draußen los? Wie viel Zeit haben wir noch?‹

Ich versuchte jetzt auch meinerseits witzig zu sein und grinste: ›Alles klar an Deck der Andrea Doria.‹ Mein Magen hatte sich wieder mehr oder weniger erholt und ich war natürlich heilfroh, dass Ekke die Alarmanlage so glatt umgelegt hatte. Ich blickte auf meine Armbanduhr. ›Wenn es nach den Zeitungen geht, müsste die Dame in einer Viertelstunde aufkreuzen. Und genauso sieht es auch aus. Die Gehsteige sind schon schwarz von Menschen.‹

Ekke Krumpeter war einstweilen bereits dabei, irgendeine lehmartige Masse sorgfältig über die Fläche der schweren Eisentür zu verteilen. Er tat es mit so sanften Bewegungen, als würden seine Hände einen Kanarienvogel streicheln. Die dicksten Batzen bekamen das Schloss und die Scharniere ab. Das Zeug sah so harmlos aus wie Knetmasse, mit der Kinder irgendwelche Männchen modellieren. Ekke, der jetzt in dem schummrigen Licht wieder so aussah wie mein Zwillingsbruder, hatte einstweilen einen Schaltkasten aus seiner Werkzeugtasche gezaubert, stellte ihn hinter einer Ecke in sichere Deckung und holte jetzt eine Menge ganz dünner Drähte heraus, die er mit den verschiedenen Klumpen der Sprengmasse an der Eisentür vorsichtig in Verbindung brachte.

›Es kann nicht mehr lange dauern‹, mahnte ich.

›Bin gleich so weit‹, beruhigte mich Ekke Krumpeter. Und dann –«, fuhr der Häftling fort und wanderte mit schnellen, unregelmäßigen Schritten hin und her.

Der Gefängnisdirektor rückte sich ein wenig anders in seinem Sessel zurecht. Möglicherweise, um besser hören zu können. Jedenfalls sagte er kein Wort.

»Und dann«, wiederholte Manfred Zasche, »kam die Wagenkolonne mit der englischen Königin auf unser Warenhaus zu. Selbst durch das ziemlich dicke Fenster waren zuerst entfernte, dann allmählich näher kommende Jubelrufe zu hören. Es dauerte nicht lange und zwei Jeeps mit englischen Soldaten brausten in ziemlichem Tempo über die abgesperrte Straße. Gleich darauf folgten ihnen noch vier andere. Und dann tauchten auch schon die üblichen ›weißen Mäuse‹ auf ihren Motorrädern auf. Sie knatterten jeweils fünf nebeneinander und gestaffelt wie eine Pfeilspitze. In einigem Abstand folgte dann ein breiter Laster mit den Pressefotografen und den Kameraleuten vom

Fernsehen. Sie saßen dicht nebeneinander, übereinander und mit dem Rücken zur Fahrtrichtung wie Hühner auf Bänken, die man treppenartig quer über die Ladefläche gebaut hatte. Dadurch konnten sich die Herrschaften nicht gegenseitig die Sicht auf den offenen Rolls-Royce nehmen, der jetzt mit der englischen Königin kaum fünfzehn Meter vor und zugleich hinter ihnen sehr majestätisch über die Mitte der Straße gerollt kam. Männer, die ganz gewiss zum Geheimdienst gehörten, hingen wie Klammeraffen an den Wagenseiten oder liefen mit ihren an der linken Brustseite verdächtig ausgebeulten Jacketts nebenher.«

»Das war genau der Augenblick, auf den ihr gewartet hattet«, stellte der Gefängnisdirektor fest. Er konnte sich diese Unterbrechung nicht verkneifen. »Nur wegen der jetzt folgenden Sekunden ist euer Plan überhaupt möglich gewesen.«

»Ja, genau auf diesen Augenblick war das Ganze ausgeknobelt«, stimmte Manfred Zasche zu. Schweigend ging er ein paar Schritte hin und her, als überlegte er sich seine Antwort noch einmal. »Ja, so war es, durch diese Idee kam der ganze Plan überhaupt erst auf die Beine.« Er blieb stehen. »Die schwere Eisentür zum Kassenraum musste aufgesprengt werden, anders war sie einfach nicht zu knacken. Aber der Krach der Detonation hätte das halbe Stadtviertel alarmiert. Nur ein gleichzeitiger ähnlich gewaltiger Lärm von außen konnte unter günstigen Umständen den Bums unserer Explosion zudecken – sozusagen. Nun ja, einen solchen Radau erhofften wir uns vom Eintreffen der Queen direkt vor dem Warenhaus. Und es hat ja dann auch geklappt.«

»Ohne den zufälligen Besuch der englischen Königin zu dieser Zeit wäre das Warenhaus also ungeschoren geblieben?«, unterbrach der Mann mit seiner goldgeränderten Brille noch einmal.

»Der Papst oder der amerikanische Präsident wären uns genauso hilfreich gewesen«, meinte der strohblonde Häftling. »Aber irgendwas in dieser Größenordnung brauchten wir schon.« Er lächelte und hatte jetzt die Daumen im Gürtel seiner Hose.

»Obgleich ich eure Geschichte inzwischen in- und auswendig kenne, ist sie für mich immer noch so spannend, als hörte ich sie zum ersten Mal«, sagte der Gefängnisdirektor. »Fahren Sie fort, Herr Zasche.«

Und der Häftling tat es.

»Vor unserem Kaufhaus kam der Wagen der Queen nur im Schritttempo voran, beinahe sah es so aus, als würde er ganz zum Stehen kommen. Die Menge drängte immer neugieriger über die Gehsteige zur Straße. Und als der hohe Gast jetzt auch noch von dem dicken Lederpolster aufstand und nach allen Seiten lächelnd grüßte, gab es kein Halten mehr. Der allgemeine Jubel überschlug sich, Feuerwerkskörper wurden in den Himmel geschossen, wie das ja inzwischen auch auf den Fußballplätzen Mode geworden ist, und die Musikkapelle drüben neben dem Zeitungskiosk spielte, so laut es eben ging: ›Das ist die Berliner Luft‹. Ich hatte mein Taschentuch mit dem ausgestreckten rechten Arm schon eine ganze Weile senkrecht in die Luft gehalten. Jetzt riss ich es wie eine weiße Fahne nach unten. Das war für Ekke Krumpeter das Zeichen. So ziemlich im selben Augenblick sprangen wir beide in Deckung und

140

dann zündete er die Explosion. Es gab hintereinander einige Stichflammen und dann einen so fürchterlichen Krach, dass wir befürchteten, jetzt käme das ganze Warenhaus mit allen seinen sieben Etagen auf uns herunter. Aber das schien sich nur im Inneren des Gebäudes so angehört zu haben. Als ich mich wieder aus meiner Deckung wagte und durch das Fenster blickte, war das Bild auf der Straße völlig unverändert. Kein einziger Zuschauer hatte sich auch nur umgedreht. Nach wie vor schwenkte man begeistert die mitgebrachten Fähnchen, brüllte sich jubelnd die Stimmen aus dem Hals, böllerte vergnügt Feuerwerkskörper in die Luft und Englands gekröntes Haupt lächelte dazu immer noch artig nach rechts und links und wieder nach rechts und wieder nach links.«

»Eure Rechnung war also voll und ganz aufgegangen«, stellte der Gefängnisdirektor fest. »Kaum zu fassen, dass die Explosion von niemandem gehört worden ist.«

»Ja, es war wie ein Wunder, an das wir zuerst selber nicht glauben wollten«, gab der Häftling Zasche zu. »Eine ganze Weile standen wir nur da. Der aufgewirbelte Staub legte sich wieder. Wir hielten den Atem an und warteten darauf, dass jetzt irgendetwas passieren würde. Denn es musste doch was passieren. Aber nichts rührte sich. Da flüsterte Ekke Krumpeter beinahe andächtig: ›Wir müssen heute ein besonders gutes Horoskop haben.‹ Die schwere Eisentür lag mit herausgerissenem Schloss ziemlich zerbeult auf dem Fußboden und man musste nur über sie hinwegklettern, um in den Kassenraum zu kommen, der noch verqualmt und nicht richtig zu erkennen war. ›Los, jetzt geht's vielleicht um Sekunden‹, zischte Ekke und damit hatte er selbstverständlich Recht, das wussten wir beide ganz genau. Oft genug hatten wir diese undichte Stelle in unserem Plan besprochen und abgeklopft. Jetzt kam es nämlich darauf an, wann die Männer vom Sicherheitsdienst ihren nächsten Kontrollgang durch das Warenhaus machen würden. Spätestens zu diesem Zeitpunkt mussten wir aus dem Gebäude verschwunden sein. Da sie bisher noch nicht aufgetaucht waren, konnten wir annehmen, dass sie wohl genauso neugierig waren wie die übrige Bevölkerung und dass sie sich das Schauspiel der königlichen Stadtrundfahrt sicher nicht entgehen ließen. Und da glücklicherweise alle Zeitungen angekündigt hatten, dem Wagen der Queen sollte in einigem Abstand die komplette königliche Garde folgen, die samt Pferden und Bärenfellmützen eigens per Flugzeug nach Berlin verfrachtet worden war, wiederum gefolgt von einem schottischen, Dudelsack spielenden Musikkorps der Berliner Garnison, würden die Herren vom Wach- und Schließdienst nicht sofort nach der Besichtigung der Hauptperson des Programms auf den Absätzen kehrtmachen.

Nun, jedenfalls war Ekke Krumpeter mit seinen Werkzeugen längst in den Kassenraum gespurtet, während ich mir den Schneidbrenner zur Brust genommen hatte und über den abgesplitterten Mörtel und die herausgesprengte Tür hinter ihm herkletterte.

›Lass das Ding vorläufig noch in Ruhe‹, erklärte Ekke. ›Vielleicht brauchen wir's gar nicht.‹ Er streichelte mit seinen Handschuhen über die großen Metallflächen des Tresors, der mitten im Raum an der Wand stand, tastete sein Schloss ab und daneben das Rad aus Stahl und Messing, das den Durchmesser einer mittleren Bratpfanne hatte.

›Du bist doch der Typ K 712 aus der 78er-Serie, wie schön, dich mal wieder zu sehen‹, murmelte mein Freund Krumpeter.

Er ging in die Hocke und beäugte die Schlösser. ›So gut, wie wir uns schon kennen, müsste das mit uns beiden doch eigentlich ein Kinderspiel sein!‹ Und das war es dann auch. Schon knappe fünf Minuten später machte es ein paar Mal ganz leise ›klick‹, kurz darauf wieder.

›Hol schon die Koffer‹, flüsterte Ekke. Er hatte sein rechtes Ohr an dem Metall und schien sich seiner Sache vollkommen sicher zu sein. Als ich kurz danach mit den beiden piekfeinen und nagelneuen Prachtstücken der Lederabteilung wieder zurückkam, blieb ich wie angewurzelt stehen. Krumpeter war nämlich gerade dabei, ganz behutsam die schwere Geldschranktür aufzuziehen. Dabei gab sie ein kaum hörbares, saugendes Geräusch von sich. Und dann lag das Geld vor uns. Zuerst noch so im Halbdunkel, aber je weiter sich die Tresortür öffnete, umso weiter wanderte die Helligkeit über die sehr ordentlich nebeneinander gestapelten Notenbündel. Man konnte feuchte Augen kriegen. Sie waren, von Tausendmarkscheinen angefangen, sauber nach ihrem Wert sortiert und so hübsch verpackt wie Weihnachtsgeschenke. Nur dass sie an Stelle von Goldkordeln und farbigen Schleifen mit nüchternen Papierbanderolen verschnürt waren. Wir genossen den Anblick eine Weile. Aber dann war von der Straße her Dudelsackmusik zu hören.

Da nahm sich Ekke zusammen und zischte: ›Wir dürfen

keine Sekunde mehr verlieren‹, und griff nach den ersten Geldbündeln. Es war zwischen uns ausgemacht, dass die Beute gleich an Ort und Stelle geteilt werden sollte und dass wir uns sofort trennen würden, sobald wir das Warenhaus verlassen hätten. Die Gefahr, geschnappt zu werden, war geringer, wenn wir nicht als Paar zusammenblieben. Der Einzelne kann leichter untertauchen. Zudem hatten wir beide völlig verschiedene Vorstellungen davon, wie wir verschwinden und was jeder mit seinem Geld anfangen wollte. Jedenfalls war es kein Problem, unsere Koffer gleichmäßig zu füllen. Von denselben Notenstapeln landete ganz einfach jeweils dieselbe Anzahl von Bündeln zuerst bei Ekke und dann bei mir. Wir arbeiteten stumm und wie ausgefuchste Bankkassierer. Nur einmal sagte Krumpeter so zwischendurch: ›Eine Million pro Mann, schätze ich über den Daumen, das wär nicht gerade schlecht, Herr Specht.‹ Als der Tresor dann schließlich so leer war wie eine umgekippte Mülltonne, waren unsere piekfeinen Handkoffer so voll, dass sie sich kaum noch zumachen ließen. Wir mussten uns gegenseitig helfen.«

»Fabelhaft, würde ich sagen«, meinte der Gefängnisdirektor, schränkte aber im gleichen Atemzug ein: »Wenn es um eine bessere Sache gegangen wär –«

»Ja, alles lief mehr als geschmiert«, erwiderte der Häftling aus dem Block D. »Ich hab es ja schon gesagt: Wir müssen an diesem Sonntag tatsächlich ein blendendes Horoskop gehabt haben. Jupiter ganz oben oder so was in der Art.«

»Und wie ging's jetzt weiter?«

»Wir schlüpften in die Overalls, die wir uns ja in der vergangenen Nacht aus dem Dachgeschoss besorgt hatten.«

»Aha, endlich die Overalls, auf die ich so neugierig war. Von denen steht nämlich in den Polizeiakten keine einzige Silbe.«

»Ich wollte dem Gericht ja nicht alles auf die Nase binden«, meinte Manfred Zasche. Er ließ sich wieder in seinen Sessel fallen und schlug die Arme um seine Knie. »Wir mussten jetzt mit unseren prall gefüllten Koffern aus dem Warenhaus hinaus, und zwar so schnell wie möglich. Da gab es nur einen einzigen Weg, eine Tür am Ende eines schmalen Korridors direkt vom Vorraum des Kassenraums zur Tiefgarage. Wir ließen alle mitgebrachten Werkzeuge und Geräte liegen, wo sie gerade lagen. Mit einer Million an den Beinen kann man großzügig sein. Zudem hatten sie ja mit Sicherheit keine Fingerabdrücke von uns, konnten uns also nicht verraten. Wir sprinteten also durch diesen Korridor und zu dieser Tür. Ekke Krumpeter hatte sie schon zuvor unter die Lupe genommen und wusste genau, wie er sie im Handumdrehen aufkriegen konnte. Die Sache hatte allerdings einen Haken. Wir mussten befürchten, dass das Ding mit der zentralen Alarmanlage verbunden war, von der Paule Schulz wohl behauptet hatte, dass sie ziemlich vorsintflutlich sei, aber der Teufel ist ein Eichhörnchen und sie hätte ja trotzdem funktionieren können. Deshalb die Overalls mit dem groß gedruckten Namen des Warenhauses auf dem Rücken. Falls tatsächlich irgendeine Sirene losheulen sollte, und zwar genau in dem Augenblick, wenn wir uns aus dem Gebäude endgültig in Sicherheit bringen wollten, musste ein zufälliger Beobachter in der Tiefgarage annehmen, dass wir betriebseigene Techniker seien, also unverdächtig und augenblicklich darum bemüht, den Alarm aufzuklären. Aber es passierte vorerst nichts. Erst als wir die Tür schon vier oder fünf Schritte hinter uns hatten, war der Teufel los. Es dröhnte aus dem Warenhaus heraus, als sausten drinnen wenigstens ein halbes Dutzend Funkstreifen mit eingeschalteten Martinshörnern und Blaulicht durch die sieben Etagen. Die Tiefgarage war zum Glück menschenleer. Aber dann kam doch ein Mann angelaufen, der hier vermutlich zur Aufsicht angestellt war.

Bevor er etwas fragen konnte, rief ihm Ekke zu, er solle auf der Stelle anrufen. ›Sie würden uns damit in jeder Weise einen großen Gefallen tun. Vermutlich spielt die Anlage ja nur wieder einmal verrückt, aber sicher ist sicher.‹

Der Mann kam sich in diesem Moment bestimmt ungeheuer wichtig vor, hatte einen knallroten Kopf und keuchte: ›Wird erledigt!‹ Damit verschwand er, so schnell ihn seine Füße tragen konnten. Wir hatten es nicht weniger eilig, rissen unsere Overalls herunter, feuerten sie in irgendeine Ecke und jagten mit unseren Koffern wie Raketen an den geparkten Autos vorbei oder zwischen ihnen hindurch zum Ausgang an der Hinterfront des Warenhauses auf die Straße. Auch sie lag freundlicherweise noch wie ausgestorben in der Sonne. Alles, was an Menschen unterwegs war, drängelte sich immer noch an der Vorderseite auf den abgesperrten Gehsteigen, um den festlichen Aufwand des königlichen Besuchs bis zu den letzten vorbeimarschierenden Trompeten mitzuerleben. ›God save the Queen!‹

Es reichte zwischen Ekke Krumpeter und mir gerade noch zu einem letzten Schubs mit der Faust, jeder an die

146

Schulter des anderen, zu einem ›Mach's gut, alter Junge‹, zu einem Zwinkern mit dem linken oder rechten Auge. Und dann trabten wir auch schon in verschiedenen Richtungen auseinander. Ekke würde sich das nächste Taxi zum Flugplatz Tegel angeln, so viel hatte er mir noch verraten, mehr nicht.«

Der Häftling blickte auf und fragte: »Man hat wirklich nichts mehr über ihn erfahren?«

»Nicht die Bohne«, musste der Gefängnisdirektor zugeben.

»Er war ja für die Polizei ein völlig unbeschriebenes Blatt und deshalb in keiner Fahndungsliste erfasst. Seinen Namen in einem sicherlich gefälschten Pass kannte man nicht, wie schon gesagt, und da hätte sogar Interpol nur mit der Stange im Nebel herumstochern können –«

»Ja, Ekke ist ein kluges Kerlchen«, erklärte Manfred Zasche und starrte wieder einmal zu dem vergitterten Fenster hinüber, das inzwischen voll von der Sonne getroffen wurde. »Sein Köpfchen hätte ich haben sollen.«

Jetzt räkelte sich der Mann mit der Goldrandbrille aus seinem Sessel und machte ein paar Schritte. »Was mit Ihnen passiert ist, wollen Sie wohl lieber nicht erzählen?«

»Es ist ja kein Geheimnis geblieben, dass ich mich wie ein Anfänger benommen habe«, meinte der Häftling.

»Sagen wir lieber, wie ein normaler Mensch«, korrigierte der Direktor und fügte hinzu: »Allerdings erleichtert alles Normale der Polizei ihre Arbeit ganz ungemein.« Er war stehen geblieben und setzte jetzt die Wanderung durch sein Büro weiter fort. »Sie hatten eine Braut –«

»Yvonne war eigentlich nur eine Freundin, wie man so

sagt. Aber ich hing an ihr. Ich musste sie unbedingt noch einmal treffen, bevor ich mich aus dem Staub machen würde, und vielleicht wollte ich sogar, dass sie mitkommt.«

»Die Kripo hat am Tatort tatsächlich keine Spuren entdeckt und guckte vorerst mal ziemlich dumm aus der Wäsche. Die Zeitungen machten sich bereits lustig über die Herren. Aber dann machte man, was die Polizei in solchen Fällen immer macht. Sie ging die Listen ihrer prominenten Kunden durch und grübelte bei jedem Namen darüber nach, ob er wohl für einen so frechen und gleichermaßen raffinierten Einbruch in Frage käme. Es mussten Routiniers gewesen sein. Das ist wie bei einer Lotterie. Leider haben Sie dabei das große Los gezogen, Herr Zasche. Man stellte Ihre Wohnung überfallartig auf den Kopf. Aber der Vogel war ausgeflogen. Die Mitbewohner im Haus wussten nichts oder wollten nichts wissen. Bis auf Ihre freundliche Zimmervermieterin, eine Frau Lehmann. Bei der hatte inzwischen die ausgesetzte Belohnung in den Ohren geklingelt. Sie rückte nach einigem Zögern, mit dem sie sich angeblich aus Gewissensnot zierte, damit heraus, dass Sie in Lichtenrade ein Verhältnis namens Yvonne hätten, eine Französin, die in einem Nightclub als Tänzerin auftrat. Ganz zufällig kannte die liebe Frau auch die genaue Adresse samt Telefonnummer.«

»Nie und nimmer hätte ich damit gerechnet, dass mich diese Person verpfeifen würde«, murmelte der Häftling. »Dabei habe ich ihr jeden Samstag einen ganzen Berg Kuchen ins Haus geschleppt. Sie war wie wild auf Süßes und konnte so treuherzig aus der Wäsche gucken wie ein verschüchtertes Eichhörnchen.«

»Von Ihrer Freundin erfuhr die Polizei am Montagnachmittag nach der Tat. Aber Sie mussten Ihre Beute bereits am Vormittag in Sicherheit gebracht haben, als man noch nicht hinter Ihnen her war.«

»Das ist eine Vermutung«, bemerkte Zasche.

»Wie auch immer«, fuhr der Gefängnisdirektor fort, »man hat dann Sie und diese Yvonne ein paar Tage lang beschattet. Denn man wollte Sie ja nicht nur festnehmen, man wollte vor allem das geraubte Geld wiederhaben. Aber allmählich wurde den Kripoleuten die Sache zu mulmig. Sie hätten bei aller Aufmerksamkeit der Beamten irgendwo auf einer S-Bahn oder unter den Menschen auf dem Ku'damm verschwinden können. Das wollte man nicht riskieren und hat zugegriffen.«

»Ja, an diesem dämlichen Freitag –«

»Bedauerlicherweise hat man in der Wohnung Ihrer Freundin kein Geld gefunden, aber immerhin einen nagelneuen ledernen Handkoffer, der allerdings leer war. Er verhalf lediglich dazu, Sie später zu überführen, denn die Lederabteilung im KaDeWe hat das gestohlene Prachtstück auf den ersten Blick wieder erkannt, und Sie saßen in der Klemme.«

Der Direktor setzte sich hinter seinen großen Schreibtisch mit der imposanten Telefonanlage. »Später kamen dann nach und nach immer mehr Beweise hinzu. Ihr Freund Paule Schulz wurde aufgetrieben und in der Wohnung Ihrer Freundin Yvonne, wo Sie sich nach der Tat aufgehalten hatten, fanden sich hauchdünne Lederhandschuhe. Auch wurden Spuren Ihrer Schuhsohlen im Kassenraum bei dem gesprengten Tresor sichergestellt.«

»Und so weiter, und so weiter«, murrte der Häftling aus dem Block D. »Haben wir damit unser Gespräch im Sinne der Gefängnisordnung hinter uns gebracht?«

Eine halbe Minute lang war es jetzt totenstill in dem kleinen Büro. Wenn eine Uhr getickt hätte, hätte man sie gehört, aber es tickte keine. Nur das kratzende Geräusch der Feder war zu hören, mit der der Gefängnisdirektor die Entlassungspapiere für den Häftling Manfred Zasche unterschrieb. Als er das erledigt hatte, lehnte er sich mit beiden Ellenbogen schwer auf seinen Schreibtisch und starrte dem Mann mit den strohblonden Haaren ins Gesicht. »Sie könnten sich viel ersparen, wenn Sie jetzt sagen, wo Sie das Geld versteckt haben.«

»Aber ich besitze das Geld ja gar nicht mehr«, erwiderte Manfred Zasche in aller Ruhe. »Es muss aus der Wohnung von Yvonne geklaut worden sein. Jedenfalls war es auf einmal weg. Ich war ja selbst wie vor den Kopf gestoßen –«

»Mann, seien Sie doch nicht so stur«, sagte die Goldrandbrille ärgerlich. »Mal haben Sie die Piepen und ein anderes Mal wieder nicht. Noch vor einer Viertelstunde haben Sie zugegeben, dass Sie ein ganzes Jahr Knast kassiert haben, weil Sie das Versteck nicht verraten wollten. Was soll man davon halten?« Er stand auf und kratzte sich nachdenklich den Kopf, während er vor Manni Zasche hin und her ging. »Wirklich stur, stur wie ein störrischer Maulesel –«

»Ach was, dieses Jahr war vom Richter doch nur ein müder Trick«, meinte der Häftling. Er zeigte nicht die geringste Erregung und lächelte sogar. »Der hätte mich in jedem Fall für ein paar Jahre hinter Gitter geschickt. Für ihn stand das Urteil bestimmt schon fest, als er vor der Verhandlung zu Hause beim Frühstück sein weich gekochtes Ei geköpft hat. Ich hab ihm ja immer wieder gesagt, dass ich nicht weiß, wo die Million geblieben ist. Aber er hat mir das eine nicht geglaubt und nicht das andere. Ein Gericht spielt doch mit dem Angeklagten Fußball.«

»Ich geb's auf, aber Sie werden noch sehen, was Sie davon haben«, murrte der Gefängnisdirektor. Dabei klingelte er seine ältliche Sekretärin ins Zimmer. »Sie können jetzt dem Wachtmeister in der Kantine Bescheid sagen, Fräulein Köhler. Der Häftling Manfred Zasche ist zur Entlassung freigegeben.«

»Klingt in meinen Ohren wie Orgelmusik«, bemerkte der groß gewachsene Mann mit den strohblonden Haaren. Er lehnte sich in seinem Sessel zurück und schlug seine langen Beine wieder übereinander.

Die Sekretärin blickte ihn viel sagend an und warf ihren Kopf in den Nacken, bevor sie wieder hinausging.

Gleichzeitig hatte sich der Gefängnisdirektor aufgestützt und war hinter seinem Schreibtisch hervorgekommen. Er streckte seine rechte Hand aus. »Na, dann alles Gute, Herr Zasche. Leider habe ich Sie nicht zur Vernunft bringen können. Trotzdem hat uns die vergangene Stunde irgendwie näher gebracht –«

»Sagen Sie jetzt um Himmels willen nicht Wiedersehen!«, fiel ihm der Häftling ins Wort.

»Das hab ich mir inzwischen abgewöhnt«, meinte der Gefängnisdirektor. »Obwohl ja die meisten –« Er unterbrach sich und winkte ab. »Wenn Leute wie Sie doch endlich begreifen wollten, dass Verbrechen sich nicht lohnen.«

Pustekuchen, dachte Zasche, gleichzeitig sagte er leise und so, als ob er nun ganz plötzlich gerührt sei: »Sie sprechen mir aus der Seele, Herr Direktor. Lassen wir's dabei bewenden.«

Kaum zwei Minuten später verschloss der Wachtmeister namens Finke die schmale Eisentür neben dem Haupteingang, die er kurz zuvor geöffnet hatte. Er drehte drinnen zweimal den Schlüssel herum und dann entfernten sich seine Schritte im Korridor.

## Wieder draußen

Nach fast viereinhalb langen Jahren stand Manfred Zasche mit einem ziemlich armseligen Koffer aus grauem Segeltuch wieder auf der Straße vor dem Gefängnis. Und in diesem Augenblick, da er endlich nicht mehr der Sträfling aus dem Block D war, trafen auch schon die ersten Blitzlichter sein Gesicht. Also doch, dachte er nur und probierte zu lächeln.

»Hallo, Manni, wie geht's, wie steht's?«

»Junge, du siehst ja blendend aus, wie vom Urlaub zurück.«

»Das kommt von der frischen Luft in den Zellen, stimmt's oder hab ich Recht?«

»Was hat dir denn so am meisten gefehlt, Sportsfreund?«

»He, was ist los mit dir? Sag schon was!«

»Eine Million Mäuse, das ist eine ganze Menge Moos. Dafür muss eine Großmutter ein Leben lang stricken –«

»Holst du dir die geklauten Scheinchen heute noch ab oder erst morgen?«

152

Das runde Dutzend Zeitungsreporter kam sich ungeheuer witzig vor. Sie kicherten und schubsten sich durcheinander wie eine Bande übermütiger Gassenjungen. Jeder wollte selbstverständlich ein gutes Foto schießen, und weil sie sich ständig gegenseitig im Weg standen, versuchten sie es mal so halb aus der Hocke oder sie streckten sich in die Höhe und hielten zum Knipsen mit beiden Armen ihre Apparate über die Köpfe der anderen.

»Wie war die Küche, Manni?«

»Sind die Betten im Knast genauso weich wie die Matratzen in Warenhäusern?«

»Nun sei kein Spielverderber, mach endlich den Mund auf, du Schlitzohr!«

»Also, erstens zahlt man da drin keine Miete«, sagte Manfred Zasche endlich. »Es gibt keinen Ärger mit dem Finanzamt, keine Telefon- oder Gasrechnung, keinen Heizungszuschlag, keine Strafzettel für falsches Parken. Die Garderobe ist gratis, das Licht ist gratis und das Fernsehen ist gratis. Das Essen ist nicht immer allererste Klasse. Aber ansonsten ist so ein Knast das reine Schlaraffenland. Es fällt einem ordentlich schwer, das alles hinter sich zu lassen.«

Die Zeitungsleute lachten, machten sich Notizen und feuerten weiter ihre Blitzlichter ab. Selbstverständlich ritten sie immer wieder und immer mehr auf der verschwundenen Million herum.

Aber Zasche lächelte zu allen Fragen nach dem Geld jedes Mal so unschuldig wie ein neugeborenes Kind und entschuldigte sich am laufenden Band. »Dazu kann ich Ihnen beim besten Willen nichts sagen, die Piepen sind mir ja leider geklaut worden, wie Sie wissen.«

»Nehmen wir dir aber nicht ab, Manni!«

»Schade, dann ist das Ihr Problem, meine Herren.«

Ein aalglatter Politiker hätte die Burschen auch nicht besser abservieren können. Der soeben entlassene Häftling zeigte ein pausenlos lächelndes Pokergesicht und stand artig Rede und Antwort, ohne wirklich etwas zu sagen.

Schon nach einer Viertelstunde stand Manfred Zasche wieder allein da.

»Mach jetzt keine dämlichen Fehler«, rief noch einer der Fotografen, bevor er in seinen VW kletterte. Und ein anderer wünschte: »Lass es dir gut gehen und halt die Ohren steif!« Dabei ratterte er auf einem schweren Motorrad an ihm vorbei. Wie aufgescheuchte Hühner waren die ganzen Pressefritzen plötzlich wieder in alle Himmelsrichtungen auseinander geflattert. Ihre Redaktionen warteten ja auf ihre Artikel und Fotos.

Manfred Zasche blickte sich um.

Auf der anderen Straßenseite wurde vor einer Bäckerei gerade ein Lieferwagen ausgeladen, vor einem Gemüseladen warteten ein paar Kunden darauf, bedient zu werden, und auf einer Bank saßen drei alte Leute nebeneinander und hielten ihre Gesichter in die Sonne.

Der strohblonde Mann war misstrauisch. Jener junge Bursche, der in einem weißen Kittel gerade drüben einen Korb zu dem wartenden Lieferwagen trug, konnte ein verkleideter Kriminaler sein. Vielleicht hatte sich die Polente aber auch unter die Leute vor dem Gemüsegeschäft gemogelt oder unter die Senioren auf der Parkbank.

Denn dass er jetzt auf Schritt und Tritt beschattet wurde, darüber war sich Manfred Zasche im Klaren.

Als ein Taxi angerollt kam, hob er den Arm. Schließlich hatte er runde tausend Mark Entlassungsgeld kassiert. Arbeitslohn für viereinhalb Jahre, abzüglich, abzüglich, abzüglich – Schwamm drüber.

»In die Uhlandstraße zur ›Melone‹, gleich nach der Lietzenburger«, sagte Manni, als sein Segeltuchkoffer im Gepäckraum verstaut war.

»Man hat Sie wohl gerade –«, erkundigte sich der Fahrer nach einer Weile neugierig. Er beobachtete seinen Gast immer wieder aus den Augenwinkeln im Rückspiegel.

»Ja, man hat mich gerade –«, knurrte Zasche patzig. »Ist ja wohl die superdämlichste Frage, wenn Sie mich mit meinem Koffer direkt vor dem Knast auflesen. Lassen Sie Ihr blödes Gequatsche und stellen Sie lieber das Radio lauter.«

Der Taxifahrer zog ein beleidigtes Gesicht und schwieg für den Rest der Strecke.

Manfred Zasche drehte sich gelegentlich um und blickte hinter sich. Es gab aber nichts zu entdecken, was nach Verfolgung gerochen hätte.

Die »Melone« war eine echte Berliner Kneipe. Und in der »Melone« wartete Paule Schulz. Als er seinen kräftigen und groß gewachsenen Freund umarmte, hatte er nasse Augen.

Neben Zasche wirkte er klein und dünn wie ein Handtuch oder Bügelbrett. Er trug dicke Brillengläser und hatte eine Fistelstimme.

»Mensch, Manni«, sagte er.

»Mensch, Paule«, sagte Zasche. »Jetzt fang nicht an zu heulen, ich bin ja wieder draußen.«

»Ja, nach fast viereinhalb Jahren bist du wieder draußen –«

»Lange Zeit«, meinte der gerade entlassene Häftling und jetzt sah es beinahe so aus, als ob auch seine Pupillen ins Schwimmen kämen. »Ach was, vorbei ist vorbei, lass uns was trinken. Hallo, du da, zwei Bier vom Fass, aber dalli!«

»Sehr wohl, zwei Bier vom Fass«, wiederholte ein Junge von allerhöchstens fünfzehn Jahren. Er servierte am Nebentisch gerade Erbsen mit Würstchen. Er hatte ein bunt kariertes Hemd an und Jeans. Der Knabe hieß Wolf-Dieter und war ein cleverer und ausgeschlafener Typ.

»Entschuldige, wenn ich dir bei meinem letzten Besuch im Knast diese Kneipe als Treffpunkt nach deiner Entlassung vorgeschlagen habe«, flüsterte Paule Schulz, nachdem sie sich gesetzt hatten. »Aber ich konnte mir natürlich an der Nase abklavieren, dass dich die Knilche von der Presse abfangen würden, und bei meiner jetzigen Stellung kann ich es mir einfach nicht erlauben, zusammen mit dir auf einem Foto in der Zeitung abgedruckt zu werden. Entschuldige, wie gesagt.«

»Und die Polente kratzt dich nicht?«, fragte Zasche belustigt. »Du kannst Gift drauf nehmen, dass einer von ihnen hier drin hinter einer Zeitung sitzt und uns bespitzelt, oder draußen steht einer auf der Straße herum. Macht's dir nichts aus, wenn sie uns miteinander sehen?«

»Ich darf doch wohl noch einen alten Freund begrüßen, wenn er nicht mehr aus dem Verkehr gezogen ist«, stellte Paule fest. »Das wäre ja gelacht. Du hast deine Strafe abgesessen und ich bin inzwischen ein harmloser und unbescholtener Bürger dieser Stadt.«

»Dank deines Blinddarms«, frotzelte Manni Zasche.

»Und dank deiner Aussage beim Prozess«, fistelte Paule. »Das werd ich dir nie vergessen, einfach gigantisch.« Er war bereits wieder kurz davor, nasse Augen zu bekommen. Übrigens war »gigantisch« sein Lieblingswort.

»Schwamm drüber.«

»Von wegen, da kennst du deinen Paule Schulz aber schlecht. Nie vergessen werd ich dir das.« Er rückte näher heran. »Das kann ich dir beweisen, und zwar auf der Stelle, wenn du es willst –«

»Zwei Bier vom Fass«, sagte in diesem Augenblick die Stimme des Knaben mit dem bunten Hemd und den Jeans. »Zum Wohl, meine Herren.«

»Du bist ein Engel, mein Freund«, strahlte Manfred Zasche. »Wenn du eine Ahnung hättest –« Er holte tief Luft und betrachtete die Gläser eine ganze Weile lang, so wie Kinder einen Weihnachtsbaum begucken, wenn nach einem Jahr Pause seine Kerzen wieder angezündet werden. Er prostete schließlich seinem Freund Paule zu und dann leerten beide ihre Gläser in einem einzigen langen Zug.

»Manometer, wie das zischt.«

»Ich sehe, es schmeckt Ihnen«, bemerkte Wolf-Dieter höflich.

»Und ob es schmeckt«, grinste Manfred Zasche. Er wischte sich mit dem Handrücken den Schaum vom Mund. »Aber für einen Kellner bist du doch viel zu jung?«

»Das Lokal gehört meinen Eltern und ich mache heute nur Aushilfe, weil unser Ober mit Grippe im Bett liegt«, erwiderte der Junge. »Ich heiße Wolf-Dieter Konopka, wenn ich mich vorstellen darf.«

»Natürlich darfst du das«, lachte Manfred Zasche. »Aber jetzt hätten wir gern gleich zwei neue Bierchen, Herr Konopka junior, und dann die Speisekarte. Hoffentlich gibt's bei euch Eisbein mit Sauerkraut?« Er drehte sich nach Paule Schulz um. »Magst du doch auch, oder?«

»Und ob«, bemerkte das dünne Handtuch mit den dicken Brillengläsern. »Eisbein immer.«

»Sie haben Glück, das ist sogar unsere Spezialität«, meinte der Junge, dessen Ohren ein klein wenig abstanden. Aber er hatte sein Haar so geschickt gekämmt, dass es gar nicht weiter auffiel.

»Dann kannst du dir die Speisekarte schenken, mein Sohn«, sagte Zasche. »Zwei Eisbein sind also hiermit gebongt und lass die Biere nicht in Vergessenheit geraten!«

»Ich fliege bereits«, bemerkte Wolf-Dieter.

»Du hast vorhin etwas gesagt, da stolpere ich erst jetzt drüber«, meinte Manfred Zasche wie aus heiterem Himmel. »Dass du nicht gerade wild drauf bist, mit mir zusammen für die Zeitung fotografiert zu werden, und mich deshalb nicht am Gefängnis abgeholt hast, das versteh ich und das ist ja auch ganz vernünftig so. Aber du hast da was von einer ›Stellung‹ gefaselt, die dir das nicht erlaubt. Was für eine Stellung ist denn das? Davon hast du mir bei deinen Besuchen im Knast keine Silbe gehustet. Wenn ich dich fragte, wie es dir so geht, hast du nie mehr gesagt, als dass du dich eben so durchschlängelst.«

»Man kann sich recht und schlecht durchschlagen«, antwortete Paule Schulz behutsam, »aber auch gut oder sogar sehr gut. Seit einiger Zeit darf ich mich zur dritten Kategorie zählen.«

»Dunnerlittchen, das musst du mir erklären, alter Fuchs.«

Und Paul Schulz erklärte, was in der Zwischenzeit mit ihm passiert war. Nach dem damaligen Prozess und seinem Freispruch hatte er tatsächlich ein ganzes Jahr lang von der Hand in den Mund gelebt. Bis ihm eines Tages eine jüngere Frau über den Weg gelaufen war. Eine gewisse Marie Mühlbach, blond, ein wenig üppig und sehr auf der Suche nach Zärtlichkeit. Das traf sich gut, denn auch Paule sehnte sich danach, endlich einmal in den Arm genommen und bemuttert zu werden. Sein Herz platzte schon beinahe vor lauter angestauter Liebe, die bisher kein Mensch von ihm hatte haben wollen. Jetzt öffnete er die Schleusen und Marie Mühlbach tat ihrerseits dasselbe. Ihr Vater hatte eine kleine Fabrik für Scherzartikel mit angeschlossenem Großhandel im Stadtteil Schöneberg. Paul Schulz gefiel ihm auf Anhieb und sein Vorstrafenregister war ihm piepegal. Marie durfte ihren Geliebten heiraten und Vater Mühlbach nahm den Schwiegersohn in seine Arme und in seine Firma. Paule musste sich allerdings ganz von unten und eigenhändig hochdienen. Aber das schaffte er spielend und eigentlich im Handumdrehen. Er war ja ein kluges Kind und, wenn es sein musste, auch ein fleißiges. Inzwischen war er so was wie der Geschäftsführer und Herrn Mühlbachs rechte Hand.

Manfred Zasche war zuerst einmal geplättet, und bevor er etwas sagen konnte, kam der viel zu junge Aushilfskellner Wolf-Dieter mit der zweiten Lage Bier vom Fass.

»Trinken wir erst mal«, schlug Manni vor. Und das taten sie dann auch. Anschließend schüttelte er den Kopf und guckte verwirrt. »Warum hast du mir das alles jahrelang verschwiegen?«

»Glaubst du etwa, das wäre mir leicht gefallen?«, fragte Paule Schulz zurück. »Anlügen wollt ich dich nicht, ausgerechnet dich nicht. Da hab ich mich eben um deine Fragen, wie es mir denn so ginge, mehr oder weniger herumgemogelt. Mensch, Manni, ich hab doch bei jedem Besuch gemerkt, dass zwölf Quadratmeter Zelle viereinhalb Jahre lang nicht gerade das Gelbe vom Ei für dich waren. Du sitzt da rum, hast überall Gitter vor der Nase und da soll ich dir erzählen, wie's mir draußen immer besser und besser geht? Das konntest du nicht von mir verlangen. Das wäre ja genauso gewesen, als hätte ich dir Reiseprospekte für Capri oder von Florida auf dem Tisch im Besucherzimmer liegen lassen.«

»Vielleicht hast du Recht«, gab Manfred Zasche zu. Er starrte vor sich in sein Bierglas. »Ja, sogar ganz bestimmt hast du Recht. Wer weiß schon, wann und wie einem was an die Nieren geht –«

Die zwei Eisbein munterten die Freunde wieder auf.

»Hatte ich zu viel versprochen?«, fragte der Junge namens Wolf-Dieter, als er die Teller später abräumte. »Unsere Spezialität, wie gesagt, jeden Tag frisch vom Fleischer –«

»– und das Sauerkraut ein paar Mal aufgekocht, wie es sich gehört«, fügte Paule hinzu. »Das war wirklich ganz prima.«

»Ja, Lob an die Küche«, sagte Manni Zasche. »Und jetzt noch mal zwei Bier und zwei klare Schnäpse dazu.«

»Ist geritzt«, sagte der Junge mit den etwas abstehenden

Ohren. Er verstaute Besteck und Teller auf seinem Servierbrett und verdrückte sich wieder.

»Sag mal, Scherzartikel, was vesteht man denn darunter?«, fragte Zasche, als sie wieder allein an ihrem Tisch saßen. »Ich hab da überhaupt keine Vorstellung.«

»Das geht von Gartenzwergen in allen Größen kreuz und quer bis zu Streichholzschachteln, die natürlich noch echter aussehen müssen als die echten, aber wenn man sie aufmacht, kommt eine Maus herausgesprungen«, erklärte Paule Schulz. »Wir haben sämtliche Tricks für Amateurzauberer auf Lager, Gummibälle, die wie Pferde wiehern, wenn man sich drauf setzt. Je nach Wunsch liefern wir auch Hühnergegacker oder ein Tuten, dass man glaubt, ein Dampfer schwimme im Zimmer herum.«

»Es gibt tatsächlich Leute, die so was kaufen?«, fragte Zasche ungläubig.

»Mehr als du denkst«, versicherte Paule. »Ein ganzer Teil unserer Kundschaft könnte ohne unsere Artikel gar keine Einladungen mehr geben. Wenn ihre Gäste vor Schreck fast an die Decke gehen, quietschen sie vor Vergnügen. Du kannst dir kaum vorstellen, wie vielen Menschen es einen höllischen Spaß macht, andere reinzulegen.«

»Eine seltsame Art von Vergnügen ist das«, meinte Manfred Zasche.

»Ja, mit dem Humor ist das so 'ne Sache«, stimmte Paule zu. »Aber unser Laden floriert und das ist die Hauptsache. Womit wir beim Thema sind.« Er blickte auf. »Du kannst jederzeit bei uns einsteigen, wenn du Lust hast. Mit meinem Schwiegervater hab ich schon gesprochen.« Paule lehnte sich auf dem Tisch weiter vor und fing mit seiner

Fistelstimme zu flüstern an. »Irgendwie musst du doch jetzt zuerst einmal über die Runden kommen. Ob du nun diese angebliche Million in irgendeinem Mauseloch versteckt hast oder nicht. Vorerst, und ich fürchte noch eine ganze Zeit lang, lässt du jedenfalls besser die Finger in der Tasche. Sie werden dich keine Stunde aus den Augen lassen. Du musst also warten können, und was du dazu brauchst, damit dir keiner was ans Bein binden kann, ist eine Lohnsteuerkarte, geregelte Arbeit, ordentlicher polizeilicher Wohnsitz. Und genau das ist es, was dir die Firma Mühlbach bieten kann.«

»Es interessiert dich wirklich nicht«, fragte Manfred Zasche so harmlos wie möglich, »ich meine, ob ich das Geld wirklich habe?«

»Hast du's denn?«

Manni blickte seinem Feund in die Augen und schwieg.

»Hast du's?«

»Besser, du weißt es nicht«, Zasche grinste. »Aber falls ich es haben sollte, gehst du nicht leer aus, Paule.«

»Quatsch keine Opern, ich will keinen Pfennig. Mensch, Manni, begreif doch endlich, ich hab mein früheres Leben total umgekrempelt. Ich bin wirklich ganz sauber geblieben, hab 'ne Familie mit zwei Kindern, Waschmaschine, Farbfernseher, Kühltruhe, Telefon, was du willst.«

»Davon ist für mich das Telefon vielleicht das Wichtigste«, bemerkte Zasche belustigt. »Gibst du mir die Nummer?«

»Mehr hast du nicht zu sagen«, meinte der dünne Kerl mit den dicken Brillengläsern enttäuscht.

»War doch bloß ein Witz«, lachte Manfred Zasche. »Im Übrigen, als du gerade von deiner Familie gesprochen hast, musste ich zum ersten Mal nach meiner Entlassung an Yvonne denken. Hast du je wieder etwas von ihr gehört?«

»Sie soll seit zwei Jahren wieder in Paris auftreten«, meinte Paule. »Nichts Genaues weiß man nicht.«

»Also, abhaken und vergessen!«

Sie hockten noch, quatschten und erzählten. Immerhin konnten sie sich jetzt unterhalten, wie ihnen der Schnabel gewachsen war. Zum ersten Mal seit fast viereinhalb Jahren hatte kein Gefängniswärter seine Ohren auf dem Tisch liegen.

Als sich draußen die Straßenbeleuchtung einschaltete und kurz darauf die Lichtreklame zu zucken anfing, wusste Manfred Zasche, wo er vorerst zusammen mit seinem grauen Segeltuchkoffer unterkriechen konnte. Sie hatten mit Tante Frieda telefoniert, die unter ihrem Namen in der Motzstraße eine kleine Pension betrieb. Sie kannte Manni noch aus seinen besten Zeiten und hatte nichts dagegen, ihn noch heute Abend als neuen Mieter zu begrüßen. »Ist mir eine Ehre«, meinte sie und lachte, bevor sie den Hörer wieder auflegte. »Ich freue mich auf dich.«

Selbstverständlich hatte Paule Schulz anfänglich angeboten, dass der Freund bei ihm wohnen könnte.

»Mit deiner Familie zusammen, das haut doch garantiert nicht hin«, war ihm Zasche ins Wort gefallen und Paule hatte nicht widersprochen. Sein Angebot war sowieso ziemlich halbherzig gewesen, weil auch er Schwierigkeiten befürchtete.

»Schön, bring ich dich in die Motzstraße«, sagte er,

nachdem er hinter dem Rücken seines Freundes so zwischendurch bei Vater Konopka an der Theke die Rechnung bezahlt hatte. »Mann, du hast ja keine Ahnung, wo die Kirchenglocken hängen«, winkte er lachend ab, als Zasche protestieren wollte. »Mein Wagen steht gleich gegenüber auf dem Parkplatz.«

»Wagen?«, fragte Zasche. »Du fährst einen eigenen Wagen?«

»Bloß einen alten Volvo.«

»Immerhin.«

Es zeigte sich dann, als sie einstiegen, dass der Volvo ziemlich neu war.

»Du hast dich ja wirklich gemausert«, stellte Zasche trocken fest.

»Na ja, es rappelt sich so zusammen. Scherzartikel sind eben tatsächlich nicht das Schlechteste, wie du siehst.«

»Scherzartikel«, wiederholte Manfred Zasche. »Ich bin fast schon davon überzeugt, dass ich auf dein Angebot zurückkomme. Eine schöne, lupenreine Existenz könnte ich jetzt schon ganz gut gebrauchen. Du bist eine echter Freund, Paule, danke.«

»Ich wäre sauer, wenn du daran nur eine Sekunde gezweifelt hättest, Manni. Ich bin ein paar Meter tief in deiner Schuld, vergiss das nicht.«

»Aber, Paule, jetzt muss ich sagen, dass ich dir das nie vergesse.«

»Gigantisch, dann ist ja alles in bester Butter«, trompetete das schmale Bügelbrett mit den dicken Brillengläsern und drehte den Zündschlüssel herum. Leise fing der Motor zu schnurren an.

Aus einer einsamen, dunklen Stelle zwischen den Lichtkreisen zweier Straßenlampen glitt in diesem Augenblick ein schwarzer Mercedes, der nun allerdings wirklich nicht mehr ganz neu war, neben den Wagen von Paule Schulz. Sein Auspuff machte blubb-blubb-blubb in die noch ziemlich kühle Abendluft. Als er bremste, stand er in entgegengesetzter Fahrtrichtung neben dem Volvo. Ein glatt rasiertes Gesicht mit kurz geschorenen Haaren darüber und einer dicken Zigarre mittendrin schob sich an das offene Fenster.

Die beiden Freunde erkannten den Hauptkommissar auf den ersten Blick. Sie guckten sich kurz an und Manni nickte mit dem Kopf. Darauf kurbelte auch Paule Schulz sein Seitenfenster herunter.

Die Entfernung zwischen den Männern war nicht größer, als wenn sie sich an einem Tisch gegenübergesessen hätten.

»Ich wollte mich mit dir unterhalten«, sagte Hauptkommissar Papenbrock.

»Wir sind doch schon dabei«, stellte Manfred Zasche höflich fest. »Freut mich, Sie nach so vielen Jahren wieder zu sehen.«

»Man trifft sich eben wie Billardkugeln«, bemerkte ein jüngerer Mann mit einer ziemlich auffallenden und leicht schiefen Nase, der einen grauen Flanellanzug trug. Es war Kriminalassistent Berger, Papenbrocks ständiger Schatten. Er saß neben seinem Chef auf dem Beifahrersitz im Dunkeln.

»Nicht gerade wie Billardkugeln«, widersprach Zasche. »Es ist ja wohl nicht der reine Zufall, dass Sie uns über den Weg laufen.«

»Nein, der reine Zufall ist es nicht.« Der Hauptkommissar zündete sich die Zigarre an. Bisher hatte er nur ohne Feuer an ihr herumgekaut. Eine Weile starrte er in den bläulichen Rauch, dann blickte er zu Manfred Zasche hinüber und meinte: »Wir könnten uns beide eine Menge Ärger ersparen, Manni.«

»So was ganz Ähnliches hat mir heute Morgen schon mal jemand gesagt«, entgegnete Zasche. »Aber ich wüsste nicht, wie ich Ihnen behilflich sein kann?«

»Du spuckst ganz schnell aus, wo sich die Million rumtreibt, und anschließend haben wir beide unsere Ruhe«, knurrte Papenbrock.

»Ich hab keine Ahnung von den Moneten. Wie oft soll ich denn noch sagen, dass man sie mir geklaut hat? Es ist, als redeten Sie mit mir von Eskimos, Herr Kommissar. Dabei hatte ich noch nie das Vergnügen, einem Eskimo zu begegnen!«

»Nein, ich rede von Sommersprossen«, raunzte Papenbrock. »Wissen Sie, was Sommersprossen sind, Herr Zasche?«

»Klar, diese kleinen bräunlichen Flecken auf der Haut«, bemerkte Paule Schulz eifrig. »Meistens um die Nase herum.«

»Richtig«, schnauzte der Kriminalkommissar, »und wenn man die Dinger mal hat, wird man sie lebenslang nicht mehr los.« Er kniff die Augen zusammen und peilte zu Zasche hinüber. »Wir sind deine Sommersprossen, Manni. Du kommst an deine goldenen Eier nicht ran, jedenfalls nicht, ohne dass wir dabei sind, das schwör ich dir. Wir kleben an deinen Absätzen, ganz egal, wie lange es dauert.«

»Wenn ich das Geld tatsächlich hätte –«

»Ach«, unterbrach ihn Papenbrock. »Ihr denkt immer, die Polente hätte ein Gehirn wie ein Kolibri. Und deshalb fallt ihr auch immer wieder auf die Schnauze. Es ist ein Jammer mit euch!«

»Trotzdem könnten Sie sich diesen ganzen Aufwand sparen, Herr Hauptkommissar«, beharrte Manni treuherzig. »Bedenken Sie, was so eine Beschattung den armen Steuerzahler kosten wird, und schließlich haben Ihre Beamten doch auch noch genug anderes um die Ohren.«

»Das lass gefälligst meine Sorge sein«, zischte Papenbrock.

»Selbstverständlich, aber schade ist es schon, dass Sie mir nicht glauben wollen.«

»Dir und glauben«, kläffte der Kommissar anzüglich. »Da kichern ja die Hühner.« Er drehte seinen Kopf mehr nach rechts. »Und unser Freund Schulz ist auch wieder mit von der Partie. Kannst es wohl doch nicht lassen, wie?«

»Jetzt sind Sie unfair, Herr Kommissar«, protestierte Paule. »Sie wissen genau, dass ich umgestiegen bin und seit Jahren einer ehrlichen Arbeit nachgeh. Schließlich hab ich geschickte Finger –«

»– wovon eine Menge aufgebrochener Schlösser ganze Opern singen könnten.« Papenbrock lachte in sich hinein.

»Und fleißig bin ich auch immer gewesen.«

»Eben«, stellte der Kommissar trocken fest.

»Ich hab inzwischen Familie und eine Stellung, die ist nicht von Pappe –«

»Firma Mühlbach, Scherzartikel und so weiter«, unterbrach ihn Papenbrock. »Meinst du, wir sind von gestern?

War doch wohl selbstverständlich, dass wir dich nie so ganz aus den Augen verlieren wollten.«

»Ach, so ist das«, murmelte das schmale Handtuch mit den dicken Brillengläsern bedrückt.

»Lassen Sie Paule aus dem Spiel, Kommissar. Wir haben uns wirklich wie alte Freunde getroffen, völlig harmlos.«

»Und selbstverständlich war das verschwundene Geld kein Thema«, ließ sich Kriminalassistent Berger vernehmen. Dabei verzog er ironisch sein Gesicht.

»Etwas, das es nicht gibt, kann kein Gesprächsthema sein«, gab Manfred Zasche ärgerlich zurück. Als er sich wieder beruhigt hatte, wandte er sich an den Kommissar. »Ist es erlaubt, ausnahmsweise auch einmal eine Frage zu stellen?«

»Ich kann mir fast denken, was kommt«, meinte der Kommissar. »Schieß los!«

»Es geht um Ekke Krumpeter«, sagte Manni zögernd.

»Na also«, lachte Papenbrock und ließ eine Zigarrenwolke aufsteigen. »Den krieg ich auch noch, jeder macht mal einen Fehler.«

»Ausgenommen Ekke«, wagte Zasche zu bemerken.

»Abwarten und Tee trinken.«

Von einem Augenblick zum anderen hatte Hauptkommissar Papenbrock wieder seine undurchsichtige, fast mürrische Miene von vorhin. Er kaute auf seiner dicken Zigarre herum und knurrte: »Also, zum letzten Mal, du bleibst dabei, dass man dir die Piepen geklaut hat, Manni?«

»Weil es halt die lautere Wahrheit ist«, erwiderte Zasche.

»Ich dagegen bin sicher, dass du nur darauf wartest, bis du dir die Million unter den Nagel reißen kannst«, schnauzte Papenbrock. »Und das wird dir nie und nimmer gelingen. Wo wirst du wohnen, wenn man fragen darf?«

»Muss ich darauf antworten?«

»Du kannst, aber du kannst auch nicht –«

»Sie kriegen es ja doch schnell raus«, meinte Zasche. »Also, in der Pension ›Immergrün‹ bei Tante Frieda. Dürfte Ihnen nicht unbekannt sein –«

»Nein, ist mir nicht unbekannt«, erwiderte Papenbrock. »Aber wieso zieht's dich ausgerechnet in diese Ganovenabsteige?«

Manfred Zasche hielt jetzt die Klappe und nicht einmal mit der Brechstange hätte der Kommissar noch etwas über das verschwundene Geld aus ihm herauskriegen können. Die beiden blickten sich an wie Boxer vor dem Gong zur ersten Runde.

»Gut, dann läuft es so«, sagte der Kommissar.

»Ja, dann läuft es so«, sagte Zasche.

»Ich hör deine Zähne klappern bis hierher«, grinste Papenbrock.

»Was Sie hören, ist das Tellerscheppern aus der Küche«, grinste jetzt auch Manni Zasche und machte eine Kopfbewegung zur »Melone« hinüber.

»Also, gute Nacht, die Herren«, grüßte der Kommissar. Er hob die Hand mit der Zigarre. »Und fahr nicht zu schnell, Paule. Wir wollen euch im Verkehr nicht verlieren.«

# Manni stolpert in die Falle

Als Papenbrock eine knappe halbe Stunde später seinen Dienstmercedes im Hof der Kripo geparkt hatte und zusammen mit Assistent Berger sein Büro im zweiten Stock am Ende des Korridors betrat, knipste er die Schreibtischlampe an und zog seine Jacke aus. »Mach uns einen Kaffee, Helmut.« Wenn sie unter sich waren, sagte der Hauptkommissar »du« zu seinem Schatten und redete ihn mit seinem Vornamen an.

Die beiden waren schon seit geraumer Zeit ein erstklassiges Arbeitsteam. Sie passten zusammen und ergänzten sich wie die verschiedenen Teile eines Motors. Und wie ein solider und zuverlässiger Motor funktionierten sie auch.

Berger mit seiner etwas schiefen Nase war die gründliche, erbarmungslose Polizeimaschine. Verlässlich und bienenfleißig, Privatleben gleich null und notfalls vierundzwanzig Stunden auf den Beinen. Papenbrock dagegen war der geistig Elastischere, mit jahrelanger Erfahrung in den Routinemethoden der Aufdeckung von Verbrechen, er besaß jede Menge Phantasie und Einfühlungsvermögen. Eines seiner Erfolgsrezepte war, geduldig zu sein wie eine Schildkröte und seinen Gegner nicht zu unterschätzen. Er schlüpfte sozusagen in dessen Haut, versuchte, sich jeweils in dessen Lage zu versetzen und so zu denken, wie der andere wohl gerade denken musste und dann entsprechend handeln würde. Seine Kombinationen waren zuweilen kleine kriminalistische Meisterwerke.

Auch jetzt blieb Papenbrock seiner Methode treu.

»Unser Freund Zasche hat viereinhalb Jahre Zeit gehabt, um sich auszuknobeln, wie er mit dem geringsten Risiko an sein irgendwo verstecktes Geld herankommen und damit ein für alle Mal verschwinden kann«, überlegte der Kommissar. Er hatte sich inzwischen in den Sessel hinter seinem Schreibtisch gesetzt. »Manni ist kein Dummkopf und er rechnet damit, dass wir vorerst rund um die Uhr an seinen Absätzen kleben. Er lässt sich also Zeit.

Warten hat er ja gelernt und auf einen Monat mehr oder weniger kommt es ihm jetzt auch nicht mehr an. Erst irgendeines Tages, wenn er annehmen darf, dass die Polizei allmählich die Lust an ihm verliert, anderes zu tun hat, zu pennen anfängt und die Beschatterei vielleicht ganz zu den Akten legt, wird er seine Chance riechen und sich dann im Handumdrehen blitzschnell auf die Socken machen. Bis dahin wird er uns einen so harmlosen und liebenswerten Musterknaben vorspielen, dass uns fast die Tränen kommen. Nein, in der nächsten Zeit denkt Zasche nicht im Traum daran, uns das Leben leicht zu machen.«

»Sie sind also ganz fest davon überzeugt, dass er die Million irgendwo im Ärmel hat?«, fragte Assistent Berger. Er hantierte an der Kaffeemaschine herum, die auf dem Fensterbrett stand.

»Eher kommt das Einmaleins ins Wackeln«, knurrte Papenbrock. »Sein Märchen, dass ihm die Piepen irgendjemand geklaut haben soll, ist so unglaubwürdig wie der Osterhase.« Er drehte sich um und fischte eine Zigarre aus dem Jackett, das hinter ihm über der Sessellehne hing. »Also, in diesem Augenblick liegt Zasche vermutlich in seiner Pension auf dem Bett oder er wandert durchs Zimmer und überlegt. Tante Frieda ist ihm vermutlich mit einem theatralischen Freudenschrei um den Hals gefallen, als er mit seinem Koffer vor der Tür stand, aber inzwischen hat sie ihrem neuen Gast gesteckt, dass sie leider nicht die Heilsarmee sei, weshalb das Wohnen in ihrer Pension pro Nacht auch unter Freunden, sagen wir mal, so etwa dreißig Mark kosten würde.« Er hatte sich die Zigarre in den Mund gesteckt und kaute an ihr herum.

»Zasche hat nach Auskunft des Gefängnisdirektors runde tausend Mark Entlassungsgeld in der Tasche. Er kann sich also ausrechnen, dass er spätestens in zwei oder drei Wochen pleite ist. Selbst wenn er sich nur noch an Wurstbuden durchfuttert.«

»Sein Freund Paule Schulz wird ihm ein paar Scheine zustecken«, gab Assistent Berger zu bedenken. Dabei stellte er eine Tasse Kaffee vor Papenbrock hin.

»Mag sein, aber das Problem bleibt«, kombinierte der Kommissar weiter. »Zasche braucht schnellstens ein Zimmer. Möglichst billig und ohne andere Untermieter um sich herum. Denn er ist ja nicht nur knapp bei Kasse, er muss auch allein und ohne Beobachter sein bei dem, was er vorhat. Von der Miete mal ganz abgesehen, ist eine Pension wie die von Tante Frieda völlig untauglich für ihn. Da gucken ihm viel zu viele Augen auf die Finger.« Papenbrock rümpfte die Nase und zündete sich endlich seine Zigarre an. »Ein stilles und sturmfreies Zimmer ist und bleibt so was wie der archimedische Punkt. Das ist mir immer klarer geworden, je näher die Entlassung von Zasche auf uns zukam.«

»Was für ein Punkt?«, fragte Assistent Berger und hielt seinen Kopf schief.

»Der archimedische. Den braucht man nämlich, um die Welt aus den Angeln zu heben. Du weißt doch, dass Archimedes und seine Archimandriten –« Er unterbrach sich, winkte ab und paffte kurz hintereinander zwei Zigarrenrauchwolken in das Licht der Schreibtischlampe. Dann blickte er auf: »Mit dem Inserat kann nichts schief gehen?«

»Wir haben es für Mittwoch in der ›Morgenpost‹ aufgegeben, wie Sie es angeordnet haben.«

»Und heute haben wir Dienstag«, stellte Papenbrock zufrieden fest. »Ausgezeichnet. Wenn er uns auf den Leim geht, sitzt er in der Falle.«

»Eigentlich müsste es funktionieren«, sagte Berger in seinem grauen Flanellanzug.

»Müsste –«, wiederholte der Kommissar. »Lange genug haben wir ja die ganze Sache schon angeleiert.«

»Der Plan ist so wasserdicht wie ein U-Boot«, bemerkte der Assistent überzeugt. »Und Ihre Idee mit dem alten Bemmelmann war ganz einsame Spitze, wenn ich das einmal sagen darf.«

»Vielleicht, vielleicht auch nicht, wir werden es ja erleben«, erwiderte Papenbrock. »Jedenfalls musste ich mir was einfallen lassen. Ich kann doch nicht unser ganzes Dezernat hinter Zasche herlaufen lassen, bis es dem Herrn irgendwann einmal in den Sinn kommt, seine Piepen auszubuddeln.«

»Sie glauben doch wohl nicht, dass er das Geld vergraben hat?«, fragte der jüngere Mann mit der schiefen Nase. Manchmal merkte er noch immer nicht sofort, ob sein

Chef es ernst meinte oder ob er zwischendurch mal einen Witz machte.

»Ach Unsinn.« Der Kommissar lachte. »Das war nur so dahingequatscht.«

Am nächsten Morgen bekam Papenbrock zuerst die Meldung, dass der observierte Manfred Zasche bereits um neun Uhr seine Pension in der Motzstraße verlassen habe. Anschließend sei er mit einem Bus nach Schöneberg gefahren und dann bei einer Firma für Scherzartikel verschwunden. Der Besitzer des Unternehmens sei ein gewisser Ludwig Mühlbach, jedenfalls stünde sein Name auf der Vorderfront des Hauses.

»Besten Dank, und weiter dranbleiben«, sagte der Kommissar. Er legte den Telefonhörer wieder auf. »Sieh mal an, alte Freundschaft rostet nicht. Ich fresse den nächstbesten Besen, wenn Paule Schulz unseren Freund nicht seinem Schwiegervater als Mitarbeiter unter die Weste gejubelt hat. Was hab ich gesagt? Der Musterknabe fängt bereits an, seine Rolle zu spielen.« Er stand auf und steckte seine Zigarre, die er gerade anzünden wollte, wieder in seine Jackentasche zurück. »Los, komm mit, wir werden jetzt umgehend Tante Frieda unsere Aufwartung machen. Der Vogel ist ausgeflogen und die Gelegenheit ist günstig.«

Die Pensionsinhaberin ließ ihr Lächeln ziemlich schnell einfrieren, als sie die Tür aufmachte und den Hauptkommissar mit seinem Schatten vor sich stehen sah. Sie hatte einen blauen Schlafrock an, Lockenwickler in den Haaren und Pantoffeln an den Füßen. So trieb sie sich den ganzen Tag unter ihren Mietern herum. »Einen wunderschönen guten Morgen, gnädige Frau«, sagte Papenbrock ein klein wenig zu höflich. »Dürften wir vielleicht auf einen Sprung hereinkommen?«

Man kannte sich, denn Tante Friedas Pension war nicht gerade eine Klosterschule und die Polizei hatte leider schon mehrfach spitzkriegen müssen, dass die Dame bei der Auswahl ihrer Gäste nicht besonders pingelig war, wenn die Kasse stimmte. Sie beherbergte sie auch schon mal ohne Anmeldeformulare und war auch ansonsten in allerhand Geschäfte verwickelt, die besser im Dunkeln blieben.

»Was kann ich für Sie tun, Herr Kommissar?«, flötete Tante Frieda eine Weile später. Sie hatte ihren ersten Schreck inzwischen einigermaßen verdaut und ihre Besucher in einen Privatraum mit einem blumengemusterten Linoleumbelag gebeten, der eine Mischung aus Büro und Schlafzimmer war. »Darf ich Ihnen etwas anbieten?«

»Besten Dank, aber unsere Zeit ist leider knapp bemessen«, antwortete Assistent Berger für seinen Chef, der jetzt ohne Umschweife gleich zur Sache kam.

»Zuerst möchte ich darauf hinweisen, dass unser Besuch und diese Unterhaltung unter uns bleiben müssen«, knurrte Hauptkommissar Papenbrock. »Ich hoffe, dass ich mich klar genug ausgedrückt habe. Vor allem keine Silbe zu Herrn Zasche, oder wir –«

»Sie müssen mir nicht drohen, Herr Kommissar«, unterbrach ihn Tante Frieda und brachte jetzt sogar ein Lächeln zu Stande. »Selbstverständlich werde ich schweigen wie ein Fisch, wenn Sie es so wollen. Mir ist an einem guten Verhältnis zur Polizei sehr gelegen.«

»Ich sehe, wir verstehen uns«, bemerkte Papenbrock

und schmunzelte. »Ihr neuester Pensionsgast, Herr Za-sche, wird aus Gründen, die Ihnen ja wohl bekannt sind, von uns beschattet. Ich kann mir nicht vorstellen, dass Sie besonders wild darauf sind, ständig ein paar von meinen Beamten in Ihrem Hausflur oder gegenüber auf der anderen Straßenseite zu haben.«

»Du liebe Güte«, flötete Tante Frieda wieder, »wenn das so ist, dann muss Manni noch heute seine Koffer packen. Ich bin ein anständiges Haus.«

»Mit gewissen Einschränkungen«, bemerkte Assistent Berger sachlich.

Tante Frieda wollte etwas entgegnen, aber dann schluckte sie ihre Antwort doch lieber hinunter.

»Lassen Sie Herrn Zasche Zeit«, bemerkte Papenbrock. »Es genügt, wenn Sie ihm nahe legen, dass er sich am besten nach einem anderen Zimmer umsieht.«

»Das hat er bereits vor«, schoss es aus Tante Frieda heraus. »Meine Preise seien für seine augenblicklichen Verhältnisse zu happig, hat er noch gestern Abend ganz ehrlich zugegeben.«

»Nun, da könnten Sie uns einen großen Gefallen tun, gnädige Frau«, meinte der Kommissar. Er angelte die heutige Ausgabe der »Morgenpost« aus seiner Tasche, faltete sie auseinander und tippte mit dem Zeigefinger auf der Seite für den Wohnungsmarkt auf eine bestimmte Stelle. »Wenn Sie die Güte hätten, dieses Inserat zu lesen –«

Tante Frieda nahm ihre Brille von der Frisierkommode, beugte sich über die Zeitung und las: »Hübsches Einzelzimmer mit Dusche, Kochnische und kleinem Balkon in den Hinterhof umständehalber sofort zu vermieten. Miete monatlich 300 DM. Ofenheizung. Anfragen unter 8556973.« Sie richtete sich wieder auf. »Ich verstehe«, sagte sie nur. »Sie möchten, dass sich Zasche um dieses Zimmer bemüht.« Sie zwinkerte mit dem linken Auge. »Und falls er es tut, wird er das Zimmer ganz bestimmt bekommen?«

»Sie sind eine auffallend kluge Person«, stellte Kommissar Papenbrock fest. »Ich möchte Ihnen vorschlagen, dass Sie dieses Inserat ankreuzen, und, damit die Sache weniger verdächtig erscheint, vielleicht zwei ähnliche Anzeigen ebenfalls. Wenn Herr Zasche zurückkommt und sie ihm andeuten, dass sein Aufenthalt in Ihrer Pension unter den gegebenen Umständen gewisse Schwierigkeiten mit sich bringt, wird er es dankbar als freundschaftliche Geste auslegen, wenn sie ihm zeigen können, dass Sie für ihn bereits die Zeitung nach passenden Wohnungsanzeigen durchforstet haben. Aber vergessen Sie dabei nicht, ihm das Zimmer in Steglitz ganz besonders ans Herz zu legen.«

»Ich werde mein Möglichstes tun«, versicherte Tante Frieda.

»Eine Hand wäscht gelegentlich die andere«, erwiderte Hauptkommissar Papenbrock. »Falls Sie einmal in unangenehme Schwierigkeiten kommen sollten, Sie kennen ja meine Telefonnummer. Das hier ist übrigens mein Assistent, Herr Berger.«

»Wir kennen uns bereits«, sagte Tante Frieda und der jüngere Mann mit der schiefen Nase nickte mit dem Kopf und grinste ein wenig anzüglich.

Als die beiden gegangen waren, genehmigte sich die Pensionsinhaberin ein Glas Portwein. Sie hatte Ärger befürchtet, als die beiden Kriminalbeamten so Hals über

Kopf vor ihrer Tür gestanden waren. Aber jetzt hatte sie eigentlich Grund, sich über diesen Besuch zu freuen. Zugegeben, Manfred Zasche war ein ganz netter Kerl, aber dass die Polente seinetwegen ihre Pension beschattete, das ging entschieden zu weit und war geschäftsschädigend. Nein, so nett war Manni Zasche nun auch wieder nicht.

»Aber selbstverständlich verfrachte ich ihn nach Steglitz, das kostet mich ein müdes Lächeln und nicht mehr«, sagte sie zu sich selbst, während sie sich vor dem Spiegel ihre Lippen nachzog. »Beim knallharten Papenbrock einen Stein im Brett zu haben ist mehr als fünfmal in den Wind gespuckt.«

Und es kostete sie wirklich nicht viel mehr als ein müdes Lächeln.

Noch vor dem Mittagessen kam Manfred Zasche mit einem Anstellungsvertrag der Scherzartikelfirma Ludwig Mühlbach in der Tasche aus Schöneberg zurück. Vorerst fünfzehnhundert Mark brutto im Monat. Das war nicht gerade zum Auf-die-Bäume-Klettern, aber als blasser Anfänger in einer neuen Branche durfte man auch nicht meckern. »Gehaltserhöhung je nach Leistung« war ja zusätzlich in Aussicht gestellt worden.

Das Lohnbüro hatte gleich seine Steuerkarte beim Finanzamt beantragt und schon morgen früh sollte er zu seinem ersten Arbeitstag antanzen. Vorerst in der Versandabteilung.

Er war in Hochstimmung.

»Aber ist doch gar keine Frage«, sagt er, »dass ich mir 'ne andere Bleibe suche.«

Tante Frieda hatte die Geschichte mit der Beschattung

der Pension natürlich ziemlich aufgebauscht. Geheimnisvolle Telefonanrufe seien gekommen, stundenlang habe der Lieferwagen einer Fischgroßhandlung vor dem Haus geparkt mit Männern vorne drin, die nicht ein einziges Mal ausgestiegen wären und ein Funkgerät bei sich gehabt hätten. »Ausgerechnet in einem Wagen, der Fische transportiert. Dabei weiß doch jeder nur halbwegs gebildete Mensch, dass Fische in der Sonne zu stinken anfangen.«

»Auch ein Mann wie Papenbrock hat eben nicht alle Klugheit mit Löffeln gefressen«, meinte Zasche gutmütig. »Als ich vorhin ins Haus kam, standen auch gerade zwei Typen von ihm vor dem Schaufenster im Nebenhaus. Sie taten so, als würden sie mich gar nicht sehen. Aber ich riech die Bullen meilenweit.«

Beim Namen Papenbrock war Tante Frieda innerlich zusammengezuckt, aber sie ließ sich nichts anmerken, sondern rückte mit der neuesten Ausgabe der »Morgenpost« und drei Inseraten heraus, die sie mit Filzstift angekreuzt hatte.

»Grunewald ist 'ne Nummer zu groß«, meinte Zasche, als er die erste Anzeige studiert hatte. »Deshalb ist ja auch keine Miete angegeben. Wilmersdorf könnte gerade noch gehen.« Er zögerte nicht lange und wählte die angegebene Nummer.

»Leider bereits vermietet«, sagte eine tiefe Frauenstimme. »Was denken Sie, wie es heute bei mir zugeht. Einzelzimmer sind seit der Wiedervereinigung und nachdem Berlin Hauptstadt werden soll, so rar wie Gänseblümchen in der Antarktis.«

»Ja, es hat sich einiges geändert«, stellte Manni Zasche fest und legte auf.

»Dann hat es vermutlich keinen Sinn, in Steglitz anzurufen.«

»Ich dachte, du gibst so schnell nicht auf«, stichelte Tante Frieda.

Und schon zehn Minuten später saß Zasche im Taxi. »Rubensstraße 192 in Steglitz«, sagte er zu dem Fahrer.

Herr Bemmelmann sah so aus, wie in aller Welt Großväter in Bilderbüchern aussehen. Schneeweißes Haar, eine rosige Haut und zwei lustige Augen, die zwischendurch auch so gucken konnten, als sagten sie: Freund, wenn du wüsstest, was ich schon alles erlebt habe.

»Es tut mir Leid, dass ich Sie bitten musste, so schnell wie möglich hier zu sein«, entschuldigte sich Herr Bemmelmann. »Aber in einer Viertelstunde erscheint ein Bewerber, dem ich schon so halb und halb zugesagt habe. Sie kommen leider reichlich spät. Aber zuerst sollten Sie sich mal umsehen.«

Das Zimmer gefiel Manfred Zasche ganz ungemein.

»Das wäre haargenau das Richtige für mich«, sagte er. Wenn man vom Balkon in den viereckigen Hinterhof blickte, stand dort in der Mitte ein mickriger Baum mit einem schiefen Stamm und einer schrägen Krone darauf.

»Vermutlich hat er sich bei dem ständigen Suchen nach Sonne im Lauf der Jahre den Hals verstaucht«, witzelte Herr Bemmelmann, als er neben Zasche an ihm vorbeiwanderte.

Seine Wohnung lag im anderen Seitenflügel und dem zu vermietenden Zimmer genau gegenüber. Nur ein Stockwerk höher.

»Ich bin seit zwei Jahren Rentner«, erzählte Bemmelmann, als er seinen Besucher bei sich eintreten ließ. »War beim Finanzamt und jetzt hier der Hausverwalter. Nebenbei habe ich noch so meine Marotten.« Er zeigte auf einen Käfig mit zwei Wellensittichen und anschließend führte er Manfred Zasche auf seinen Balkon, der rundherum mit Blumenkästen voller roter Geranien bestückt war. Besonders ins Auge fiel aber ein Tisch, der mit Büchern und Aufzeichnungen zugedeckt war. Eine Art Weltkugel, die aber nur Sterne zeigte, stand neben einem Fernglas, das Herr Bemmelmann auf ein Stativ montiert hatte.

»Sind Sie Astrologe?«, fragte Manni vorsichtig, weil es sich hier um ein Gebiet handelte, von dem er keine Ahnung hatte.

»Astronomie«, korrigierte Herr Bemmelmann höflich. »Himmelskunde. Alles sehr laienhaft. Ein Profi würde sich vermutlich totlachen über mich. Aber es macht mir eben Spaß. Ich führe Messungen durch, notiere meine Betrachtungen und wenn ich gelegentlich Lust habe, vergleiche ich sie mit den Aufzeichnungen der amtlichen Sternwarte in Dahlem. Inzwischen habe ich mich dort mit einem der Herren angefreundet.« Er ließ sich in einen Korbstuhl fallen und sagte plötzlich: »Sie sind doch Manfred Zasche?«

Der strohblonde, hoch gewachsene Mann war sprachlos.

»Immerhin waren Sie heut Morgen in allen Zeitungen abgebildet. Ich hab Sie schon erkannt, bevor Sie vorhin aus dem Taxi geklettert sind.«

Manni Zasche wusste immer noch nicht, was er sagen sollte.

»Jetzt machen Sie nicht länger ein Gesicht, als hätte Ihnen das Christkind die Tür vor der Nase zugeschlagen.«

»Dann kann ich ja wieder gehen. Vorbestrafte stehen ja wohl nicht auf Ihrer Liste, wenn Sie sowieso von Bewerbern nur so überlaufen sind«, meinte der strohblonde Besucher. Er wollte sich bereits wieder verdrücken, da klingelte das Telefon.

»Ja, Sie sind durchaus richtig verbunden«, sagte Herr Bemmelmann und horchte eine Weile in den Hörer hinein. Schließlich blickte er Manfred Zasche an und meinte dabei: »Sie haben leider Pech, ich bin in diesem Augenblick im Begriff, das Zimmer zu vermieten. Trotzdem besten Dank für Ihren Anruf.« Er legte wieder auf und sagte: »Nehmen Sie doch Platz, Herr Zasche.«

Manni kam der Einladung nur zögernd nach. »Soll das etwa heißen –«

»Wie ich Ihnen bereits sagte, war ich mein Leben lang beim Finanzamt«, fing Bemmelmann zu plaudern an. »Wissen Sie, wenn man so viele Jahre lang tagaus und tagein erlebt hat, wie ehrenwerte Bürger bis zu den bekanntesten Persönlichkeiten, kleine Betriebe bis zu den renommiertesten Unternehmen immer wieder versuchen, mit mehr oder weniger schlauen Tricks den Staat zu bestehlen, dann zimmert man sich, ob man es will oder nicht, allmählich seine eigene Moral zurecht. Und dazu gehört unter anderem, dass ich inzwischen auch bei der Beurteilung von Verbrechen gewisse Unterschiede mache. Das Eigentum des Einzelnen ist tabu, das steht außer Frage. Aber eine Art Selbstbedienung, wenn wir es einmal so nennen wollen, etwa bei einer Bank, einer Versicherung oder auch bei einem unserer

Warenhauskolosse, nun ja, da bin ich geneigt, die Spielregeln zu lockern. Vor allem, wenn das Ding so clever und beinahe genial ausgeknobelt und dann auch so kaltschnäuzig durchgeführt wird, wie zum Beispiel in Ihrem Fall, Herr Zasche. Ich gebe zu, dass ich mich gekugelt habe vor Lachen, als damals Ihre Geschichte durch alle Zeitungen gegangen ist. Und ich würde mich diebisch freuen, wenn Sie Ihren Beuteanteil tatsächlich irgendwo auf die Seite gebracht hätten und sich eines Tages mit ihm hinter dem Rücken der Polizei in die Büsche schlagen könnten –«

Zasche wagte schüchtern zu bemerken, dass er wirklich nicht wüsste, wo das Geld geblieben sei.

»Was mir persönlich so schnurz und schnuppe ist, wie Sie nur wollen«, erwiderte Herr Bemmelmann und kicherte. Gleichzeitig klingelte es schon wieder, diesmal aber an der Wohnungstür.

Kurz darauf schneite ein dicklicher Mann in die Wohnung.

»Na, ist alles klar, haben Sie den Vertrag vorbereitet?«, fragte er, vom schnellen Treppensteigen noch außer Atem.

»Ich muss Sie leider enttäuschen«, bedauerte Herr Bemmelmann, »aber ich habe mich anderweitig entschieden.«

»Das können Sie doch nicht mit mir machen«, entrüstete sich der Dicke. »Sie haben mir Ihre Zusage gegeben!«

»Nicht ganz«, unterbrach ihn Bemmelmann. »Ich habe darum gebeten, dass ich mir die Sache noch bis zum frühen Abend überlegen darf, und das habe ich getan.«

»Also nichts mehr zu machen?«

»Leider nichts mehr zu machen, Herr – wie war doch Ihr Name?«

»Michael Büttner, aber das spielt ja jetzt keine Rolle mehr«, schnaubte der Dicke. Er warf noch mit ein paar wenig freundlichen Blicken um sich, zerrte dabei nervös an seiner Krawatte und verschwand anschließend, ohne sich zu verabschieden.

»Also, Herr Zasche«, sagte Herr Bemmelmann, nachdem die Wohnungstür ins Schloss gefallen war, »zwei Monatsmieten im Voraus und das Zimmer gehört Ihnen.«

»Einverstanden«, erwiderte Manni. »Ich bin Ihnen sehr dankbar.« Er holte seine Brieftasche heraus. »Praktisch kann ich dann morgen schon einziehen?«

»Der Vertrag liegt vor mir«, meinte Bemmelmann, »wir müssen lediglich Ihren Namen einsetzen und beide unterschreiben. Dann sind Sie ab sofort der rechtmäßige Mieter.« Während er das Geld nachzählte, fügte er noch hinzu: »Ihr Vorgänger ist übrigens bloß ausgezogen, weil er von seiner Firma sozusagen über Nacht ins Ausland versetzt wurde. Acht Tage zuvor hat er noch alle Wände neu tapezieren lassen. Das nur so nebenbei.«

Nachdem die Formalitäten erledigt waren, holte Bemmelmann zwei Gläser und eine angebrochene Rotweinflasche aus dem Schrank. Er gab Zasche die Hand und dann prosteten sie sich gegenseitig zu. »Auf meinen neuen, prominenten Mieter«, meinte der Hausverwalter und zwinkerte wieder einmal mit dem linken Auge.

Nachdem er sich verabschiedet hatte, tanzte Manfred Zasche geradezu die Treppen hinunter. Es war ihm danach zu Mute, lauthals loszusingen, und es wurde ihm klar, dass er sich noch wie ein Kind freuen konnte.

Er konnte ja in diesem Augenblick keineswegs ahnen,

dass er gerade blindlings auf ein raffiniert ausgeklügeltes Theater hereingefallen war, bei dem Papenbrock aus seinem Büro heraus Regie geführt hatte. Und der Hauptkommissar durfte mit seinen Schauspielern zufrieden sein. Sie hatten ihre Rollen gespielt wie waschechte Profis.

Der Anrufer, den Bemmelmann bei Zasches Besuch am Telefon so kurz angebunden abblitzen ließ, war in Wirklichkeit Papenbrocks Schatten mit der schiefen Nase gewesen, und den entrüsteten Dicken hatte sich der Hauptkommissar bei der Abteilung für Spurensicherung ausgeborgt, damit er ganz sicher sein konnte, dass der strohblonde Manni dessen Gesicht noch nie gesehen hatte. Und bei dem so freundlichen Bilderbuchgroßvater Bemmelmann stimmte lediglich, dass er tatsächlich Pensionär war, gearbeitet hatte er aber nicht beim Finanzamt, sondern bei der Kriminalpolizei, und zwar als Hauptkommissar und Kollege von Papenbrock. Er hieß Heinrich mit Vornamen und duzte sich mit Papenbrock seit mehr als zwanzig Jahren. Genau in diesem Augenblick telefonierten die beiden miteinander und rieben sich in bester Laune die Hände.

Manfred Zasche hatte sich ahnungslos aufs Glatteis schubsen lassen.

Schon am nächsten Vormittag zog er in der Steglitzer Rubensstraße ein und bereits von der ersten Stunde an fühlte er sich in seinem Hinterhauszimmer mit dem schmalen Balkon und dem halb verkrüppelten Baum im Hof so wohl wie ein Elefant, der sich bei brütender Hitze im Wasser aalt und mit seinem Rüssel Dusche spielt. Billige Miete, Nachbarn, die ihre Nase nicht in jeden fremden Briefkastenschlitz steckten, ein Hauswirt, der bei jeder

185

Gelegenheit freundlich grüßte, eine Kochnische und nagelneue Tapeten. Er hatte wirklich Glück gehabt.

Und bei der Mühlbachschen Scherzartikelfabrik war die
Welt gleichfalls in Ordnung. Die Mitarbeiter mochten den
strohblonden Hünen, machten hin und wieder Witze über
seine vorhandene oder auch nicht vorhandene Million und
waren sogar ein wenig stolz darauf, einen Burschen unter
sich zu haben, der schon mehrfach durch die Schlagzeilen
der Zeitungen gewandert war.

Manfred Zasche staubte Gartenzwerge ab, die in allen
Größen und den unmöglichsten Modellen in endlosen Regalen herumstanden, verkaufte Zylinder, aus denen sich
mit Hilfe eines doppelten Bodens angeblich aus dem
Handgelenk schneeweiße Kaninchen zaubern ließen. Zwischendurch verpackte er für auswärtige Kunden noch Auf-
tragszettel und Lieferscheine, knallrote Pappnasen, Pe-
rücken, falsche Bärte, täuschend echt nachgemachte kleine
und große Tintenflecke aus Blech, Zuckerwürfel, die
wie Fontänen lossprudelten, wenn man sie, nichts Böses
ahnend, beim Kaffeeklatsch in eine Tasse gab, oder Fuß-
matten, die wie ein Dutzend Mäuse quietschten, sobald
man sich die Schuhe auf ihnen abtreten wollte.

Wenn die Scherzartikelfabrik Ludwig Mühlbach ihre
Rollläden herunterließ, tauchte er täglich in der »Melone«
auf, die er mit der Zeit zu seiner Stammkneipe gemacht
hatte. Meistens war sein Freund, das schmale Bügelbrett
mit den dicken Brillengläsern, in seiner Gesellschaft, der
nach wie vor alles, was Manni betraf, »gigantisch« fand.
Gelegentlich brachte Paule Schulz seine ganze Familie und
auch den Schwiegervater mit.

»Nein wirklich«, sagte Manni häufig zu sich selbst, »so kann man es aushalten – notfalls eine halbe Ewigkeit.«

Diese halbe Ewigkeit dauerte dann allerdings nur etwa drei Monate lang. Genau bis zum 11. August, der auf einen Mittwoch fiel. Zasche hatte sich diesen Tag herausgesucht, weil ein paar politische Parteien zu einer Großdemonstration rund um den Ku'damm aufgerufen und andere Gruppen Rabatz angekündigt hatten, mit der Drohung, dass diesmal keine Schaufensterscheibe ganz bliebe.

Da ist die Polizei bis zum letzten Mann auf den Beinen, hatte sich Manfred Zasche ausgerechnet. Dagegen war die damalige Stadtrundfahrt der Queen bloß eine Art Ostereiersuchen.

»Unser Vogel mausert sich«, berichtete Hauptkommissar a. D. Bemmelmann seinem Kollegen Papenbrock am Telefon und erzählte, was er aus seinem Versteck hinter den Balkonblumenkästen und zwischen den roten Geranien hindurch per Fernglas beobachtet hatte. Damit konnte er so ziemlich jede Ecke von Mannis Zimmer überwachen.

»Er ist heute mit einem größeren Karton unter dem Arm von der Arbeit zurückgekommen, hat den Schlüssel in seiner Zimmertür zweimal herumgedreht und sich dann sogleich ans Auspacken gemacht.«

»Was war in dem Karton drin?«, fragte Papenbrock ein wenig ungeduldig. »Mach's nicht so spannend, Heinrich.«

»Unser Freund hat sich einen dunkelblauen Einreiher geleistet«, erwiderte Bemmelmann. »Er hat ihn sofort anprobiert, und zwar mit einem gleichfalls neuen weißen Hemd und einer neuen Krawatte. Er hat sich im Spiegel beguckt und hin und her gedreht wie ein Mannequin auf dem Laufsteg. Aber das wäre ja noch nicht weiter verdächtig. Was uns stutzig machen muss, kommt erst jetzt –«

»Ich höre«, sagte Papenbrock. Er zwang sich zur Ruhe. Aber die Finger seiner linken Hand trommelten nervös auf seinem Schreibtisch herum.

»Ja, du wirst es kaum glauben, auf einmal hat sich der Kerl eine dunkle Perücke über seine strohblonden Haare gestülpt«, fuhr Bemmelmann fort, »und anschließend klemmte er sich mit zwei Fingern, mehr oder weniger zur Probe, einen falschen Bart unter die Nase. Leider hat er seine Maskerade dann unterbrochen und die Gardine vor seinem Fenster zugezogen, sodass ich nur noch seine Silhouette sehen konnte. Obgleich mein Fernglas nicht von Pappe ist.« Bemmelmann machte eine Pause und räusperte sich. »Ich würde Zasche ab morgen in aller Frühe von deinen klugen Knaben wieder hauteng observieren lassen, wenn ich mir diesen Vorschlag erlauben darf. Es ist so weit, nehme ich an –« Er kicherte plötzlich und unterbrach sich. »Dass ich so was vergessen konnte! Also, pass auf, Tobias, er hat sich auch noch eine Handtasche mitgebracht, so eine von der Art, die man sich im Urlaub an den Strand mitnimmt, aus einem ganz dünnen Kunststoffmaterial, die zusammengefaltet kaum größer ist als ein frisch gebügeltes Taschentuch oder dergleichen.«

»Und diese Handtasche fällt dir angeblich erst ganz zum Schluss ein«, bemerkte Papenbrock vorwurfsvoll. »Dabei zeigt sie doch am deutlichsten, dass Zasche das Warten endlich satt hat und an seine Million ranwill!«

»Mag schon sein, dass diese Handtasche besonders wichtig ist«, gab Bemmelmann zu.

Kommissar Papenbrock stellte sich vor, wie sein weißhaariger Kollege a. D. in diesem Augenblick am anderen Ende der Leitung schmunzelte und dabei seine Augen verschmitzt strahlen ließ.

»Wieso mag er sich ausgerechnet den morgigen Mittwoch ausgesucht haben?«, überlegte Kriminalassistent Berger in Papenbrocks Büro so laut, dass ihn auch Bemmelmann durchs Telefon hören konnte.

»Ihr lest wohl keine Zeitungen?«, fragte der Bilderbuchgroßvater. »Morgen Nachmittag sind doch im Zentrum wieder einmal handfeste Krawalle zu erwarten. Glaubt ihr, dass dann nur ein einziger Polizist nicht dabei ist?«

»Begriffen«, sagte Papenbrock. »Dieselbe Methode wie seinerzeit beim Besuch der englischen Königin. Jetzt gibt's überhaupt keinen Zweifel mehr.«

»Heut Nacht tut sich bestimmt nichts«, meinte Bemmelmann. »Im Augenblick hat er seine Gardinen längst wieder aufgezogen, lehnt mit nacktem Oberkörper auf seiner Balkonbrüstung, raucht eine Zigarette und hat eine Dose Bier in der Hand. Ich hab ihn genau in meinem Fernglas, und wenn ihr wollt, kann ich euch sagen, wie spät es auf seiner Armbanduhr ist. Ich lass ihn nicht aus den Augen, das versprech ich euch. Das Telefon steht neben mir auf dem Fußboden. Vielleicht kann Berger als Stallwache im Büro pennen, damit ich euch erreichen kann, falls doch noch was passieren sollte. Aber damit rechne ich nicht, wie gesagt.«

»Besten Dank, Heinrich«, sagte Hauptkommissar Papenbrock. »Ich werde jetzt umgehend alles Notwendige für morgen anleiern. Schon vor Sonnenaufgang lasse ich meine Männer von der Leine, und dann ab die Post. Du wirst dich wundern, wie wir uns den Knaben zur Brust nehmen.«

## Eine Verfolgungsjagd durch Berlin

Manfred Zasche verließ die Rubensstraße am nächsten Tag durch den großen Eingang im Vorderhaus, und zwar erst gegen vierzehn Uhr. Der strohblonde, große und schlanke Mann bewegte sich in dem nagelneuen Anzug elegant und wie selbstverständlich. Mit den Bügelfalten seiner Hose hätte man sich rasieren können. Er blickte sich überhaupt nicht um, als er schräg über die Straße zur Bushaltestelle schlenderte. Dabei war er sich keinesfalls sicher, ob man ihn noch beschatten würde oder nicht. Jedenfalls tat er so, als sei ihm das auch total gleichgültig. Er wirkte wie ein Spaziergänger, der sich einen freien Tag gestattet. Und tatsächlich hatte er bei der Personalabteilung der Scherzartikelfabrik für heute um einen vorgezogenen Urlaubstag gebeten. Er habe dringende Erledigungen zu machen. Die Sonne brannte senkrecht in die Straße, als der Bus heranrollte und Zasche aufsprang.

Ein grauer Opel löste sich im gleichen Augenblick aus dem Schatten einer Baumreihe. »Oskar drei übernimmt Verfolgung«, meldete sich eine Stimme in Papenbrocks nicht mehr ganz neuem, schwarzem Mercedes. Er parkte

190

hinter einem Möbelwagen in einer Seitenstraße und sein Assistent Berger saß neben ihm. »Wir hängen uns an ihn ran«, ließ sich leicht verzerrt die Stimme eines der beiden Beschatter aus dem Opel wieder hören.

»Berta fünf soll überholen und sich vor den Bus klemmen«, befahl der Kommissar über sein Autotelefon. Dabei kaute er wieder einmal an einer seiner dicken Zigarren, die aber kalt war.

»Berta fünf verstanden.«

Manfred Zasche genoss inzwischen die Aussicht von seinem Fensterplatz. Er hatte die Beine lang ausgestreckt und erweckte den Eindruck, als hätte er sich für eine längere Fahrt durch Berlins Straßen eingerichtet. Aber bereits vor der dritten Haltestelle zog er die Knie an, stand anschließend auf und kletterte seelenruhig über die eisernen Stufen auf den Gehsteig, als sich die Türen saugend geöffnet hatten. Dann allerdings machte er völlig überraschend und sozusagen aus dem Stand ein paar schnelle Schritte und verschwand hinter der gläsernen Tür eines Supermarktes. Drinnen mischte er sich schleunigst unter das Gedränge der Kunden.

»Wenn er uns verloren geht, hau ich euch in die Pfanne«, knurrte Papenbrock in sein Autotelefon. Er schob seine kalte Zigarre von einem Mundwinkel in den anderen. »Sind Kaminski und Stolzenbach hinter ihm her?«

»Die sind fast gleichzeitig mit ihm in den Laden rein und so dicht an ihm dran, dass sie ihm jederzeit ihre Hand auf die Schulter legen könnten«, antwortete einer der jungen Beamten aus dem mausgrauen Opel. »Wir bleiben vorerst hier stehen und warten ab. Ende.«

191

»Ende«, wiederholte Hauptkommissar Papenbrock. Er brauchte vier Streichhölzer, um seine Zigarre unter Dampf zu setzen.

»Alles läuft jetzt auf Hochtouren –«, bemerkte Assistent Berger und rieb sich seine Nase.

Kaminski und Stolzenbach gehörten zu den Kripobeamten, die für die Verfolgung nicht motorisiert waren. Sie hatten bereits in aller Frühe vor der Rubensstraße getrennt voneinander ihre Beobachtungsposten bezogen. Und als Zasche dann endlich aus dem Haus gekommen und zur Bushaltestelle hinüberspaziert war, hatten sie sich unter die wartenden Fahrgäste gemischt. Beide unauffällig getarnt, der eine mit irgendwelchen Einkaufstüten und der andere mit einem leeren Geigenkasten unter dem Arm. Sie hatten ihren Mann während der Fahrt und vor allem an den Haltestellen nicht aus den Augen gelassen. Als er dann ausstieg, waren sie ihm auf den Fersen geblieben, bis sie schließlich hinter dem strohblonden Hünen durch die gläserne Supermarkttür verschwunden waren. Die beiden zählten übrigens zu Papenbrocks Küken, wie er die Anfänger in seinem Dezernat nannte. So nebenbei war Kaminski ein blendender Schwimmer und Stolzenbach ein Ass in Karate.

Zasche schob sich, manchmal die linke und dann wieder die rechte Schulter voraus, an den Verkaufsregalen vorbei durch die Menge der Käufer, zeigte am Ende der Halle vor einer der Kassen seine leeren Hände und stand wieder auf der Straße. Jetzt allerdings am Ausgang auf der anderen Seite des Eckgebäudes. Er blickte sich einen Moment lang unschlüssig um, als plötzlich ein Taxi angefahren kam. Er hob unversehens seinen rechten Arm in die Luft und der Fahrer stoppte. Mit zwei Sprüngen war Zasche an der Wagentür, und bevor er sie noch ganz hinter sich geschlossen hatte, brauste der weiße Wagen bereits mit ihm davon. Manni musste dem Taxichauffeur beim Einsteigen geflüstert haben, dass er es verdammt eilig hätte.

Kaminski und Stolzenbach standen da und blickten sich kurz an. Aber da quietschten auch schon die Reifen von »Berta fünf« neben ihnen, einem grasgrünen Ford mit einer Antenne auf dem Dach. Kaum waren die beiden jungen Beamten in den Wagen gehechtet, zischte er auch schon wieder los.

Kaminski tippte auf die Funktaste:

»An alle: Taxi, ein weißer Mercedes, mit der verfolgten Person hat die Nummer B-SW 429. Befindet sich augenblicklich in der Uhlandstraße in Richtung Hohenzollerndamm.«

Manfred Zasche drückte seinem Fahrer vor der U-Bahn-Station Spichernstraße einen Zwanzigmarkschein in die Hand, ließ ihn dicht vor dem Eingang halten, sprintete aus dem Wagen, bevor dieser richtig zum Stehen gekommen war, die paar Schritte zum Eingang hinüber, flitzte mit langen Sprüngen die Treppe hinunter und konnte sich gerade noch in den letzten Waggon klemmen, bevor sich dessen Türen automatisch schlossen.

Diesmal standen die Herren Kaminski und Stolzenbach außer Atem und wie begossene Pudel auf dem leeren Bahnsteig. Aber nur für einen kurzen Augenblick. Sie angelten ihr Walkie-Talkie aus der Tasche und gaben, ein wenig bedrückt, die Meldung durch, dass ihnen Zasche leider durch die Lappen gegangen sei. »Er sitzt in der U-Bahn und fährt Richtung Wittenbergplatz. Wir können noch die Schlusslichter sehen.«

»Nicht gerade das, was ich mir zu Weihnachten wünsche«, bemerkte Papenbrock in seinem Mercedes. »Aber lasst die Nasen nicht hängen, Jungens. So was kann passieren. Was machen ›Oskar drei‹ und ›Berta fünf‹? Bitte melden.«

»Wir sind bereits am Wittenbergplatz auf dem Bahnsteig und versuchen, ihn abzufangen«, piepste in diesem Moment eine Stimme aus dem Funklautsprecher dazwischen. »Als wir die Meldung hörten, sind wir gleich wie ein Torpedo losgeschossen. Hier spricht übrigens ›Ferdinand zwo‹. Bleibe auf Empfang.«

»Strohblond, lang und nagelneuer blauer Anzug, wenn ich daran erinnern darf«, erwiderte Kommissar Papenbrock. »Übrigens gut gemacht, ›Ferdinand zwei‹. Aber passt auf, dass er euch nicht entdeckt, wenn er auftaucht.«

Es summte und knackte. Assistent Berger hantierte am Lautsprecher herum. Und als sich jetzt die piepsige Stimme wieder hören ließ, drehte er ihn auf volle Lautstärke.

»Unser Strohblonder mit dem nagelneuen Einreiher springt gerade aus dem eingefahrenen Zug, läuft quer über den Bahnsteig und will jetzt in die entgegengesetzte Richtung nach Neukölln. Fahre mit und bleibe dran.«

Es knackte wieder und der Kontakt brach ab.

»Alle Wagen in Richtung Neukölln«, sagte Papenbrock vollkommen ruhig in den Hörer seines Autotelefons. Sein schwarzer Mercedes parkte inzwischen an der unteren

Hälfte des Kurfürstendamms. Eine Politesse wollte schon ein Strafmandat kassieren, weil an dieser Stelle die Fahrspur für die Busse reserviert war. Aber als Assistent Berger seine Dienstmarke hinter die Windschutzscheibe hielt, schwirrte sie wieder ab, ohne eine Miene zu verziehen.

»Zasche will uns wohl Berlin zeigen«, brummte der Kommissar.

In Neukölln nahm sich Manni am Hermannsplatz zur Abwechslung mal wieder ein Taxi, wechselte am Tempelhoferdamm erneut in einen »Doppeldecker« und kletterte schließlich über die breite Treppe aus dem U-Bahnhof Kurfürstendamm. Er hatte sich unter eine Schulklasse mit knallbunten Luftballons gemogelt. Sie schützten ihn einigermaßen und er wagte es, sich im Gehen vorsichtig umzublicken. Das eine oder andere Gesicht, das er bei seinem Trip kreuz und quer durch die Stadt flüchtig entdeckt hatte, war ihm aus der Zeit vor dem Knast, als er bei der Polente noch zu den Dauerkunden zählte, bekannt erschienen. Aber er konnte sich auch täuschen. Jedenfalls spürte er es bis in die Fingerspitzen, dass die Luft nicht ganz sauber gewesen war. Aber jetzt schien er seine Verfolger, sofern es überhaupt welche gegeben hatte, endgültig abgeschüttelt zu haben. Im Schatten hinter einem Zeitungskiosk blieb er stehen, luchste zur Sicherheit noch einmal rund um sich herum und dann steuerte er kurz entschlossen auf das Café Kranzler zu. Bei dem prächtigen Sommerwetter saßen die Leute vor dem Lokal an Tischen, die fast bis zur Mitte des Gehsteigs aufgestellt waren.

»Was sagt ihr da?«, fragte Papenbrock verwundert, als er in seinem Mercedes die neueste Meldung abgehört hatte.

»Im Kranzler, hab ich richtig verstanden? Vielleicht hat uns der Kerl nur geleimt und genehmigt sich jetzt in aller Seelenruhe Kaffee und Kuchen. Unter Polizeiaufsicht sozusagen –«

»Nein, Chef«, widersprach Kaminski, der zusammen mit seinem Kollegen Stolzenbach wieder Anschluss gefunden hatte. »Im Augenblick macht er die Tür zur Herrentoilette auf.«

»Hoppla«, sagte Papenbrock und seine bisherige Ruhe war plötzlich wie weggefegt. »Jetzt werdet ihr gleich euer blaues Wunder erleben, Freunde.« Er hatte sein Funksprechgerät wie ein Mikrofon dicht vor dem Mund. »Wenn Zasche wieder auftaucht, ist sein strohblondes Haar vermutlich unter einer dunklen Perücke versteckt. Auch mit einem falschen Bart müsst ihr rechnen. Lasst euch durch seine Maskerade ja nicht reinlegen!«

»Verstanden, Chef«, flüsterte Kaminski als Antwort. Sein Kollege Stolzenbach hatte mitgehört. Jetzt trennten sie sich sofort. Der eine klemmte sich in eine Telefonzelle. Der andere stellte sich an das Kuchenbüfett und tat so, als gäbe es für ihn im Augenblick kein anderes Problem als die Frage, ob er sich eine Schwarzwälder Torte oder einen Apfelkuchen mit Sahne genehmigen sollte.

Als Zasche aus der Toilette zurückkam, war er auf den ersten Blick kaum wieder zu erkennen. Er hatte nicht nur sein Haar dunkel gemacht und sich einen Bart auf die Oberlippe geklebt, auch sein Gang und seine ganze Haltung waren verändert. Er stolzierte mit hochgereckter Nase, kerzengerade aufgerichtet und mit langen, selbstbewussten Schritten an den Tischen vorbei wieder auf den sonnenbeschienenen Kurfürstendamm hinaus, überquerte die Joachimsthaler Straße, ließ die Gedächtniskirche links liegen und peilte auf dem direktesten Weg das Center an. Dort verschwand er in der UNION-Bank, die zu ebener Erde drei riesige Schaufenster nebeneinander aufwies. Und vor diesen Schaufenstern ließ man gerade massive Eisengitter herunter. Inzwischen waren nämlich die ersten Transparente aufgetaucht und Gruppen mit Springerstiefeln kamen aus dem U-Bahn-Schacht.

Schon als er durch die Schalterhalle ging, sah er, wie die Angestellten dabei waren, ihre Schreibtische aufzuräumen. Vermutlich wollte die Bank wegen der zu erwartenden Krawalle heute früher Schluss machen.

Auch der Beamte bei den Schließfächern im Untergeschoss wollte gerade Feierabend machen, als ihm Zasche zuerst seinen Safeschlüssel und dann seinen Pass zeigte.

»Bitte, wenn Sie mir folgen wollen«, sagte der Angestellte höflich, nachdem er eine riesige Liste hervorgeholt und die Zahl auf dem Schlüssel mit den Eintragungen verglichen hatte. »Hier links die Treppe hinunter, aber Sie wissen ja wohl Bescheid –«

»Ja, danke«, sagte Manni. »Und entschuldigen Sie bitte, wenn ich Sie noch so kurz vor Ladenschluss belästige.« Er lächelte verbindlich.

»Wir sind es gewohnt, unseren Kunden bis zur letzten Minute zur Verfügung zu stehen«, entgegnete der Bankangestellte und lächelte seinerseits. Dabei schloss er die schwere Gittertür zum Tresorraum auf, der nur den Bankkunden zur Verfügung stand. »Und dass wir heute schon um diese Zeit schließen, ist sozusagen höhere Gewalt.«

Die unterirdische Kammer wirkte in dem grellen Neonlicht kahl und nüchtern. Die vielen Safes neben- und übereinander waren aus Metall, füllten sämtliche Wände und waren wie lang gestreckte Blocks in den Betonfußboden gebaut, mit schmalen Gängen dazwischen. Es war beinahe so, als ginge man durch irgendeine öffentliche Leihbibliothek, nur dass man nicht an lauter Buchrücken, sondern an einer Unmenge nummerierter Stahlkästen vorbeiwanderte.

Sie waren so groß wie Nachttischschubladen, manchmal auch größer.

»Eintausendzweihundertsiebzehn«, sagte der Bankangestellte und blieb stehen. »Wenn ich bitten darf –«

Der Safe hatte zwei Schlösser. Eines davon musste vom Besitzer des Schließfachs mit seinem Schlüssel aufgeschlossen werden, das andere von dem Angestellten mit dem Kontrollschlüssel der Bank.

Manfred Zasche betätigte sich zuerst. Gleich darauf bediente der andere das Kontrollschloss.

»Bitte läuten Sie hier links, wenn Sie so weit sind«, sagte der Bankangestellte. Er entfernte sich diskret, so wie es sich gehörte. Die Bank wollte ihren Kunden ja nicht über die Schulter schielen, wenn sie ihre Safes öffneten. Der Inhalt der Schließfächer ist lediglich dem Besitzer bekannt und es ist sein ganz persönliches Geheimnis, was er im Tresorraum aufbewahrt haben möchte. Ob es mehr oder weniger große Goldbarren sind, wertvolle Schmuckstücke, Banknoten, Aktienpakete oder auch nur die Pläne für eine aussichtsreiche Erfindung.

Als Zasche seinen Safe mit der Nummer eintausendzweihundertsiebzehn öffnete, kippte er kurz hintereinander gleich zweimal aus den Socken.

Zuerst blieb ihm die Luft weg, weil die Stahlkassette vollkommen leer war. Bis auf einen Briefumschlag, der in ihrer Mitte lag.

Und dann sagte da eine Stimme hinter seinem Rücken wie aus heiterem Himmel: »Bleiben Sie stehen, Zasche! Rühren Sie sich nicht vom Fleck!« Die Stimme gehörte Hauptkommissar Papenbrock. Er musste zusammen mit seinem Schatten, Assistent Berger, schon eine ganze Weile im Gang zwischen den Schließfächern gewartet haben. Jetzt kamen die beiden dicht heran und blieben vor Manni stehen. Er hatte seine Arme in die Luft gestreckt.

Der Bankangestellte tupfte sich im Hintergrund mit dem Taschentuch den Schweiß von der Stirn und murmelte: »Das ausgerechnet kurz vor Feierabend, es ist nicht zu fassen!«

»Du kannst deine Pfoten wieder runternehmen«, sagte Kriminalkommissar Papenbrock zu dem hoch gewachsenen Mann mit der dunklen Perücke und dem falschen Bart unter der Nase. »Es sieht so aus, als hätten wir beide mit sauren Gurken gehandelt. Du gestattest doch?« Ohne Zasches Antwort abzuwarten, nahm Papenbrock den Brief aus dem ansonsten leeren Safe.

»Müsste die Handschrift einer Frau sein«, bemerkte Papenbrock, »wenn ich nicht auf beiden Augen blind bin.« Er öffnete den Umschlag, faltete einen Brief auseinander und las vor: *»Mein geliebter Manni –«*, der Hauptkommissar unterbrach sich selbst und blickte auf. »Also eine Frau, wie vermutet.« Er las weiter. *»Du sitzt noch jahre-*

*lang im Knast, und wer weiß, was in dieser Zeit alles mit*
*deiner Million passieren wird. Könnte ja beispielsweise sein,*
*die Regierung lässt über Nacht neue Banknoten drucken,*
*weil sie Pleite gemacht hat. Oder die Polente stöbert dieses*
*Schließfach irgendwann doch noch auf. Wär doch zum In-*
*die-Bäume-Klettern, wenn das schöne Geld, so oder so,*
*futsch ginge. Alles Gute, mein alles geliebter Kuschelbär,*
*falls du diesen Brief überhaupt in die Finger bekommst,*
*deine immer an dich denkende Yvonne.«*

Mit keinem Lidzucken hatte Kommissar Papenbrock
erkennen lassen, dass er zumindest genauso enttäuscht war
wie Manfred Zasche. »Rührend«, bemerkte er lediglich.

»Und so was wollte ich heiraten«, grollte Manni düster.

»Zieh dir endlich diese dämliche Perücke vom Kopf
und nimm den falschen Bart ab«, meinte Papenbrock, um
irgendetwas zu sagen.

Zasche gehorchte artig wie ein Schuljunge.

»So, und jetzt begleitest du uns erst mal zu meinem
Büro«, raunzte Papenbrock.

In diesem Augenblick brannten bei Zasche die Sicherungen durch. Er sah plötzlich wieder seine Gefängniszelle
mit den Eisengittern vor sich. Der Gedanke setzte sich in
seinem Kopf blitzartig fest und hämmerte in seinem Bewusstsein herum, sodass er nicht mehr klar denken konnte.
Er schubste zuerst Berger zur Seite und dann schleuderte
er den Bankbeamten gegen die Wand.

Kriminalassistent Berger funktionierte wie ein Automat.

»Stehen bleiben«, rief er und zog auch schon seine Pistole.

Aber Papenbrock legte ihm die Hand auf den Unterarm und meinte: »Bist du bescheuert? Schön, er hat dich ein bisschen unsanft auf die Seite geschoben, aber sonst ist ihm doch gar nichts vorzuwerfen.«

»Moment mal, schließlich hat er doch –«, stotterte Berger.

»Er hat den Schock seines Lebens in den Hosen, das ist alles«, meinte Papenbrock.

»Entschuldigung«, sagte der Assistent mit der etwas schiefen Nase und steckte seine Kanone wieder weg. »Ich war im Augenblick nur –«, fügte er bekümmert hinzu. »Ich meine, ich war –«

»Du hast deinen Pulsschlag nicht unter Kontrolle.« Der Kommissar grinste. »Aber das lernst du auch noch. Wetten, dass Zasche ganz freiwillig im Büro bei uns antanzt? Das ist lediglich eine Frage der Zeit.«

Der hoch gewachsene Mann, der ja inzwischen wieder strohblonde Haare hatte, war in langen Sprüngen über die Treppe aus dem Tresorraum gerannt, zwang sich dann in der Schalterhalle zu einer unauffälligen Gangart und verließ das Gebäude. Nach ein paar ruhigen Schritten rannte er wieder los. Zuerst durch die schräge Autoeinfahrt neben dem letzten Schaufenster der Bank, dann durch die nächste Tür. Jetzt lag ein langer Korridor vor ihm, an dessen Decke Wasserrohre entlangliefen. Er durchquerte ihn, ohne sich umzusehen, hetzte über eine schmale Wendeltreppe und befand sich schließlich in einem riesigen Maschinenraum. Hier wurde das Eis für die künstliche Schlittschuhbahn im Erdgeschoss fabriziert. Zasche blieb einen kurzen Augenblick stehen und blickte sich um: weit und breit keine Menschenseele. Aber schon im nächsten Moment konnte Berger zusammen mit irgendwelchen Verfolgern, die er inzwischen zusammengetrommelt hatte, irgendwo auftauchen.

Eine schmale, rot gestrichene Eisentür war so halb hinter einem der Aggregate verborgen. Zasche glitt mit ein paar Sätzen zu ihr hinüber, riss sie auf und stand jetzt in einem breiten, sehr hohen Schacht, der beinahe dunkel war. Nur durch ein schmales Oberfenster fiel ein wenig Licht herein.

Zasche lehnte sich erschöpft an ein ziemlich dickes Rohr und japste nach Luft, stützte sich mit seinen Händen gegen die Wand und ließ den Kopf hängen. Er hatte noch einmal Glück gehabt und die Polizei endgültig abgehängt. Hier vermuteten sie ihn bestimmt nicht.

Erst als sich seine Lungen wieder einigermaßen beruhigt hatten, arbeitete allmählich auch sein Gehirn wieder normal. Jetzt fing er an zu begreifen, dass er sich ja eigentlich völlig idiotisch benommen hatte. Es dämmerte ihm ziemlich genau dasselbe, was kurz zuvor noch Hauptkommissar Papenbrock seinem Assistenten zu erklären versucht hatte.

Wieso bin ich überhaupt getürmt?, fragte er sich. Schön, ich wollte meine Million aus dem Schließfach holen, aber das war ja so leer wie eine weggeworfene Streichholzschachtel, und ohne allen Zweifel ist es Yvonne gewesen, die sich das Geld unter den Nagel gerissen hat. Man kann mir also gar nichts vorwerfen –

Und während er diese durchaus einleuchtenden Überlegungen anstellte, ereignete sich ein Zufall, wie er in einem

Leben nur ein einziges Mal passieren kann. Wenn überhaupt. Aber manchmal gibt es solche Zufälle.

Jedenfalls waren jetzt hinter der Eisentür Schritte auf dem Steinboden zu hören und dann auch Stimmen. Sie kamen immer näher.

Zasche klemmte sich zwischen das Rohr und einen Metallkasten mit einer Menge Druckknöpfe und Sicherungen.

Gerade hatte er sich noch völlig unschuldig gefühlt. Aber wenn ihn jetzt irgendjemand in diesem Versteck aufstöbern würde, war zumindest damit zu rechnen, dass man ihm unangenehme Fragen stellte und ihn in irgendeiner Weise verdächtigte. Er hielt also den Atem an, so gut es eben ging.

»– das Europa-Center war ja längst gebaut, bevor unsere Spielbank aufgemacht hat. Deshalb liegt das Rohr frei und verläuft nicht in sicheren, fest eingebauten Schächten«, erklärte eine der Stimmen. Jetzt wurde die rot gestrichene Eisentür aufgemacht. »Das System ist denkbar einfach! Die Rohrpostanlage verbindet den Spielsaal im ersten Stockwerk mit dem Tresorraum im Keller. Der Spielbankangestellte oben im Kasino bündelt die eingenommenen Geldscheine, rollt sie zusammen und stopft sie in eine Geldbombe. Dann öffnet er eine Klappe, lässt die Bombe fallen und ab geht es mit ihr. Die Bombe wird in den Keller gesaugt, dort vom Kassierer geleert und wieder nach oben zurückgeschickt. Das herausgenommene Geld verschwindet unten im Tresor.«

»Passen Sie auf«, sagte eine zweite Stimme, »augenblicklich muss eine Geldbombe unterwegs sein –«

Tatsächlich war gleich darauf ein saugendes Geräusch zu

hören und dann ein Poltern, das von oben näher kam und nach unten wieder verschwand.

»Stimmt, das war eine«, meinte wieder die erste Stimme.

»Wir öffnen unseren Roulettesaal bereits nachmittags um drei Uhr und den Bakkaratsaal eine Stunde später.«

»Dann waren das, was da gerade durch dieses Rohr gezischt ist, also heute schon die ersten Einnahmen, Herr Direktor?«, kicherte eine dritte Stimme, die einer Frau gehörte.

»Es ist verdammt kein Luxus, wenn die Anlage sicher gemacht wird«, mischte sich wieder die erste Stimme ein. »Und damit ist es höchste Eisenbahn.«

»Also, wann können Sie mit Ihren Arbeiten anfangen?«, fragte der Direktor.

»Wir dachten, schon am Montagmorgen in aller Frühe«, antwortete die erste Stimme. »Nicht zu fassen, so was ist doch geradezu idiotisch leichtsinnig. Nicht mal ein Rohr aus Eisen oder Stahl, nur aus irgendeinem Kunststoff und noch dazu völlig ungeschützt. Man könnte es ja fast schon mit einer Gartenschere aufschneiden.«

»Sie verlegen das Rohr unter Beton ins Mauerwerk?«

»Ja, das verlangt auch die Versicherung.«

In diesem Augenblick kündigte das Sauggeräusch bereits wieder einen Transport vom Spielsaal zum Keller an.

»Ihre Spielbank scheint zu florieren, Herr Direktor«, ließ sich wieder die Frauenstimme hören und kicherte zum zweiten Mal. »Da kann man ja nur gratulieren.«

»Wir können nicht klagen.«

Das Knarren der Eisentür deckte die Stimme zu und dann war zu hören, wie sich die Schritte entfernten.

Zasche blieb noch eine ganze Weile in seinem Versteck, ohne sich zu rühren. Erst nach drei oder vier Minuten klopfte er vorsichtig das Material des Rohrpostrohres ab, betastete es und dann spitzte er die Ohren. Aber es blieb still. Da wiederholte er seine Untersuchung, und zwar ohne auf die Zeit zu achten und sehr gründlich.

# Das neue Ding

Als Manfred Zasche später in die Rubensstraße zurückkam, war der Bilderbuchgroßvater Bemmelmann gerade dabei, sein Gepäck in einen VW zu verladen. Die Weltkugel mit den Sternbildern, die Wellensittiche und sein Fernglas samt Stativ behandelte er dabei besonders sorgfältig.

»Prächtig, dass wir uns noch einmal sehen, lieber Herr Zasche«, meinte der pensionierte Hauptkommissar so nett und vergnügt wie eh und je. »Die Stadt geht mir allmählich an die Nieren, ich verdrücke mich für ein paar Wochen nach draußen in meinen Schrebergarten. Hab dort ein Häuschen. Übrigens gibt's heute kurz vor Mitternacht eine Mondfinsternis, die sollten Sie nicht versäumen.«

Aber anstatt die Bemmelmannsche Mondfinsternis am Himmel zu betrachten, lag Manfred Zasche um Mitternacht noch mit offenen Augen auf seinem Bett. Er hatte die Hände unter dem Kopf und starrte an die Decke.

Yvonne hatte ihn also nach Strich und Faden betrogen, dieses Luder.

Das hätte ich nie im Leben für möglich gehalten, grübelte er vor sich hin.

Gleichzeitig sah er sich in dem hohen Europa-Center-Schacht in seinem Versteck hinter der rot gestrichenen kleinen Eisentür zwischen das Rohrpostrohr und den Kasten mit den Sicherungen geklemmt. Und er hörte ganz deutlich dieses saugende Geräusch, dann das Poltern, das herankam und wieder verschwand. Es war, als rumpelte ein Schnellzug mitten durch sein Zimmer.

Zasche zog im Liegen die Beine an und schlang seine Arme um die Knie. Ein Gefühl der Dankbarkeit schlich sich in sein Herz. Er lächelte und versuchte sich an einen Spruch zu erinnern. Er hatte irgendetwas mit dem Religionsunterricht zu tun, damals in der Schulzeit, wenn er sich nicht täuschte. Mann, das war ja eine halbe Ewigkeit her und dieser Spruch, an den er sich erinnern wollte – wie war das doch gleich gewesen? »Der Herr nimmt es dir mit der Linken und gibt es dir mit der Rechten wieder zurück.« Ja, so oder so ähnlich musste es geheißen haben – nicht aufs Wort genau, aber der Sinn stimmte irgendwie –

Manfred Zasche hatte heute Nachmittag von einem Moment zum anderen eine runde Million verloren. Aber schon ganz schnell danach hatte ihn ein gütiges Schicksal oder vielleicht sogar der Himmel persönlich haargenau an die weiche Stelle der Rohrpostanlage im Europa-Center – ja, wie soll man sagen – gelenkt oder hingeführt und ihm damit einen Tipp geschenkt, mit dem er vielleicht ganz schnell seinen Verlust wieder ausgleichen konnte.

Zasche hatte vor lauter Rührung ganz feuchte Augen.

»Jedenfalls werd ich's versuchen«, murmelte er vor sich hin. »Ich wäre so dämlich wie eine Kuh und zudem noch sträflich undankbar, wenn ich es nicht riskieren würde. Allerdings bleibt mir nicht viel Zeit. Schon am Montag wird meine Chance in aller Frühe einbetoniert.«

Am nächsten Morgen telefonierte Manfred Zasche mit zwei verschiedenen Firmen, die sich auf den Bau von Rohrpostanlagen spezialisiert hatten, heuchelte Interesse im Auftrage eines kaltschnäuzig erfundenen Unternehmens, stellte ein paar Fragen, die sich ganz harmlos anhörten, deren Beantwortung Manni aber immerhin veranlassten, sich schnellstens einen Staubsauger zu besorgen und sonst noch einige notwendige Dinge. Er versteckte die Einkäufe in seinem Zimmer und fuhr dann direkt ins Polizeipräsidium. Deutlicher konnte er ja wohl nicht demonstrieren, dass sein Gewissen lupenrein war und vor lauter Sauberkeit nur so strahlte.

»Wir haben dich erwartet, Manni«, sagte Papenbrock, als ihn Kriminalassistent Berger in das Büro seines Chefs brachte.

»Ich möcht mich wegen gestern entschuldigen«, meinte Zasche bescheiden. »Zum Türmen hatte ich ja eigentlich gar keinen Grund. Aber als Sie so aus heiterem Himmel sagten, dass ich mitkommen sollte, dachte ich im Moment, Sie wollen mich verhaften, und da bin ich ganz einfach ausgerastet.«

»Immerhin sind noch ein paar Fragen zu klären und nur deshalb wollte ich, dass du mitkommst«, erwiderte der Hauptkommissar.

»Übrigens, es tut mir Leid, Herr Kriminalassistent, wenn ich Sie ein wenig auf die Seite geschubst habe«, meinte Zasche und zeigte ein betrübtes Gesicht.

»Ist schon vergessen«, entgegnete Berger, der auch heute wieder seinen zerknitterten Flanellanzug trug.

»Aber du bist jetzt nicht nur da, um dich zu entschuldigen«, mischte sich der Kommissar dazwischen. »Wenn du ganz ehrlich bist, platzt du fast vor lauter Neugier, oder?«

»Ja, ich bin tatsächlich neugierig, das gebe ich zu«, antwortete Zasche.

»Siehst du, ich bin's genauso«, sagte Papenbrock. Er betrachtete eine Weile die Asche seiner Zigarre. »Du musst deiner Freundin Yvonne erzählt haben, wo du deine Beute aus dem Warenhausraub versteckt hast –«

»Ja, ich war so dämlich«, gestand Zasche, fügte aber schnell hinzu: »Aber nicht sofort, erst viel später, und da war ich schon eingebuchtet –«

»Begreif ich nicht ganz«, meinte Assistent Berger.

»Ist vorerst aber auch nicht wichtig«, schaltete sich Papenbrock wieder ein. »Lass uns der Reihe nach vorgehen. Wie und wann bist du an das Schließfach in der UNION-Bank gekommen?«

»Das war die leichteste Übung«, berichtete Manni. »Sobald es sicher war, dass wir das Ding mit der Queen drehen würden, habe ich mich wieder einmal verkleidet und mit einer Perücke, falschem Bart und falschem Pass so einen Kasten gemietet. Und in der gleichen Maskerade hab ich dann schon am Montagmorgen, nachdem die Sache gelaufen war, das Geld da hingebracht. Man sollte mich nicht wieder erkennen, falls ein Fahndungsfoto von mir in der Zeitung abgedruckt würde. Und an diesem Montagmorgen waren Sie, Herr Hauptkommissar, ja noch nicht hinter mir her«, erklärte Zasche. »Aber als mir Ihre Männer dann so allmählich auf die Spur kamen und ich schließlich merkte, dass ich bei Yvonne nicht mehr sicher war und sie auch beschattet wurde, da hab ich gedacht, dass ich jetzt ganz sichergehen musste. Als das Mädchen mal wieder nicht in ihrer Wohnung war, brachte ich meinen Safeschlüssel mit einem Klebeband unter dem Plattenteller der Stereoanlage in Sicherheit. Selbst wenn man mich jetzt schnappen sollte, würde man mir nichts nachweisen können.«

»Aber wir konnten dann doch«, stellte Hauptkommissar Papenbrock fest. Er blickte durch den Rauch seiner Zigarre und kniff ein Auge zu.

»Ja, Sie konnten«, meinte Zasche. »Schon dass ich den Warenhauskoffer nicht gleich verbrannt habe, war unglaublich blöd gewesen.«

»Mit dem Safeschlüssel hast du uns allerdings angeschmiert«, gab Papenbrock zu und probierte, Rauchringe in die Luft zu zaubern. »Wir haben die Wohnung von dieser Yvonne nach deiner Verhaftung regelrecht auseinander genommen. Trotzdem sind wir mit leeren Händen wieder abgezogen.«

»Aber wir haben ja auch die Million gesucht«, warf Assistent Berger dazwischen, »also ein ziemlich großes Paket. Da guckt man in Schränke, Schubladen, kalte Öfen oder ins Spülbecken in der Toilette. Aber man kriecht nicht auf dem Fußboden herum und schraubt Stereoanlagen auseinander.«

»Wie ist deine Yvonne an den Schlüssel gekommen?«, fragte Papenbrock. Er zog an seiner Zigarre und hüllte sich aufs Neue in Rauch ein.

»Sie hatte mich anfangs ja sehr lieb und regelmäßig im

Knast besucht. Und bei so einem Besuch habe ich ihr, als uns der Wärter einmal kurz allein gelassen hat, ins Ohr geflüstert, wo der Schlüssel versteckt war. Ohne ihr allerdings auf die Nase zu binden, in welches Schloss er gehörte –« Er biss sich auf die Unterlippe. »Aber das musste ich auch nicht. Dämlicherweise ist nämlich neben der Nummer des Schließfachs auch der Name der Bank eingraviert. Und jetzt ist mir klar, warum ihr nächster Besuch eine ganze Weile auf sich warten ließ. In dieser Zeit nämlich muss sie das Geld aus dem Safe herausgeholt haben –«

»Sie hat einen der Angestellten in der Schließfachabteilung bezirzt«, erklärte der Hauptkommissar. »Das haben wir gestern noch bei der UNION-Bank herausgekriegt. Yvonne hat ja auch deinen falschen Pass, den du in ihrer Wohnung gelassen hast, und zusammen mit dem Schlüssel hat sie den Mann dazu gebracht, dass er sie an das Schließfach ließ.« Er betrachtete Zasche durch seinen Zigarrenrauch. »Yvonne ist ja Tänzerin und da hat sie vermutlich gewisse Reize, die einem Mann den Kopf verdrehen können –«

»Wem sagen Sie das«, stimmte Zasche mit einem traurigen Hundeblick zu und dann erzählte er weiter. »Jedenfalls hat sie mir den Schlüssel eines Tages mitgebracht, und zwar in einen Gugelhupf hineingebacken.« Er schüttelte den Kopf. »Da musste sie sich das Geld schon unter den Nagel gerissen haben.« Er blickte auf. »Die ganzen Jahre hindurch hab ich den kleinen Safeschlüssel dann durch alle Kontrollen gemogelt und nur auf diesen Tag gewartet –«

»Auf diesen gestrigen Mittwoch«, fiel Papenbrock ein. »Tja, dann wäre so weit alles geklärt. Ich hätte keine Fragen mehr, Manni. Du kannst gehen. Oder gibt's noch was, Herr Zasche?«

»Wenn's Ihnen nichts ausmacht, Herr Hauptkommissar«, druckste der strohblonde Mann herum und stand dabei bereits von seinem Stuhl auf. »Ich meine, Sie haben mich doch während meiner Zeit in der Scherzartikelfabrik nicht ständig durch Ihre Leute beobachten lassen. Das wäre doch fast zu viel der Ehre gewesen, vom Aufwand ganz abgesehen. Wieso haben Sie es dann trotzdem herausgekriegt, dass ich gestern die Geschichte endlich hinter mich bringen wollte?« Manfred Zasche drückte seine Hände ineinander, dass es in seinen Fingern nur so knackte. »Ich frage aus reinem Berufsinteresse, wenn Sie verstehen, was ich meine –«

»Verstehe ich«, antwortete der Kommissar und lächelte.

»Also, pass auf: Der freundliche, liebenswürdige angebliche Hausverwalter Bemmelmann, mein Lieber, ist nicht nur mein guter alter Freund Heinrich, er war auch Hauptkommissar hier bei uns und ist seit zwei Jahren pensioniert.« Papenbrock blies genussvoll weiter Rauchkringel in die Luft. »Pensionäre langweilen sich gelegentlich und sind für Abwechslung dankbar. Wobei noch hinzukommt, dass Bemmelmann wie verrückt auf seinem Steckenpferd Himmelskunde herumreitet und deshalb ein ganz ausgezeichnetes Fernrohr besitzt. Damit hat er deine Maskerade mit dem falschen Bart und der Perücke beobachtet. Du hast den Vorhang in deinem Zimmer zu spät zugezogen –«

»Ach, so einfach war das«, sagte Zasche mit einem schiefen Lächeln.

Auch Papenbrock lächelte und dann fragte er: »Was

werden Sie jetzt anfangen, ich meine, wie wollen Sie in Zu-kunft leben?«

»Fürs Erste bin ich ja bei meinem Freund Schulz und der Firma Mühlbach ganz prima untergebracht«, antwortete Manni. »Man wird sehen –«

In Wirklichkeit dachte Zasche natürlich keinen Augen-blick mehr an die Gartenzwerge in ihren Regalen und an die Zylinder mit dem doppelten Boden. Er ging nicht ein-mal ans Telefon, um Paule anzurufen, was ihm wirklich nicht leicht fiel. Aber es war für Schulz und seine Familie das Beste, wenn sie später ganz offen und ehrlich sagen konnten: Wir wissen von nichts.

Er hatte sich in einem Außenbezirk der Stadt einen Staubsauger samt verschiedener Werkzeuge besorgt, und als die Berliner am nächsten Abend zu ihren Theatern, Kinos oder Konzerten unterwegs waren, nahm Zasche Abschied von seinem Zimmer in der Rubensstraße. Er blickte sich noch einmal die Tapeten an, die kleine Koch-nische und den schmalen Balkon. Anschließend leistete er sich ein Taxi und ließ sich mit zwei Koffern in die Stadt kutschieren. Der eine war der aus Segeltuch, der ihn bereits in den Knast begleitet hatte. Der andere war neu und aus schwarzem Kunstleder.

Heute musste er sich nicht nach jedem Gesicht umdre-hen. Jetzt konnte er sicher sein, dass sich Papenbrock und seine Männer nicht mehr um ihn kümmerten.

Bei der »Melone« in der Uhlandstraße ließ er anhalten. Er winkte Wolf-Dieter zu sich, der, schmal, flink, ge-schmeidig und die Augen gleichzeitig auf alle Tische ge-richtet, durch das Lokal hüpfte.

Zasche gab dem Jungen sein Gepäckstück aus Segeltuch zur Aufbewahrung. »Ich komme wieder vorbei«, meinte er. »Aber es kann heute später werden.«

»Wir haben ja durchgehend geöffnet«, feixte der muntere Junge.

Als Manfred Zasche zusammen mit seinem Kunstlederkoffer zuerst in die Autoeinfahrt neben der UNION-Bank und dann in die Maschinenhalle unter dem Europa-Center gegangen war, lag die Kunsteisbahn im Licht der Scheinwerfer und Musik kam aus den Lautsprechern. Die Schlittschuhläufer zogen ihre mehr oder weniger eleganten Kurven und wagten gelegentlich auch einmal einen Sprung.

Zasche hätte sein Versteck neben der Rohrpostleitung auch mit verbundenen Augen wieder gefunden. Er verschloss die kleine, rot gestrichene Metalltür hinter sich, drehte zweimal den Schlüssel herum und packte seinen Koffer aus.

Schon eine Viertelstunde später hörte er das Sauggeräusch der Anlage und dann das ankommende Gepolter. Als es zusammen mit dem Geräusch des Sogs immer lauter wurde und ihn der Lärm mit voller Stärke erreicht hatte, versetzte er blitzschnell dem Rohr, durch das in diesem Augenblick eine Geldbombe ihren Weg in den Tresorraum nahm, zwei gut gezielte, heftige Schläge mit dem Eisenhammer.

Ein Stück Kunststoff fast in der Länge eines guten Meters war in tausend Scherben herausgesplittert.

Zasche hatte keine Zeit zu verlieren. Nicht in diesem Moment und auch nicht im Hinblick darauf, dass diese

Schwachstelle der Anlage bereits ab Montag umgebaut werden sollte. Nur deshalb hatte er sich ja so schnell entscheiden müssen. Etwas mehr Sorgfalt für die Vorbereitung wäre ihm lieber gewesen.

Jedenfalls lief bisher alles wie geschmiert. Besser hätte das Ding überhaupt nicht laufen können.

Nach den Hammerschlägen hatte Manni eine Weile atemlos gewartet und sich nicht von der Stelle gerührt. Aber als er dann sicher sein durfte, dass man nicht auf ihn aufmerksam geworden war, kam Leben in ihn.

Er hatte aus seinem Zimmer in der Rubensstraße seinen Kopfkissenüberzug mitgebracht. Den hängte er jetzt in das aufgeschlitzte und zertrümmerte Rohr, sozusagen wie ein Fangnetz oder einen Sack. Nach einer Viertelstunde ließ sich das saugende Geräusch der Anlage wieder hören, dann folgte das Poltern und kurz darauf plumpste die erste Geldbombe mit einem sanften Plopp in Zasches Kopfkissenbezug.

Die geleerte Hülse schickte er nach einer Weile wieder in den oberen Kassenraum neben dem Spielsaal zurück.

Das flutschte so einfach, dass es kaum zu fassen war. Er brauchte nur den mitgebrachten Staubsauger dazu. Entsprechend umgeschaltet, pustete er seinen Luftschwall aus sich heraus, anstatt damit zu saugen. Diesen Trick hatte ihm eines seiner Telefonate mit den Rohrpostfirmen eingebracht, als eine davon ihre Konkurrenz schlecht machen wollte. »Manche Anlagen sind noch so haarsträubend primitiv, dass Sie die Sauganlage schon durch einen gewöhnlichen Staubsauger ersetzen können.« Bei dieser Erklärung hatte es in Zasches Hinterkopf geklingelt.

Droben im Kasino saßen inzwischen elegant und weniger elegant gekleidete Besucher an den Spieltischen unter den Messingglocken mit ihrem blendfreien Licht. Über zwanzig Croupiers ließen die Roulettekugeln rollen, der Bakkaratsaal war schon seit Stunden hoffnungslos überfüllt, die livrierten Saalpagen hatten alle Hände voll zu tun und den Männern im Kassenraum ging es nicht viel besser.

Mit schöner Regelmäßigkeit plumpsten die Geldbomben in den Kopfkissenüberzug von Manfred Zasche. Er schickte die Hülsen jedes Mal wieder nach oben zurück, wo sie immer wieder neu mit Geldscheinen gefüllt wurden. Wohlgemerkt mit Geldscheinen ohne Seriennummern, mit Scheinen, die gebraucht waren.

Und immer wenn die geleerten Bomben in den oberen Kassenraum zurückkamen, mussten die Männer dort annehmen, dass das abgeschickte Geld sicher in den Tresoren gelandet war.

So zwischendurch ließ Zasche auch mal die eine oder andere Bombe ungehindert an sich vorbei in die Tiefe zischen. Die Herrschaften im Keller sollten ja nicht zu früh misstrauisch werden.

Genau fünfzehnmal fing Manfred Zasche in seinem Kopfkissenüberzug ab, was eigentlich ein paar Etagen tiefer landen sollte. Dann machte er Schluss.

»Man muss im richtigen Augenblick aufhören können«, sagte er zu sich selbst. Allmählich war ihm die ständige Warterei ohnehin auf den Wecker gefallen, denn es konnte nicht mehr allzu lange dauern, bis die Kassierer aus dem Keller oben nachfragen würden, wo denn heute die Bomben blieben.

Zasche ließ alles so liegen, wo und wie es gerade lag. Den Staubsauger, Hammer, Schraubenschlüssel, Kunstleder-koffer, eine Zange und den Kopfkissenüberzug. Wenn der Schlamassel entdeckt wurde, war er ohnehin schon über alle Berge. Und diesmal so, dass Papenbrock nur noch dumm aus der Wäsche gucken konnte.

Zasche hatte das Geld aus den Bomben schon laufend in die mitgebrachte Tasche aus dem dünnen Kunststoff ge-packt. Sie war ziemlich voll geworden. Jetzt verschloss er sie mit dem Reißverschluss. Anschließend reparierte er noch, soweit es eben ging, die Bruchstelle an dem Rohr der Sauganlage, und zwar mit einem Stück Dachpappe, das er vorsorglich mitgebracht hatte, und mit einer Rolle Klebe-band, das er mehrfach um Rohr und Pappe wickelte. An-schließend bestrich er das Ganze mit einer flüssigen Festi-gungsmasse, die beim Trocknen knochenhart wurde. Das Rohr sah an seiner Bruchstelle jetzt aus wie ein Gipsbein. Vielleicht würde die Anlage auf diese Art weiterfunktio-nieren. Er konnte also damit rechnen, dass die Spielbank erst beim Nachzählen ihrer heute so auffallend niedrigen Einnahmen argwöhnisch wurde.

Es war inzwischen kurz nach Mitternacht. Aber der Kurfürstendamm war noch mit Menschen und Autos be-völkert. An den Kinos standen Besucher zu den Spätvor-stellungen Schlange, man saß noch draußen vor den Loka-len bei einem Glas Bier, bummelte auch nur so über die Gehsteige und blickte in die immer noch hell erleuchteten Schaufenster, in denen sich die Lichter der Leuchtreklame spiegelten.

In der »Melone« allerdings stellte Wolf-Dieter im hinteren Teil der Kneipe bereits sehr behutsam die Stühle auf die leeren Tische. Die wenigen Gäste, die noch weiter vorn bei den Spielautomaten saßen, sollten um Himmels willen nicht das Gefühl bekommen, dass man sie jetzt so ganz allmählich hinauskomplimentieren wollte.

Manfred Zasche setzte sich an einen Tisch nicht weit von der Theke entfernt. Dabei schob er sich seine Handtasche aus dem hauchdünnen Kunststoffmaterial zwischen die Beine. Und zwar so, dass er sie jederzeit von links und von rechts mit seinen Fußknöcheln spüren konnte.

»Guten Abend, Herr Konopka«, sagte Zasche, als er Platz genommen hatte.

»Nanu, so spät noch?«, fragte der Wirt. »So kennen wir Sie ja gar nicht.«

»Es ist heute nicht alles so gelaufen, wie es sollte«, meinte der groß gewachsene Mann mit den strohblonden Haaren. »Ist es schon zu spät oder kann ich noch eine Erbsensuppe mit Würstchen bekommen?«

»Für unseren Stammgast Zasche machen wir doch selbstverständlich eine Ausnahme«, sagte Herr Konopka und rief hinter sich in die Küche: »Eine Erbsensuppe mit Würstchen, Mutter.«

»Und ein großes Bier«, vervollständigte Manni seine Bestellung. »Ich könnte momentan glatt eine Wasserleitung leer saufen.«

»Na, da müssen Sie ja einiges erlebt haben«, erwiderte Herr Konopka. »Aber ich will nicht fragen.« Er lachte und verschwand hinter seiner Theke.

»Guten Abend, Herr Zasche«, grüßte jetzt auch der flinke und viel zu junge Aushilfskellner Wolf-Dieter. »Soll ich die Tasche unter dem Stuhl zu Ihrem Segeltuchkoffer bringen? Muss doch unbequem sein, das Ding ständig zwischen den Beinen zu haben.«

»Mach dir keine Umstände, mein Sohn, du hast sowieso alle Hände voll zu tun.« Zasche grinste und blinkerte freundlich mit dem linken Auge. »Das fehlte gerade noch, dass du auch noch den Gepäckträger spielst!«

»Wäre mir aber ein Vergnügen«, bemerkte der hellwache Junge mit den etwas abstehenden Ohren.

Glücklicherweise wurde er in diesem Augenblick zu einem anderen Tisch gerufen. Dort saßen noch ein paar Männer beim Skat. »Vier Bier und vier Klare dazu!«

»Vier Bier, vier Klare«, wiederholte Wolf-Dieter und trollte sich.

Eine halbe Stunde später war die »Melone« so gut wie leer.

Die Skatbrüder machten gerade ziemlich laut die Tür hinter sich zu. Eine Weile hörte man sie noch von der Straße her beschwipst durcheinander reden. Dann fingen sie zu singen an und entfernten sich.

Vater Konopka hatte inzwischen zusammen mit seiner Frau am Tisch von Manfred Zasche Platz genommen. Beide spürten vom langen Stehen ihre Beine, und weil sie hundemüde waren, gähnten sie immer wieder.

»Noch ein Bierchen zum Einschlafen«, hatte der Wirt zuvor gesagt und jetzt prosteten sich die drei gegenseitig zu.

Wolf-Dieter balancierte mittlerweile schwungvoll die letzten Stühle auf die abgeräumten Tische. Wenn man sich jetzt in der »Melone« umblickte, sah man nur noch Stuhlbeine in die Luft ragen.

»Ich hab heute Nacht leider ein Problem«, meinte Manfred Zasche auf einmal so ziemlich aus heiterem Himmel. Er druckste eine Weile herum, bevor er weitersprach. »Kennen Sie vielleicht in der Nähe eine Pension? Ich müsste für diese Nacht noch irgendein Bett auftreiben –«

»Dazu ist es aber schon verdammt spät«, gab Wolf-Dieter zu bedenken. Er hatte sich inzwischen mit einer Flasche Coca-Cola zu den Übrigen gesetzt. »Das wird nicht gerade leicht sein.«

»Ich bin nämlich heute Knall auf Fall aus meinem Zimmer ausgezogen«, schwindelte Manni Zasche. »Meine Vermieterin hat auf einmal durchgedreht und verrückt gespielt. Der Anlass war geradezu idiotisch. Ich hätte mit meinem Haarwasser durch die Gegend gespritzt wie die Feuerwehr und dabei Flecken auf ihrem nagelneuen Nussbaumschrank fabriziert. Die Politur sei dadurch restlos im Eimer und das koste mich mindestens einen halben Tausender. Im Übrigen sei für mich am Ersten der Letzte.« Zasche nahm einen Schluck aus seinem Bierglas. »Da hab ich meine Klamotten zusammengepackt, als sie heut Nachmittag zu irgendeinem Kaffeeklatsch abgezwitschert war, und bin stiften gegangen. Ich lass mich doch nicht von einer Vogelscheuche in die Pfanne hauen!«

»Wenn's nur für eine Nacht ist, können Sie bei uns bleiben«, meinte der Wirt der »Melone« nach einer Weile. Dabei wischte er sich mit dem Taschentuch seine Lachtränen aus den Augen. »Bevor wir jetzt erst lange nach einer Pension herumtelefonieren, liegen wir schon alle in der Klappe.«

»Aber das kann ich Ihnen doch nicht zumuten«, protestierte Zasche halbherzig. In Wirklichkeit hatte er ja mit dieser Einladung gerechnet.

»Leider können wir nicht mit einem Gästezimmer dienen«, sagte Mutter Konopka. »Und Frühstück gibt's morgen auch nicht vor zehn. Am Vormittag bleibt unser Lokal ja geschlossen, wie Sie wissen, und da pennen wir dann, bis uns die Decke auf den Kopf fällt. So, und jetzt kommen Sie mit. Mir fallen gleich die Augen zu.«

Sie zauberte mit einem Leinentuch, einer Decke und einem Kissen aus dem breiten Sofa im Wohnzimmer im Handumdrehen ein fabelhaftes Bett und wünschte zusammen mit ihrem Mann eine gute Nacht.

»Jetzt fehlt mir nur noch mein Segeltuchkoffer zum Glück«, meinte der strohblonde Mann, bevor sich auch Wolf-Dieter zurückziehen wollte. »Seife, Zahnbürste und so weiter, du verstehst –«

»Eine Sache von Sekunden«, erwiderte der flinke Knabe und trabte los. Als er zurückkam, stand Manni Zasche immer noch so, wie Wolf-Dieter ihn verlassen hatte: in der Mitte des Konopkaschen Wohnzimmers, die Kunststofftasche zwischen seine Beine geklemmt.

»Bitte sehr«, grinste Wolf-Dieter, machte eine übertriebene Verbeugung und stellte den Segeltuchkoffer neben die Stehlampe auf den Teppich. »Ganz schön schwer –«

»Es läppert sich halt zusammen, wenn man sein Zimmer wechselt«, meinte Zasche.

Als sich der Junge anschließend nebenan auszog, sah er in seinen Gedanken plötzlich den strohblonden Mann vor sich, wie er mit seiner Reißverschlusstasche zwischen den Beinen während des ganzen Abends auf seinem Stuhl in

220

der »Melone« gesessen hatte. Und auch jetzt, als er mit dem schweren Segeltuchkoffer zurückgekommen war, hatte Zasche mit dieser verflixten Tasche zwischen den Füßen auf ihn gewartet. Komisch, überlegte er, während er sein Hemd und dann seine Hose über eine Stuhllehne warf. Aber da er beinahe im gleichen Augenblick unter die Dusche tauchte, war es mit dem Nachgrübeln auch schon wieder vorbei. Denn nun hüpfte er von einem Bein aufs andere, krümmte den Rücken, wenn er das Wasser auf heiß drehte, und bibberte, bis er eine Gänsehaut bekam, wenn er auf kalt umschaltete.

Später dann im Bett knipste er die Nachttischlampe an und angelte automatisch mit der linken Hand zur Seite. Aber leider ins Leere.

Wolf-Dieter warf die Decke zurück und schwang seine Beine über die Bettkante. Barfuß schlich er sich in den Flur und dachte sich nichts dabei, als er, ohne anzuklopfen, die Tür zum Wohnzimmer öffnete.

»Entschuldigen Sie, aber wie ich sehe, haben Sie ja noch nicht geschlafen«, sagte der Junge mit den nackten Füßen. Zasche stand, über den Tisch gebeugt, mit dem Rücken zu dem Jungen. Er federte blitzartig herum und für einen ganz kurzen Augenblick blitzte es ziemlich wütend aus seinen Augen. Aber schon im Bruchteil einer Sekunde hatte er sich wieder gefasst und fragte so freundlich wie immer: »Bist du als Schlafwandler unterwegs oder was gibt's?«

»Es ist zu blöd«, erklärte Wolf-Dieter, »aber vor dem Einschlafen muss ich jeden Abend ein paar Seiten lesen. Und leider war ich mit dem Buch, das ich momentan am Wickel hatte, heute Vormittag hier im Wohnzimmer. Es liegt sonst immer auf meinem Nachttisch. Aber ausgerechnet heute –«

Der Junge hatte sich währenddessen umgeblickt und war dabei auch näher gekommen.

»Kein Beinbruch, ich hab ja tatsächlich noch nicht geschlafen«, meinte Manfred Zasche. »Wenn ich wüsste, welches Buch du suchst, könnte ich dir ja helfen. Aber leider bin ich kein Hellseher.« Er lächelte und drehte sich wieder um. Beinahe gleichzeitig nahm er eine zusammengefaltete Zeitung, die auf dem Tisch lag, und deckte irgendetwas mit ihr zu. Nicht gerade hastig, aber doch schnell genug, um vor den Augen des Jungen etwas zu verbergen.

Aber der Trick funktionierte nur so halb.

Wolf-Dieter tat weiterhin so, als würde er lediglich am Auffinden seines Schmökers interessiert sein. Dabei konnte er es sich allerdings nicht verkneifen, auch gelegentlich über den Tisch zu linsen, und jetzt entdeckte er die Ecke eines Flugscheins, den die Zeitung nicht ganz unter sich versteckt hatte.

Und der Junge wusste, wie Flugscheine aussehen. Schließlich war er in den Sommerferien schon zweimal mit seinen Eltern nach Mallorca gejettet.

»Ich muss Sie nicht länger stören«, meinte Wolf-Dieter beinahe im gleichen Augenblick, in dem er seine Beobachtung gemacht hatte. Er nahm ein Buch in die Hand, das auf dem Fensterbrett lag.

»Gepäckschein 666«, sagte Zasche, der den Titel auf dem Umschlag lesen konnte. »Wohl ziemlich spannend, nehme ich an?«

»Es lässt sich aushalten«, erwiderte der Junge mit den

nackten Füßen und fragte anschließend ein wenig hinterhältig: »Soll ich Ihnen ein zweites Kissen besorgen?«

Manfred Zasche hatte nämlich auf dem Sofa die Reißverschlusstasche unter sein Kopfkissen geschoben.

»Danke, es geht auch so«, wimmelte Zasche die Frage ab. »Ich bin's halt gewohnt, dass mein Kopf beim Schlafen nicht so flach liegt. So, und jetzt endgültig ins Bett, würde ich vorschlagen.«

»Nochmals gute Nacht«, wünschte Wolf-Dieter. Auf dem Flur schüttelte er noch verwundert den Kopf, aber bevor er sich weitere Gedanken über seinen Zimmernachbarn machte, schmökerte er bereits im »Gepäckschein 666« herum. Eine Viertelstunde lang. Dann schlief er ein, das Buch rutschte ihm aus den Händen und die Nachttischlampe brannte weiter.

Am nächsten Morgen war Vater Konopka als Erster auf den Beinen. Er riss in der Kneipe die Fenster auf, um frische Luft in sein Lokal hereinzulassen, und öffnete die Tür zur Straße.

»Das ist ja heute ein Nebel wie in London«, murmelte er. »Man sieht ja kaum die andere Straßenseite –«

Er atmete tief durch und erst dabei fiel der Groschen.

»Moment mal«, knurrte Vater Konopka. »Da stimmt doch was nicht.« Er trat ins Lokal zurück und machte die Tür zu. Der Schlüssel steckte, überlegte er, aber ich bin ganz sicher, dass die Tür nicht abgeschlossen war. Sollten wir tatsächlich heute Nacht verschwitzt haben, den Laden dichtzumachen?

Aber dann entdeckte er auf der Theke ein Stück Papier, das alles erklärte.

»Liebe Familie Konopka«, stand da auf der Rückseite einer Speisekarte mit einem Kugelschreiber hingekritzelt. »Herzlichen Dank für Ihre großzügige Gastfreundschaft. Ich habe mich schon früh auf die Socken gemacht, um ein neues Zimmer zu finden, damit ich Ihnen nicht noch einmal auf den Wecker fallen muss. Ihr Manfred Zasche.«

»Komischer Kauz«, murmelte Vater Konopka.

»Ja, sehr sonderbar«, meinte eine halbe Stunde später seine Frau, als er ihr Zasches Brief in der Küche vorgelesen hatte, während sie gerade den Kaffee aufbrühte.

Ihr Sohn Wolf-Dieter bemerkte nur: »Dass ich nicht kichere.« Und dann prophezeite er: »Vermutlich werden wir unseren Herrn Zasche nicht so schnell wieder sehen.«

## Noch sechs Tage für Krumpeter

Am frühen Morgen, genau um vier Uhr zweiunddreißig, als in den Bäumen am Ku'damm die ersten Vögel zwitscherten, hatten sich die Herren der Spielbank über die geringen Einnahmen gewundert und nach dem ersten Kassensturz ungläubig die Köpfe geschüttelt.

»Dabei waren doch alle Säle überfüllt«, meinte der Direktor. »Irgendetwas stimmt da nicht –«

Und im selben Moment, als er das sagte, fiel die Rohrpostanlage aus.

So lange hatte das Provisorium von Zasche gehalten.

Die Techniker trabten los und im Keller bei den Tresoren war man genauso ratlos wie oben im Kassenraum neben den Roulettetischen.

224

Vier Uhr sechsundvierzig wurde die Bruchstelle im Rohr entdeckt und selbstverständlich auch all das, was Manfred Zasche zurückgelassen hatte.

Fünf Uhr elf traf Hauptkommissar Papenbrock zusammen mit seinem Schatten Helmut Berger am Tatort ein.

»Eine Katastrophe«, jammerte der Spielbankdirektor. »Ausgerechnet heute noch –«

»Was heißt denn ›ausgerechnet heute noch‹, Herr Direktor?«

»Montag früh wird die Anlage unter Beton gelegt, dann hätte nichts mehr passieren können. Aber so zahlt die Versicherung keine müde Mark.«

»Ein Volltreffer«, stellte der Hauptkommissar sachlich fest. »Natürlich gibt es keinerlei Verdacht?«

»Nicht dass ich wüsste –«

»Machen Sie sich auf einiges gefasst«, bemerkte Hauptkommissar Papenbrock. »Leider wird die ganze Stadt Tränen über Sie lachen.«

Und so war es dann auch. Bereits die Morgenzeitungen erschienen mit Schlagzeilen wie »GELDREGEN IM KOPFKISSENÜBERZUG« oder »SPIELBANK ABGE-SAUGT«.

»Schöne Schweinerei«, schimpfte Vater Konopka in seiner »Melone« beim Familienfrühstück. Aber als er dann anfing Einzelheiten vorzulesen, begann er doch zu schmunzeln und schließlich schlug er sogar mit der flachen Hand auf den Tisch. »Hut ab, aber die Idee ist Spitze. Da kann man sagen, was man will!«

»Mein Kaffee ist übergeschwappt«, bemerkte Mutter Konopka vorwurfsvoll.

»Und ich muss jetzt los«, verkündete Wolf-Dieter. »Auch wenn die ersten beiden Stunden ausfallen, weil Knoxe krank ist –«

»Für dich immer noch dein Mathelehrer Dr. Knox«, unterbrach ihn Vater Konopka.

Der Nebel hing wie eine graue Suppe in den Straßen. Der Verkehr kroch dahin wie eine lahme Ente und alle Autos hatten die Scheinwerfer an.

Auch Wolf-Dieter konnte auf seinem Mofa nur vor sich hin schleichen.

Dabei gingen ihm unter seinem gelben Schutzhelm eine ganze Menge Gedanken durch den Kopf und alle drehten sich um Manni Zasche. Es gab überhaupt keinen Zweifel für ihn, dass er es war, der die Spielbank abgestaubt hatte. Aber es sah ganz so aus, als ahnte das außer ihm kein anderer.

Einerseits hatte der Kerl geklaut und das jetzt schon zum zweiten Mal, überlegte der Junge mit den etwas abstehenden Ohren, als er später in seiner Schule durch den Korridor trabte. Andererseits ist dieser Manni Zasche ein wirklich netter Bursche und er war immer freundlich zu ihm. Kann man nicht anders sagen. Zudem ist er Stammgast in der »Melone« gewesen –

Als es längst geläutet hatte und Studienrat Brinkmann bereits dabei war, die besonderen Eigenschaften von Wasserstoff und seine Zusammensetzung zu erklären, war Wolf-Dieter mit seinen Überlegungen zu einem Ergebnis gekommen: Er ist und bleibt ein Ganove, wie man es auch dreht, daran ist nicht zu rütteln.

Er streckte seine rechte Hand in die Luft und bat um die Erlaubnis, austreten zu dürfen.

»Aber der Unterricht hat doch gerade erst angefangen«, wunderte sich Studienrat Brinkmann.

»Leider trotzdem«, erwiderte Wolf-Dieter und grinste. Aber er stiefelte natürlich nicht zur Toilette. Er galoppierte zu der Telefonzelle im Erdgeschoss dicht neben dem Eingang.

Schon eine Viertelstunde später holte ihn der Schuldirektor persönlich aus dem Unterricht. »Zwei Herren von der Kripo wollen dich sprechen«, sagte er. »Falls du etwas angestellt hast, alarmiere ich deine Eltern, wenn du das willst.«

»Das wird nicht nötig sein, Herr Direktor«, antwortete Wolf-Dieter. »Aber besten Dank.«

»Na, dann lasse ich Sie jetzt mit dem Schüler Konopka allein«, meinte der Direktor zu den zwei Herren, die im Korridor an einem Fensterbrett lehnten und warteten.

»Papenbrock«, sagte der Ältere von den beiden, »Hauptkommissar bei der Kripo –«

»Berger«, stellte sich der jüngere Mann mit einer etwas schiefen Nase vor. »Du hast unsere Zentrale angerufen und die hat uns über Funk angepiepst. Also, was weißt du?«

»Moment mal«, unterbrach Papenbrock seinen Schatten. »Wir haben doch genügend Zeit.« Und jetzt plauderte er mit Wolf-Dieter vorerst einmal über die Schule im Allgemeinen, dann über den augenblicklichen Unterricht im Besonderen. Schließlich erkundigte er sich nach seinen Eltern und erfuhr dabei, dass die »Melone« Wolf-Dieters Vater gehörte. Auf diesem Umweg landete der Kommissar am Ende bei Manfred Zasche. Damit war der Moment für den jungen Konopka gekommen. Er berichtete genau und der Reihe nach, was er in der vergangenen Nacht beobachtet hatte. Einerseits in der Kneipe und dann später im Wohnzimmer.

»Du kannst ja wirklich zwei und zwei zusammenzählen«, lobte Papenbrock. Er fingerte eine Zigarre aus seinem Jackett. »Tja, Manfred Zasche«, meinte er nachdenklich. »Nach allem, was du uns von ihm erzählt hast, ist es dir nicht ganz leicht gefallen, ihn zu verpfeifen?«

»Und ich bin auch jetzt noch nicht sicher, ob es so richtig war –«

»Wenn's dein Gewissen beruhigt«, lächelte Papenbrock, »wir wissen schon seit heut Morgen, wer das Ding beim Spielkasino gedreht hat. Zasche hat am Tatort jede Menge Fingerabdrücke hinterlassen. Er hat sich gar nicht die Mühe gemacht, seine Spur zu verwischen. Er muss sich sicher gewesen sein, dass er dieses Mal verschwunden ist, bevor wir hinter ihm her sind –«

»Da fällt mir aber direkt der berühmte Stein vom Herzen«, bemerkte der Junge ein bisschen geschwollen. »Ich meine, dass Sie auch ohne mich auf Manni Zasche gekommen sind –«

»Mehr noch«, mischte sich der Assistent Berger wieder ein. »Er sitzt bereits hinter Schloss und Riegel und sein geraubtes Geld haben wir auch.«

»Stimmt«, versicherte der Hauptkommissar. »Wir kommen gerade vom Flugplatz. Der Nebel war sein Pech. Tegel ist vollkommen zu und heute hat bisher noch keine einzige Maschine starten können. Zasche saß in der Abflughalle wie in einem Käfig, als wir gekommen sind –«

»Auf dem Flugplatz Tegel«, wiederholte Wolf-Dieter und blickte durchs Fenster in den leeren Schulhof hinaus. »Und sitzt schon wieder, der Blödmann –«

»Jetzt mach kein so belämmertes Gesicht«, sagte Papenbrock, »schließlich und immerhin ist er –«

»Heut ist vielleicht was los«, meinte der Assistent, während er das Walkie-Talkie ans Ohr nahm. »Ja, hier ist Berger, was gibt's?«

»Morlock vom Erkennungsdienst«, quakte eine Stimme. »Muss dringend den Hauptkommissar sprechen –«

Papenbrock ließ sich das Gerät geben. »Da hast du mich, Morlock, schönen guten Tag.«

»Ja, ich glaub, es wird wirklich ein schöner und guter Tag für Sie, wenn Sie hören, was ich zu melden habe«, schepperte die Stimme weiter. »Wir haben heute Nacht eine ganze Fälscherwerkstatt ausgehoben. Ihr Boss ist ein gewisser Habermeyer, Sie werden es nicht glauben, Doktor und Zahnarzt, mit einer schicken Villa in Dahlem. Im Erdgeschoss die feudale Praxis und im Keller hat er zusammen mit zwei anderen Typen am laufenden Band und für sündhaft viel Geld alle nur denkbaren Papiere, Urkunden, Ausweise und auch Pässe gefälscht. Wir sind schon eine halbe Ewigkeit hinter dem Burschen her gewesen –«

»Ist ja sehr interessant, lieber Morlock«, unterbrach ihn Papenbrock, »aber was geht mich das an?«

»Eine ganze Menge, wenn Sie noch zwei Minuten Geduld haben –« Für ein paar Sekunden deckte ein Summton die Stimme zu, aber dann war sie wieder da. »Also, Sie suchen doch immer noch fieberhaft den zweiten Mann von dem Geldraub im KaDeWe –«

229

»Das weiß inzwischen jede Rotznase«, grollte der Hauptkommissar. »Komm doch endlich zur Sache –«

»Aber diesen Mann können Sie nur finden, wenn Sie den Namen kennen, mit dem er unterwegs ist. Den Namen in seinem falschen Pass –«

»Spann mich nicht auf die Folter.«

»Dann, um es kurz zu machen –« Die Stimme war jetzt wieder so klar zu hören, als rufe sie aus dem Nebenzimmer. »Unser Zahnarzt in Dahlem hat seinerzeit auch die Pässe von Zasche und diesem Krumpeter gefälscht. Und sein neuer Name in dem gefälschten Pass ist Andreas Kolbe –«

»Andreas Kolbe«, wiederholte Papenbrock. »Du bist ein Engel, Morlock. Ja, du hast mir wirklich einen schönen, guten Tag geschenkt. Tschüss, mein Lieber –«

»Hosianna«, jubelte Assistent Berger und steckte das Funkgerät wieder in seine Jackentasche.

»Wir geben dich jetzt deinem Unterricht und dem Wasserstoff zurück«, sagte Papenbrock zu Wolf-Dieter und legte ihm die Hand auf die Schulter. Er hatte es auf einmal sehr eilig. »Und was du gehört hast, hast du nicht gehört. Verstanden?«

»Ehrenwort«, versicherte Wolf-Dieter.

»Nächstens verabreden wir uns zu Kaffee und Kuchen, ja?«

»Oder zu einem Eisbein in der ›Melone‹, unsere Eisbeine sind einsame Klasse –«

Aber da waren Papenbrock und sein Schatten bereits im Laufschritt auf dem Weg zum Hauptportal. Zwischendurch schlitterten sie immer wieder mal ein Stück über den glatten Korridorboden, als ob es Glatteis wäre. Sie waren in Hochstimmung.

Und jetzt ging alles Schlag auf Schlag.

Schon eine halbe Stunde später war Interpol eingeschaltet und fahndete daraufhin bei allen wichtigen Polizei- und Geheimdienststellen nach einem jüngeren Mann, etwa dreißig Jahre alt, ein Meter neunzig groß und hellblond, mit dem falschen Pass auf den Namen Andreas Kolbe.

Bei der Beschreibung hatte sich Hauptkommissar Papenbrock Manni Zasche vorgestellt. Die beiden sollten sich ja wie Zwillinge ähnlich sehen.

Zuerst kam eine Antwort aus Helsinki. Da stimmte wohl der Name, aber der betreffende Mann war schon sechzig Jahre alt, und ein anderer Andreas Kolbe, der in Hongkong lebte, war Kanadier und sprach kein Wort Deutsch.

Aber dann meldete sich das französisch-polynesische Gouvernement aus Papeete. Und damit war es eigentlich schon passiert. Ein junger Deutscher, auf den die angegebene Beschreibung zutreffen könnte, sei unter dem fraglichen Namen als wohnhaft auf der Insel Fakarava und mit einer gültigen Aufenthaltserlaubnis registriert.

Jetzt legte Papenbrock los.

Auf dem Weg zum Polizeipräsidium schaltete er an seinem Wagen das Blaulicht ein und fuhr zweimal bei Rot über die Kreuzung.

In seinem Büro stieß er die Tür zum Vorzimmer auf. »Es gibt Arbeit, Frau Kiebusch!«, rief er, stürzte an seinen Schreibtisch und riss den Hörer vom Telefon. »Hallo, Zentrale, hier Papenbrock. Versuchen Sie die Präfektur oder die Polizei von Papeete zu erreichen, aber dalli, wenn ich bitten darf –« Er wechselte den Hörer von einem Ohr zum anderen. »– Schön, ich buchstabiere – P wie Paul, A wie Anton –«

Inzwischen stand Frau Kiebusch im Zimmer. Sie war so um die fünfzig Jahre alt und schon seit einer halben Ewigkeit die Sekretärin des Hauptkommissars. »Sie sind ja ganz aus dem Häuschen«, sagte sie. »Um was für eine Arbeit handelt es sich?«

»Zuerst brauche ich einen der Direktoren von der ›Universum-Versicherung AG‹ am Telefon und dann versuchen Sie bei den Reisebüros, oder wo immer Sie wollen, herauszukriegen, wie man auf dem schnellsten Weg zu einer Insel mit dem Namen Fakarava kommt. Das muss irgendwo in Tahiti sein –«

»Hab ich richtig gehört, Fakarava?«

»Ja, Fakarava, Frau Kiebusch«, wiederholte Papenbrock ein wenig ungnädig.

»Also schön, Fakarava«, murmelte die Sekretärin, als sie sich schon umdrehte und hinter der Tür zu ihrem Vorzimmer verschwand.

Kriminalassistent Berger fingerte schon, seitdem er mit seinem Chef ins Büro gekommen war, an der Tastatur des Faxgeräts herum und versuchte die Zentrale von Interpol zu erreichen.

Inzwischen hatte sich Papenbrock beim Warten eine Zigarre angezündet. Gleich danach klingelte neben seinem Ellenbogen das Telefon.

»Ihr Gespräch nach Papeete«, ließ sich die Telefonzentrale hören.

»Es scheint dort mitten in der Nacht zu sein –«

Der Hauptkommissar kratzte sein ganzes Schulfranzösisch zusammen und meldete sich. Er klemmte sich dabei den Hörer zwischen Nacken und Schulter, um seine Hände frei zu haben. Er holte einen Notizblock heran und griff nach einem Kugelschreiber.

»Ici commissaire Papenbrock de la police Berlin –«

Es zeigte sich, dass im Augenblick lediglich eine Art Bereitschaftsdienst die Telefone bediente. Immerhin konnte Papenbrock für die zuständigen Kollegen die Frage hinterlassen, ob der gesuchte Andreas Kolbe vor etwa viereinhalb Jahren nach Tahiti gekommen sei.

Sollte es sich so verhalten, dann wäre das für den Hauptkommissar der sichere Beweis, dass der Mann auf Fakarava tatsächlich Ekke Krumpeter war.

Erst so runde zehn Stunden später, als Berlin längst in den Straßen und in den Schaufenstern die Lichter eingeschaltet hatte, kam ein Anruf aus Tahiti und jetzt gingen mehrere Gespräche hin und her. Schließlich meldete sich auch Interpol aus New York. Und von beiden Seiten wurde das Datum für die erteilte Aufenthaltsgenehmigung bestätigt.

»Also, vor genau vier Jahren und ein paar Monaten«, stellte Papenbrock fest. »Herrschaften, das Warten hat sich gelohnt!«

»Wir haben heute mehr in der Weltgeschichte herumtelefoniert als sonst in einem ganzen Jahr«, bemerkte Frau Kiebusch.

Sie hatte mittlerweile wohl schon mehr als ein Dutzend Mal Kaffee gemacht und der Rauch von Papenbrocks Zi-

garre hing wie eine dicke graue Wolke über der Schreibtischlampe.

»Haben Sie den Kollegen in Papeete angedeutet, weshalb wir hinter Krumpeter her sind?«, fragte Kriminalassistent Berger, während er den Knopf an seinem Hemdkragen aufmachte.

»Da müsste ich ja ein ausgemachter Idiot sein«, erwiderte der Hauptkommissar. »Er habe eine kleine Erbschaft
gemacht, sagte ich und deshalb suchten wir ihn.«

Papenbrock warf den Kopf zurück und brach in schal-
lendes Gelächter aus.

»Jetzt kommt es also nur auf die Versicherung an, ob Sie
auf die Reise gehen oder nicht?«, fragte Berger.

»Wenn es dazu kommt, bist du natürlich mit dabei, das
hab ich den Herren klargemacht. Ich kann doch nicht ohne
meinen Schatten um die halbe Welt gondeln –«

Die Berliner Kripo hatte selbstredend nicht genügend
Geld in der Kasse, um eine solche Reise für die Beamten finanzieren zu können. Obgleich sie und auch Papenbrock
sich die Verhaftung von Krumpeter liebend gern an den
Hut gesteckt hätten. Die Zeitungen hatten lange genug gegen die Polizei gestänkert.

Dagegen war die »Universum-Versicherung AG« nur
am Geld interessiert. Es war ihr ganz piepegal, ob Krumpeter verhaftet wurde oder nicht. Sie hatte dem »Kaufhaus
des Westens« das geraubte Geld in voller Höhe ersetzen
müssen.

Und jetzt gab es da plötzlich die Chance, dass sie einen
Teil der Beute zurückbekam. Immerhin eine Million vermutlich.

Am Nachmittag war Papenbrock zusammen mit seinem Gehilfen eine geschlagene Stunde lang bei der Versicherungsdirektion in ihrem Glaspalast herumgesessen.

»Aber um Himmels willen, weshalb eilt es denn so?«, hatten ihn die Herren in ihren maßgeschneiderten Anzügen gefragt. »Wieso haben Sie nur noch sechs Tage Zeit?«

»Das ist ganz einfach«, hatte der Hauptkommissar erklärt. »Eine Tat wie der Geldraub im KaDeWe verjährt nach fünf Jahren –«

»Aber dieser Zasche ist doch schon früher freigelassen worden.«

»Ja, weil er rechtskräftig verurteilt worden ist und seine Strafe abgesessen hat. Damit ist der Fall für ihn ausgestanden und ein für alle Mal erledigt –«

»Und Krumpeter?«

»Bei ihm verjährt die Tat erst in sechs Tagen. Das wäre am kommenden Dienstag. Dann allerdings sind die fünf Jahre abgelaufen und er ist aus dem Schneider. Und ohne Verhaftung, wohlbemerkt, wird es auch keinen Zaster geben.«

Die Versicherungsdirektoren hatten eine Weile die Köpfe zusammengesteckt und dann um eine Bedenkzeit bis zum nächsten Vormittag gebeten.

Und da ließen sie dann schon kurz vor neun Uhr anrufen.

Papenbrock und sein Schatten waren erst kurz vorher in ihr Büro gekommen. Beide nicht besonders vergnügt und von der Nacht noch übermüdet. Lediglich Frau Kiebusch hatte schon die Fenster weit aufgemacht, um den Papenbrockschen Zigarrenrauch zu verjagen, und summte dabei irgendeine Melodie vor sich hin.

»Es ist geradezu ärgerlich, wie gut Sie schon wieder aufgelegt sind, Frau Kiebusch«, murmelte der Hauptkommissar und nahm den Telefonhörer ab.

»Guten Morgen, Herr Papenbrock«, sagte eine Stimme, die der Hauptkommissar noch nie gehört hatte. »Wir riskieren es und übernehmen die Reisekosten für Sie und Ihren Assistenten, so wie Sie es verlangt haben –«

»Und es bleibt auch dabei, dass ich für den Erfolg des Ausflugs keine Garantie übernehmen kann –«

»Unser Risiko, wie gesagt«, versicherte die Telefonstimme. »Ich bin übrigens Dr. Steiner und werde Sie im Auftrag der ›Universum AG‹ begleiten –«

»Einverstanden«, sagte Papenbrock. »Und wie kommen wir dorthin?«

»Das ist nicht ganz einfach, weil dieses Fakarava keine planmäßigen Flugverbindungen hat. Aber wir haben Glück –«

»Und was ist das Glück dabei?«

»Die einzige Möglichkeit, noch rechtzeitig auf die Insel zu kommen, bietet die ›MS Europa‹. Das hat unsere Abteilung U 12 herausbekommen, die in unsrem Hause für Reisen zuständig ist. Wir können das Schiff in Papeete erreichen, wo es übermorgen festmacht. Von dort läuft es nach Fakarava aus. Wir müssen allerdings schon heute Nachmittag mit der Lufthansa nach Frankfurt und dann weiter nach Tahiti. Flüge und Schiffspassagen haben wir noch buchen können, das ist das Glück, von dem ich spreche –«

»Dann bleibt uns ja kaum mehr die Zeit, um unsere Socken einzupacken«, stellte Papenbrock fest und dann vereinbarten die beiden Herren noch, wo und wann sie sich am Flugplatz treffen würden.

»Wenn Sie mir keine Ansichtskarte schicken, bring ich Sie beide um«, drohte Frau Kiebusch.

»Das wäre vorsätzlicher Doppelmord«, sagte Papenbrock, »und darauf steht zweimal lebenslänglich.«

# Ein Geschenk für
# Hauptkommissar Papenbrock

»Na endlich«, stöhnte Hauptkommissar Papenbrock, als er auf dem Flugplatz in Papeete aus dem Flugzeug geklettert war und in die Ankunftshalle kam. Er angelte eine Zigarre aus dem Lederetui, das er in der Innentasche seines Jacketts immer bei sich hatte, und zündete sie an. »Es ist nahezu unmenschlich, dass einem die Fluggesellschaften in ihren Kisten das Rauchen verbieten –«

»Man kann es auch anders sehen«, bemerkte sein Assistent mit der etwas schiefen Nase. Er war vor einem Jahr von Zigaretten auf Kaugummi umgestiegen. »Und sie?«, fragte er jetzt einen Mann von etwa vierzig Jahren. Der war Brillenträger und hatte eine Glatze, die er mit einem hellblauen Taschentuch gerade abtupfte. Es war Dr. Steiner, einer der siebzehn Direktoren der »Universum-Versicherung AG«.

»Wie auch immer«, meinte er, »jedenfalls ist das hier eine saumäßige Hitze.« Er hüstelte und korrigierte sich im selben Atemzug: »Wollte sagen, es herrscht hier eine ungewöhnliche Wärme –«

Die drei Männer lachten sich gegenseitig an. Sie hatten sich mit bunten Hemden, hellen Hosen und Strohhüten als Touristen getarnt und kein Mensch wäre auf die Idee gekommen, sie für das zu halten, was sie in Wirklichkeit waren.

Nachdem sie ihr Gepäck bekommen und die Passkontrolle hinter sich gebracht hatten, ließen sie sich von einem Taxi direkt in den Hafen verfrachten.

Dort lag die »MS Europa« am Pier, direkt beim »Boulevard Pomare«.

Das riesige Schiff war fast leer. Die Passagiere und der größte Teil der Besatzung kurvten augenblicklich in Omnibussen um die Insel, lagen im Tahiti-Beachcomber in der Sonne oder besichtigten das Gauguin-Museum und bestaunten dort die Hütte des berühmten Malers, Stühle, auf denen er gesessen haben soll, Töpfe, in denen er sich sein Mittagessen gekocht, und die Staffelei, auf der er gemalt haben soll. Von seinen Bildern gab es allerdings nur schlechte Kopien. Die Originale hingen in New York, Paris, Amsterdam oder sonst wo.

Als es dann später allmählich dunkel wurde, sickerten die Passagiere so nach und nach in ihr schwimmendes Luxushotel zurück. Und als dann wieder etwas später die Stahltrossen ins Wasser klatschten, die Anker in den Schiffsleib zurückrasselten und die Schrauben die brackige Hafenbrühe zu Schaum aufwirbelten, standen sie auf dem Promenadendeck, lehnten sich über die Reling und schauten zu, wie die Lichter von Papeete immer kleiner wurden. Vom Bug bis zum Kamin und vom Kamin bis zum Heck strahlte eine Lichterkette aus lauter kleinen, bunten Lam-

pen, ein paar tahitische Frachter ließen ihre Sirenen aufheulen und die »MS Europa« antwortete mit dem tiefen
Dröhnen ihrer Nebelhörner.

Nach einer halben Stunde war man bereits auf hoher See
und im Speisesalon begann der große Aufmarsch zum
Abendessen. Die Herren im Smoking oder im weißen Din-
nerjackett, die Damen in langen Abendkleidern und wie
Christbäume geschmückt.

Und unsere drei Herren mittendrin.

Sie fielen ein wenig auf, weil sie nur dunkle Straßenan-
züge trugen. Aber ansonsten machten sie den Eindruck, als
wären sie schon seit Jamaika bei der Kreuzfahrt dabei gewesen.

Nach dem Essen tranken sie an der Klipper-Bar auf dem
Sonnendeck mit dem Blick auf das offene Meer noch eine
Flasche Rotwein miteinander. Am Horizont waren die
Lichter von andren Schiffen zu sehen und eine leichte
Brise streichelte die Hitze weg.

»Prost«, sagte Dr. Steiner, als ihm ein Steward das zweite
Glas eingeschenkt hatte.

»Zum Wohl«, erwiderte der junge Kriminalassistent namens Berger.

Und auch Hauptkommissar Papenbrock sagte: »Zum
Wohl.« Er zog an seiner Zigarre und blies Rauchkringel in
die Luft. »In so einem Moment macht mir mein Beruf richtig Spaß.« Er blies weitere Ringe vor sich hin. »Aber leider
sind diese Momente viel zu selten –«

Seit Monaten war kein Hai mehr zu den Außenriffen der
Insel gekommen. Und Haie waren für die Eingeborenen

fast genauso wichtig wie die Kokospalmen, von denen die Menschen von Fakarava notfalls leben konnten; von ihren Stämmen, mit denen man die Hütten baute, von ihren Blättern und Fasern, aus denen man Dächer machen konnte oder auch Matten, Taschen, Korbstühle, Schiffstaue und wer weiß was sonst noch. Der Saft der Kokosnüsse hätte vor dem Verdursten schützen können und aus ihrem Fleisch konnte man Öl fabrizieren, Butter, Seife und Viehfutter.

Dagegen waren die Haie Geschenke des Meeres. Ihr Fleisch war eine Art Sonntagsbraten, und die Suppe aus ihren Flossen eine Köstlichkeit. Aus ihrer Haut konnte man Leder produzieren und aus ihren Zähnen Schmuck herstellen.

Huru-Huru war der Hairufer der Insel.

Haie hörten angeblich nur auf die Stimme eines Mannes, der schon einmal um sein Leben mit ihnen gekämpft hatte. Und er muss sie rufen, wenn der Mond durch den Schatten der Erde geht.

Das war in der vergangenen Nacht so gewesen. Am wolkenlosen Himmel hatten die Sterne wie immer geleuchtet, aber der Mond hatte sich in der Finsternis versteckt.

Kurz vor Einbruch der Dämmerung war das Dorf wie ausgestorben gewesen und seine Bewohner hatten sich nach und nach am Strand versammelt.

Unter ihnen auch der Baron, Monsieur Chaval, Krumpeter und Tagi.

Ganz langsam war die Sonnenscheibe an den Palmen vorbei hinunter ins Meer gerutscht.

Huru-Huru kniete regungslos mit gespreizten Beinen

im Korallensand am Rand des Riffs und blickte zum Meer hinaus. Unter ihm rannte die Brandung gegen die Felsen.

Man hatte Palmenholz und ganz bestimmte Kräuter vor ihm aufgeschichtet, die er in Brand setzte, als die Sonne untergegangen war. Er hatte seinen mächtigen dunklen Körper aufgerichtet und seinen rechten Arm steil in den Himmel gestreckt.

»Gaitani!«, schrie er plötzlich und seine Stimme war lauter als die Brandung. »Gaitani, wo bist du? Hier sind meine magischen Blätter.« Er holte tief Atem und brüllte dann noch lauter als zuvor: »Komm, Gaitani, komm und bleib, Gaitani –«

Die Gruppe der Eingeborenen stand da, ohne sich zu rühren, und starrte auf das dunkle Meer hinaus.

»Was bedeutet Gaitani?«, flüsterte Krumpeter.

»Eine Art Lockruf, den die Haie angeblich bis unters Wasser hören –« Der Baron klammerte seine Hand fester um den Griff seines Spazierstocks.

Huru-Huru gab mit dem Kopf ein Zeichen.

Daraufhin lief Tagi mit anderen jungen Burschen zu ihm. Mit Palmwedeln kehrten sie den Rest des Feuers über den Rand des Riffs ins Meer hinunter. Funken sprühten und Rauch stieg auf.

Aus Tagi war in den vergangenen Jahren ein junger Mann geworden, groß, mit schmalen Hüften und kräftigen Muskeln unter der milchkaffeebraunen Haut.

Kaum eine Viertelstunde später ging die Versammlung der Inselbewohner wieder stumm in der Dunkelheit auseinander.

»Ich habe da so meine Zweifel«, bemerkte Monsieur

Chaval, als er zwischen dem Baron und Krumpeter zum
»Trois fleurs« durch den Sand stapfte. Er hatte eine Bas-
kenmütze über den ungekämmten Haaren und leuchtete
mit einer Taschenlampe sich und den anderen vor die Füße.
»Mon Dieu, man kann doch einen Hai nicht rufen, so wie
man einen Hund zu sich pfeift –«

Aber da sollte sich der Franzose täuschen.

Schon im Morgengrauen schoben die Männer der Insel
ihre Boote ins Meer und segelten in einem Wind, der vom
Westen her gekommen war, vor das Riff, über dem Huru-
Huru gestern die Haie gerufen hatte. Er stand jetzt in
seiner ganzen Größe im Kiel eines Katamarans und Tagi
saß neben Krumpeter im anderen. Huru-Huru hatte sich
ein Gewehr unter den Stumpf seines linken Armes geklemmt. Alle suchten mit ihren Blicken das Meer ab und
warteten.

Zur gleichen Zeit tastete sich auf der anderen Seite von
Fakarava die schneeweiße »MS Europa« an den Korallen-
riffen vorbei durch die Einfahrt in die Lagune. Ein Teil der
Passagiere frühstückte noch, die übrigen standen an der
Reling. Hier war es windstill und mit der Sonne war die
Hitze wieder da.

Als das große Schiff mit seinen Sirenen die Insel begrüßt
und dann geankert hatte, fuhr Papenbrock zusammen mit
Dr. Steiner und seinem Assistenten im ersten Tender zum
Pier hinüber.

Es blieb nicht viel Zeit. Bereits am Nachmittag legte die
»Europa« wieder ab.

Der Hauptkommissar hatte den französischen Behörden seine Reise verschwiegen. Sie hätten ihm bestimmt nur

Schwierigkeiten gemacht, weil sie Tatverdächtige wie diesen Andreas Kolbe, alias Krumpeter, nicht an andere Länder auslieferten und deshalb seine Verhaftung verhindert hätten.

Die drei Herren saßen nebeneinander im Bug des Tenders, hatten ihr Strohhüte abgenommen und freuten sich über den Fahrtwind an ihren Köpfen.

Am Pier wurden sie mit Blütenkränzen empfangen. Aber wohin sie auch blickten, nirgends konnten sie männliche Bewohner entdecken.

Die waren alle zur gleichen Zeit drüben in den Booten auf dem offenen Meer. Sie hatten ihre Segel gesetzt, jagten über die Wellen und drehten sich dann plötzlich voll vor den Wind.

Tatsächlich waren zwei große Haie gekommen und mit ihnen Angst und Schrecken für die anderen Tiere im Meer. Delfine schnellten aus dem Wasser und versuchten zu flüchten. Ein Schwarm von fliegenden Fischen flatterte dicht über die Wellen hinweg.

Huru-Huru ließ seinen Katamaran dahintreiben, bis einer der Haie nahe genug herangekommen war. Er wartete genau den Moment ab, in dem der Kopf des Hais mit seinen kalten und mordlustigen Augen dicht unter der Wasserfläche auf das Boot zuschlich. Da erschoss er ihn. Und im gleichen Augenblick fielen auch auf den übrigen Booten drei oder vier Schüsse. Ein anderer Katamaran schnellte inzwischen hinter dem zweiten Hai her, der jetzt zu türmen versuchte. Das Boot mit den beiden Kielen schien über die Wellen hinwegzufliegen. Ein paar junge Burschen hielten sich an den Masten fest und die aufspritzende Gischt stäubte über ihre braunen Körper. Sie hatten ihre Gewehre schussbereit in den Händen, aber dem schnellen Fisch gelang die Flucht ins Meer hinaus.

Inzwischen hatten die Männer um Huru-Huru den getöteten Hai mit ihren Booten zum Ufer gedrängt. Dabei griffen die Wellen immer wieder nach ihm, drohten den gewaltigen Körper ins Meer zurückzuholen. Schließlich gelang es, den Hai mit schweren Schiffstauen auf den Strand zu ziehen. Huru-Huru stellte sich vor ihn, blickte ihm voll Hass in die Augen und ballte die Faust seiner rechten Hand. Die Männer um ihn herum lachten, klatschten im Takt in die Hände und stampften dazu mit den Füßen. Krumpeter stand in seinem vom Meerwasser durchnässten T-Shirt und den gleichfalls durchnässten Jeans ein paar Meter abseits und schaute mit verschränkten Armen zu.

»Herr Krumpeter«, sagte in diesem Augenblick eine fremde Stimme.

Ekke erstarrte und sein Herz schlug ihm plötzlich bis in die Augen. Jahrelang hatte er seinen richtigen Namen nicht mehr gehört.

»Wir kommen aus Berlin, Herr Krumpeter«, sprach die Stimme weiter.

Jetzt drehte sich der junge Mann mit den semmelblonden Haaren langsam um. Er sah drei Männer vor sich, die er noch nie gesehen hatte. Der eine schon etwas älter und korpulent, der andere spindeldürr, der dritte mit einer Brille. Alle mit Strohhüten auf dem Kopf und Blütenkränzen um den Hals. Neben ihnen stützte sich der Baron in einem seiner weißen Anzüge auf den dünnen Spazierstock mit dem Goldknauf.

Papenbrock zeigte seine Polizeimarke. »Die hab ich mitgeschleppt, damit Sie mir glauben. Ich bin Hauptkommissar bei der Berliner Kripo. Der Herr links von mir ist Dr. Steiner, Direktor bei der Universum-Versicherung AG‹, und das rechts ist mein Assistent, Herr Berger.« Er steckte seine Metallplakette wieder ein und meinte höflich: »Entschuldigen Sie die Störung –«

Krumpeter hatte es noch immer die Sprache verschlagen.

»Die Herren haben mich nach dir gefragt und mir gesagt, weshalb sie hier sind«, schaltete sich der Baron ein. »Ich hätte dich warnen können, damit du dich versteckst, bis die ›Europa‹ wieder abgedampft ist«, sagte er zu Ekke. »Aber nachdem die Herren jetzt deinen Aufenthalt kennen, wäre das auf die Dauer keine Lösung gewesen. Ich habe ihnen übrigens erzählt, wie sehr du inzwischen zu unserer Insel gehörst –«

»Also wissen Sie jetzt alles von mir?«, fragte Krumpeter.

»Ja, und ehrlich gesagt, so etwas Ähnliches hab ich schon immer vermutet«, entgegnete der Baron. »Aber du weißt ja, dass es mir piepegal ist, weshalb du hierher gekommen bist. Die drei Herren haben da allerdings eine andere Meinung.«

In diesem Moment schob sich Tagi neben Krumpeter. Auch sein Oberkörper und sein bunter Pareo waren noch völlig durchnässt. Er hatte die drei Männer mit den Blumenketten und den Strohhüten schon seit einer Weile beobachtet und sie gefielen ihm nicht. »Etwas nicht in Ordnung?«, fragte er.

»Wie kommst du darauf, dass etwas nicht stimmen

soll?«, fragte Hauptkommissar Papenbrock und blickte Tagi erstaunt an.

»Wir auf der Insel haben gute Augen und gute Ohren«, erwiderte der Junge. »Manchmal sehen wir Dinge, die ihr Fremden nicht sehen könnt, und wir können die Muscheln singen hören, wenn sie singen.«

»Das ist Tagi«, stellte ihn der Baron vor. »Sozusagen Krumpeters rechte Hand und, wie Sie sehen, so etwas wie sein Beschützer.«

»Aus den Erzählungen des Barons kenne ich Sie bereits ein wenig«, sagte Papenbrock freundlich, blickte wieder zu Krumpeter und musterte ihn vom Kopf bis zu den nackten Füßen. »Ich hätte nicht gedacht, dass Sie ihm so ähnlich sehen«, meinte er schließlich. »Von der Figur her sind Sie wie zwei Fotografien des gleichen Mannes. Nur dass Ihr Kumpel Zasche ein anderes Gesicht hat. Aber wo können wir uns ungestört unterhalten?«

Krumpeter sah sich um, dann streckte er den rechten Arm aus und machte eine einladende Handbewegung, so wie der Empfangschef in einem Fünfsternehotel, wenn er im Speisesaal seine Gäste zu Tisch bittet.

Kurz danach hatten sie unter jener Palmengruppe Platz genommen, in deren Schatten die Eingeborenen sonst ihre Boote reparierten und wo die Benzinfässer herumlagen.

Sie saßen sich im Korallensand gegenüber wie die Indianerhäuptlinge zweier verfeindeter Stämme beim Kriegsrat. Die Herren aus Berlin mit dem Rücken zum Dorf hin, Ekke Krumpeter und der Baron mit dem Rücken zum Meer. Tagi war auf eines der umgekippten Boote geklettert. Er schlug die Beine so übereinander, dass der eine Knöchel auf seinem Knie lag. Er wuschelte sich in den nassen Haaren herum.

»Kommen wir gleich zur Sache, das Schiff wartet nicht«, begann der Kriminalassistent namens Berger. Er zog sich seine Blumenkette über den Strohhut und legte sie vor sich in den Sand. »Ihr Raub im ›Kaufhaus des Westens‹ ist nach fünf Jahren verjährt. Danach kann Sie kein Gericht der Welt mehr anklagen«, ergänzte der Hauptkommissar. Er hatte eine Zigarre aus seinem Lederetui genommen und auch der Baron stopfte sich eine Pfeife.

»Dann muss ich ja bloß für ein paar Stunden drüben im Dschungel verschwinden«, meinte Krumpeter. Jetzt, wo es um seinen Kopf ging, blieb er trotz der Hitze kalt wie ein Kühlschrank.

»Mit dem heutigen Tag verjährt«, wiederholte Papenbrock. »Aber nur in Deutschland, beziehungsweise in Europa, wenn Sie wollen. Aber hier auf Fakarava läuft die Verlängerungsfrist erst morgen ab.« Er paffte die erste Rauchwolke aus seiner Zigarre. »Die Datumsgrenze, Sie wissen es vielleicht –«

Krumpeter erinnerte sich blitzartig an die Dame mit den vielen Emailringen, die damals auf dem Flug von Tokio nach Papeete neben ihm in der Maschine gesessen war. »Und was bedeutet das?«, fragte er.

»Dass ich noch genügend Zeit habe, um notfalls die französische Präfektur zu veranlassen, dass man Sie hier von der Inselpolizei verhaften lässt.«

»Das würde kaum funktionieren«, warf der Baron ein. »Das Gouvernement würde Herrn Krumpeter, soviel ich weiß, nicht ausliefern –«

»Ganz abgesehen davon, gibt es auf Fakarava wohl Schildkröten und Pelikane, aber keinen einzigen Polizisten.« Krumpeter schnippte ein bisschen Sand aus seinen Zehen.

»Weil wir keinen brauchen«, ließ sich Tagi von seinem umgekippten Boot herunter vernehmen.

»Kein einziger Polizist«, äußerte sich Berger und schüttelte bedenklich den Kopf.

»Was in Ihren Augen bestimmt ein unmöglicher Zustand ist«, mischte sich der Baron wieder ein und blickte dem Rauch seiner Pfeife nach.

»Aber vielleicht haben Sie außer Ihrer Hundemarke ja auch noch Handschellen mitgebracht«, bemerkte Krumpeter.

»Also kommen Sie«, grollte Papenbrock, »jetzt machen Sie mal halblang.« Er paffte verstimmt eine Wolke Rauch aus seiner Zigarre. »Reden Sie keinen Stuss. Sie haben mit Manni Zasche das KaDeWe um zwei Millionen leichter gemacht und Sie haben davon die Hälfte abgezockt. Bitte schön, soll das ungestraft vergessen sein, oder was?«

Tagi, der genug Deutsch gelernt hatte, um zu verstehen, was los war, blickte jetzt wie ein erschreckter Kabeljau zu den Männern hinüber, die sich da im Sand und im Palmenschatten gegenübersaßen.

»Woher wollen Sie wissen, dass es zwei Millionen waren?«, fragte Krumpeter leise.

»Durch die eidesstattliche Aussage des Warenhauses«, sagte Dr. Steiner. »Und da Sie die Beute mit Ihrem Kumpel zur Hälfte geteilt haben, wie gesagt –«

»Moment, was heißt da zur Hälfte«, unterbrach ihn

Ekke. »Jeder hat in der Eile ganz einfach und ohne zu zählen zugegriffen. Vielleicht hat Zasche dabei mehr Scheine erwischt und eine größere Summe in seinen Koffer gestopft als ich –«

Eine ganze Weile hörte man nur vom Meer herauf die Brandung und das Krächzen von Papageien in den Palmen.

»Lassen Sie uns vernünftig sein«, schlug der Versicherungsdirektor schließlich vor. Er holte ein Taschentuch heraus und putzte mit großer Sorgfalt seine Brille. »Ob sie verhaftet werden oder nicht und ob man Sie noch vor ein Gericht stellen kann oder nicht, das interessiert mich so viel wie das Liebesleben der Ameisen.« Er hielt seine Brille gegen die Sonne und blickte zuerst durch das eine Glas, dann durch das andere. »Wir haben«, er korrigierte sich, »das heißt, meine Versicherung hat das geraubte Geld in seiner ganzen Höhe ersetzen müssen und sie will so viel wie möglich zurückbekommen. Habe ich mich klar genug ausgedrückt?«

Er hatte so ruhig gesprochen, dass es einem auf die Nerven gehen konnte. »Und wenn Sie, sehr verehrter Herr Krumpeter, Ihren Anteil an der Beute nicht ganz schnell herausrücken, werde ich Ihnen das Leben hier zur Hölle machen, das verspreche ich Ihnen.« Er setzte sich seine geputzte Brille wieder auf die Nase.

»Wie soll Ihnen das gelingen?«, fragte Krumpeter genauso ruhig.

»Unterstellen wir, dass Sie bei diesem Bankraub nur mitgemacht haben, weil Sie, koste es, was es wolle –«, er hüstelte etwas anzüglich, »– ausgerechnet auf diese Insel wollten, um hier Ihre Ruhe zu haben –«

»Genauso ist es«, stimmte der Baron zu.

»Aber mit dieser Ruhe kann es schon morgen oder übermorgen ganz plötzlich vorbei sein«, fuhr der Mann mit der Glatze fort. »Ich posaune es nämlich in der ganzen Südsee herum, wer Sie in Wirklichkeit sind und dass Sie hier auf einer Million herumsitzen, die geklaut ist. Das wäre für die ganze internationale Presse ein Fressen und sie würde hier einfliegen wie ein Hornissenschwarm. Das wäre jammerschade für Sie, aber leider nicht zu ändern. Bah, was heißt denn da Verjährung, da pfeife ich drauf –« Er nahm seinen Strohhut ab und tupfte sich den Schweiß von seiner Glatze. »Sie müssen sich entscheiden, ob Sie hier weiterhin Paradies spielen wollen oder –« Er ließ den Rest des Satzes offen und setzte seinen Strohhut wieder auf. »Capito?«

Das war ein schwerer Hammer.

Krumpeter blickte den Versicherungsdirektor, der ihm da im Lotossitz gegenüberhockte, mit großem Erstaunen an. Er war jetzt doch fix und fertig, hatte die Arme um die Knie geschlungen und Tränen traten ihm in die Augen.

Der Baron stieß wütend ein Wort aus, das man ihm nie und nimmer zugetraut hätte.

»Du liebe Zeit«, murmelte Krumpeter, »das ist doch –« Er machte eine Handbewegung, als würde er einen Moskito verjagen. Aber auf der Insel gab es keine.

Tagi hüpfte von seinem umgekippten Boot herunter, drehte sich um und blickte mit hängenden Armen zum Meer hinaus, das jetzt wieder glatt war wie ein Spiegel.

»Auch wir können Ihnen noch Schwierigkeiten machen«, mahnte Herr Berger. »Die französischen Behörden würden bestimmt hier antanzen und nachforschen, wenn wir ihnen Ihre Polizeiakte auf den Tisch knallen. Und alle Einwohner von Fakarava würden bis zur ältesten Großmutter Ihre Geschichte erfahren.«

»Rücken Sie den Zaster raus, und alles bleibt hier auf der Insel so, wie es ist«, erklärte Papenbrock. »Wir drei, Dr. Steiner, mein Assistent und ich, geben Ihnen unser Ehrenwort, wenn Sie wollen, dass wir schweigen werden wie die Gräber der Pharaonen.«

»Vielleicht haben Sie ein bisschen Recht«, gab Krumpeter zögernd zu.

»Ein bisschen ist gut«, der Hauptkommissar lachte und paffte wieder einmal eine Rauchwolke in die Luft.

Krumpeter sprang mit einem plötzlichen Satz auf die Füße und fuhr sich mit einer Hand durch seine hellblonden Haare. »Sie haben gewonnen –«

Der Versicherungsdirektor klatschte mit der flachen Hand in den Sand. »Etwas Klügeres hätten Sie gar nicht sagen können.«

»Reichtum ist nicht immer Geld«, meinte der Baron nachdenklich. Er klopfte seine Pfeife an einem seiner Schuhe aus, entwirrte langsam seine langen Beine und stellte sich neben Krumpeter. Dabei stützte er sich auf seinen dünnen Spazierstock mit dem Goldknauf. »Wozu brauchst du mehr Geld, du verdienst doch hier genug und auf der Insel spielt doch ein Bankkonto keine Rolle.« Er machte eine kleine Pause und fügte dann hinzu: »Das Paradies kommt ohne große Geldscheine aus –« Er blickte zu Tagi hinüber, dann wieder zu dem jungen Deutschen. »Und wir bleiben deine Freunde. Ist das nichts?«

»Jetzt müssten wir uns eigentlich tahitisch umarmen«, bemerkte Krumpeter. »So, wie es mir Monsieur Chaval gezeigt hat, als ich ihn kennen lernte.«

Schon seit einiger Zeit tönte vom Dorf Musik und Gesang herüber.

Aber das hörte der Versicherungsdirektor nicht. »Wo ist das Geld?«, fragte er knochentrocken.

»Auf der ›Banque de Tahiti‹ –«

»Und wie viel?«

Auf Krumpeters Gesicht breitete sich ein kleines Lächeln aus. »Eine Million, wie Sie es vermutet haben.« Er stocherte mit dem großen Zeh seines rechten Fußes im Sand herum. »Eine Million und ein wenig mehr –«

»Eigentlich sind Sie mir richtig sympathisch«, warf Papenbrock unvermittelt ein. »Das dürfte rechtens nicht sein, aber es ist so –«

Jetzt lächelte auch Tagi. Dabei blickte er hinter sich zum Dorf hinüber. Der Lärm von dort war immer lauter geworden. »Darf ich?«, fragte er und trabte dann auch schon davon, ohne eine Antwort abzuwarten.

»Was ist denn da los?«, fragte der Kriminalassistent neugierig.

»Man hat heute Morgen einen Hai erlegt«, antwortete der Baron. »Und das wird jetzt von den Insulanern gefeiert.«

»Nichtsdestotrotz«, setzte der Versicherungsdirektor das Gespräch fort, »Sie begleiten uns jetzt auf die ›MS Europa‹, telefonieren von dort mit dieser Bank in Papeete und übertragen Ihr gesamtes Konto der ›Universum-Versicherung AG‹. Notfalls hat das Schiff auch eine Funkzentrale und Ihre notwendigen Unterschriften beglaubigt der Kapitän –«

»Aber an Bord ist deutsches Hoheitsgebiet«, widersprach Krumpeter. »Da könnten Sie mich doch noch –«

»Und das trauen Sie mir zu?«, fragte der Hauptkommissar ein wenig eingeschnappt.

»Entschuldigung, aber ich hab gelernt, fast allen Menschen alles zuzutrauen«, erwiderte Krumpeter mit einem fast traurigen Lächeln.

»Sie haben Recht«, sagte Papenbrock versöhnt. »Aber ich bin bereit, für heute zu vergessen, dass ich Hauptkommissar der Berliner Kripo bin.«

Genau in diesem Moment kam Tagi angerannt. Er stoppte seinen Lauf so knapp vor Papenbrock, dass der Sand aufstaubte. Seine rechte Hand war zur Faust geballt. Jetzt öffnete er sie und da lag mitten in der hellen Handfläche eine große, tiefschwarze Perle. Es war die Perle aus der Riesenmuschel am Außenriff, die den Jungen fast das Leben gekostet hätte und von der er geschworen hatte, dass er sie nie verkaufen würde. »Für Sie«, sagte er nur und verbeugte sich ein ganz klein wenig.

Der Kriminalkommissar nahm die Perle mit Daumen und Zeigefinger. »Aber das ist ja –«

»Tagi«, sagte Krumpeter nicht allzu laut und blickte ihn an.

Aber da lief der Junge bereits wieder zum Dorf zurück. Vermutlich juckte es ihn schon in den Beinen.

»Jetzt bin ich schon eine halbe Ewigkeit auf dieser Insel, bilde mir ein, ihre Menschen zu kennen«, sagte der Baron und nahm zwei oder drei nachdenkliche Züge aus seiner

Pfeife. »Aber sie schaffen es immer wieder, mich zu überraschen –«

Drüben im Dorf brannten offene Feuer, an denen das Fleisch des Hais gebraten wurde. Junge Burschen schlugen die Trommeln, jaulten auf Saxofonen und ein Schlagzeug dröhnte dazu.

Das ganze Dorf tanzte.

Die Frauen mit bunten Tüchern um die Hüften geschlungen, Blumenkränze und Korallenschmuck um den Hals und über den Brüsten. Die Männer in ihren farbigen Pareos oder auch in Jeans oder fast nackt und nur mit Lendenschurz bekleidet. Die Trommeln wurden immer schneller, die Tanzenden stampften und hüpften in wilden Sprüngen um die rauchenden Feuer herum. Sie sanken in die Knie, schnellten wieder empor, warfen die Arme in die Luft und stießen immer wieder freudige Schreie aus. Und mitten unter ihnen Tagi.

Als Ekke Krumpeter so etwa zwei Stunden später und um eine runde Million erleichtert zusammen mit dem Baron über das Fallreep der »MS Europa« zu einem der Tender hinunterging, sprachen beide kein Wort miteinander. Was sollten sie auch sagen.

Oben an der Reling standen die drei Herren aus Berlin und blickten ihnen nach. Vom Dorf wehte die Musik und das fröhliche Rufen der Tanzenden herüber.

»Was er bloß an diesen Halbwilden gefressen hat?«, fragte Berger.

»Nur ihre Hautfarbe ist anders«, bemerkte Papenbrock, »und sie sind glücklich.«

»Na, ich weiß nicht«, ließ sich Dr. Steiner vernehmen,

der einer der siebzehn Direktoren der »Universum AG«
war. Er nahm seinen Strohhut ab und wedelte sich Wind
ins Gesicht. »Wenn Sie mich fragen, ist so eine Insel mit ein
paar Palmen drauf und sonst nix, wie Knast. Kein Kino,
kein Kühlsystem, keine Bundesliga und keine Badewan-
nen, besten Dank –«

Er hatte ja keine Ahnung –

Im Westen stand schon die untergehende Sonne. Der
Horizont war gelbes Gold und das Meer dunkelblaue
Tinte.

**Dieser Krimi-Klassiker ließ bereits über eine halbe Million Leser mitfiebern!**

Wenn aus einem gestellten Banküberfall für einen Film plötzlich ein echter wird, ist das schon ziemlich außergewöhnlich. Wenn dann aber auch noch ein Hotelpage durch einen vertauschten Gepäckschein den Koffer mit der Beute in Händen hält, ist ein kriminalistisches Abenteuer vorprogrammiert. Der Page Peter und Francis, sein gleichaltriger Gast aus Amerika, begeben sich auf Verbrecherjagd, um den verzwickten Fall zu lösen.

Alfred Weidenmann
**Gepäckschein 666**

Für Leser ab 10 Jahre

OMNIBUS Nr. 20530

Der Taschenbuchverlag für
Kinder und Jugendliche von Bertelsmann